教育部人文社会科学规划项目
"杰弗里 · 哈特曼文学批评思想研究"（12YJA752023）最终成果
重庆邮电大学教授、博士哲学社会科学基金支持项目
重庆市人文社会科学重点研究基地——网络社会发展问题研中心支持项目

杰弗里·哈特曼文学批评思想研究

王 凤 著

中国社会科学出版社

图书在版编目（CIP）数据

杰弗里·哈特曼文学批评思想研究/王凤著 . —北京：中国社会科学出版社，2013.12
ISBN 978 - 7 - 5161 - 3858 - 8

Ⅰ.①杰… Ⅱ.①王… Ⅲ.①哈特曼, G. —文学批评—思想评论 Ⅳ.①I06

中国版本图书馆 CIP 数据核字（2014）第 001729 号

出 版 人	赵剑英
责任编辑	刘志兵
责任校对	王兰馨
责任印制	王 超

出 版	中国社会科学出版社
社 址	北京鼓楼西大街甲 158 号（邮编 100720）
网 址	http://www.csspw.cn
	中文域名:中国社科网　010 - 64070619
发 行 部	010 - 84083685
门 市 部	010 - 84029450
经 销	新华书店及其他书店

印 刷	北京市大兴区新魏印刷厂
装 订	廊坊市广阳区广增装订厂
版 次	2013 年 12 月第 1 版
印 次	2013 年 12 月第 1 次印刷

开 本	880×1230　1/32
印 张	9
字 数	235 千字
定 价	28.00 元

凡购买中国社会科学出版社图书,如有质量问题请与本社联系调换
电话:010 - 64009791

序　言

人类经验的重要性不言而喻，这种经验亦包括各文化区域的群体在精神探索的层面。由于理论最大的功能是对经验的有效解释，所以人文社科各分支领域均需要对理论持续关注。理论的形成、形态、应用和迁徙不仅拥有漫长的历史，同时也是学界共享并长期论争的对象。"理论是某种推论或一套系统理念，旨在对事物进行解释，尤其是依据一般性准则，而这些准则外在于被解释的事物，源自 16 世纪后期对拉丁和希腊语的借鉴。"[①] 具体到文学，即以想象和虚构的方式对人类群体的历史境遇进行的艺术再现，就涉及由不同功能而导致的鉴赏或批评这两种主要的阅读行为。而后者则主要作用于文学研究，即在解读中通过不同理论视点的介入去透视文本的内涵，从而达到批评主旨。因此，批评解释本身亦成为了一种文本形态。[②]

文本具有时代性，即每一个时代均会导致不同的文本特质和批评指向。随着社会发展的历史性显现，尤其从 20 世纪后半期起，文本的边界开始蔓延，诸多外部确定性条件使批评理论指向发生了变化。"在对理论发展进行回顾时，有必要对'理论'本

---

① Judy Pearsall（ed.），*The New Oxford Dictionary of English*，Oxford：Oxford University Press，1998，1922.

② See Irenar Mararyk（ed.），*Encyclopedia of Contemporary Literary Theory*：*Approaches*，*Scholars*，*Terms*，Toronto Buffalo London：University of Toronto Press，1993，p. 354.

身的含义进行重新梳理。因为这一领域不仅包含了诗学、文学批评理论以及固有的美学概念，而且包含了修辞学、传媒和话语理论、符号学、种族理论、性属理论和视听通俗文化理论等。但是理论本身的内涵远不止这些。它超越了早期新批评对'文学性'的探索，而形成了一种质疑和分析模式"①。由此，文学批评获得了加强和提升。人们在讨论社会观念、文本形态、批评主旨之间的关系时，带入了更多的观点和视角，出现了莫衷一是的局面。然而，在这场论争中，耶鲁大学的杰弗里·哈特曼（Geoffrey H. Hartman）是其中的重要人物。一方面，他极力主张字词的调节性，认为意义的模糊性和不确定性是语言的本质特征，因而他推崇德里达的解构式阅读，借此夷平批评与文学之间的藩篱。但另一方面，他在力图打破"后学"思路的同时，审视传统本身，针对犹太拉比圣经阐释、体现批评主体性的随笔文体、主张哲学和艺术统一的浪漫主义哲学等进行学理性透视。欧美学界就公认他有关华兹华斯（William Wordsworth）诗歌的论著是最精彩的。② 因此，哈特曼并非是一个认定的解构主义批评家。由于文本的复杂性和多样性，人们一般偏向将个人、作品和理论主张纳入某种单一的范畴中进行定位，希翼在解释活动中呈现出简洁性，但其后果往往会将问题平面化。这样情况在文学史和各类文学教材中十分普遍。因此，专项研究可以在很大程度上弥补上述缺陷。

　　王凤在其博士论文基础上持续思考和研读，深入这一论域之中，对哈特曼文学思想进行了比较全面的研究。她主要着眼于以

---

① Vincent B. Leitch, *General Editor*, *The Norton Anthology of Theory and Criticism*, New York and London: W. W. Norton & Company, 2001, p. xxxiii.

② Irenar Mararyk（ed.）*Encyclopedia of Contemporary Literary Theory*: *Approaches*, *Scholars*, *Terms*, Toronto Buffalo London: University of Toronto Press, 1993, p. 354.

下几个方面，即将批评历史性要素介入到哈氏批评思想的发生学中进行综合性考察。其次，作者对哈氏关于形式主义、文学史、文学批评与圣经阐释模式之间、理论与传统之间的关系等思想，尤其对其后期的文学批评思想进行了较为集中的研究。作者在此基础上提出哈特曼作为一个调节者的概念，即哈氏坚持自己的中间立场，在欧陆哲学与英美批评之间、犹太圣经阐释传统与现代阐释经验之间、批评与文学之间、文学批评家身份和文化研究者身份之间进行着一种有效的调和式批评。因此，在这种多重的双重身份之间，哈特曼获得了一种更为宽阔的批评视野，其批评思想因而具有极大的超越性。西学引入中国大陆有年，我们在现阶段特别更需要多一份耐心和沉静，以切实把握西学局部知识与问题之间的联系与差异。这样的深入研究无疑是大有裨益的。

多年以前，王凤到四川大学做访问学者，继而萌发了报考博士的愿望。在后来的学位学习中，她大力改善自身的知识结构，克服一般外文系出身不善思辨的弱项，顺利地完成了学业，在此过程中做得认真而从容。这使她后来到加州期间拥有了不少新的收获。现在王凤嘱我做一短序，长话短说。其实，序言再长，也不能代替读者对论著本身的阅读。相信有兴趣的读者能够从中体察到作者自身的思考和洞见。

是为序。

王晓路

2013 年冬

目　　录

第一章 绪 论

第一节 研究背景

20世纪美国杰出的文学理论家、批评史家和比较文学家雷纳·韦勒克（René Wellek）认为，18、19世纪虽然曾经被人们称作批评的时代，但实际上，20世纪才最有资格享有这一称号，因为在这个世纪，"不仅有一股名副其实的批评的洪流向我们汹涌袭来，而且文学批评也已获得了一种新的自我意识，在公众心目中占有了比往昔高得多的地位"①。他因此断言，20世纪是名副其实的批评的世纪。如果以此为出发点来考察20世纪的文学批评，那么，韦勒克所称的批评的新的自我意识主要表现在以下三个方面：

第一，文学批评著述在数量上激增，形成了前所未有的众多之势。在18、19世纪，专业文学批评者较少，多为作家兼评论者。以18世纪的英国为例，当时主宰文学批评潮流的仅有塞缪尔·约翰逊（Samuel Johnson）、亚历山大·蒲柏（Alexander Pope）、理查德·斯梯尔（Richard Steele）、约瑟夫·艾迪生（Joseph Addison）等少数几人。当时，蒲柏的《论批评》（"An

---

① ［美］雷纳·韦勒克：《批评的诸种概念》，丁泓、余徽译，四川文艺出版社1988年版，第326页。

Essay on Criticism"）称得上极富重要意义的批评专论，斯梯尔和
艾迪生创办的《闲谈者》（*Tatler*）与《观察者》（*Spectator*）刊
物发表了许多以当时社会风俗、日常生活、文学趣味等为题材的
文章。除此外，很少有专业的文学批评论文和杂志。19 世纪，
由于印刷业、教育等的极大发展，文学批评情况有了很大好转，
但主要以杂志或期刊为载体，批评著作和专业论文较少。其间，
马修·阿诺德（Matthew Arnold）、王尔德（Oscar Wilde）的论著
和论文等产生了较大的影响。到了 20 世纪，上述情况大为改观。
仅以法国为例，从 1955 年到 1966 年这短短的十年间，共出版文
学批评著作七千余种，超过了该时期诗集出版数量的总和，是小
说出版数量的一半 ①。毫无疑问，这种数量的极大增长表明文学
批评获得了前所未有的关注，人们的批评意识和批评自觉性逐渐
增强，从而在更深、更广的层面上推进了批评的发展。

　　第二，文学批评较之前更具有了一种理论意识。文学理论传
统可以追溯到柏拉图和亚里士多德。柏拉图理念的二重模仿说以
及亚里士多德的悲剧理论开创了文学批评的先河，且在相当长的
时间内占据着西方文论史的主导地位。但是，就文学批评本身而
言，在 20 世纪之前，虽然继承了传统理论，但并没有形成理论
层面上的概念框架和系统，人们通常所说的文学批评一般指对具
体文学作品的讨论，包括对作品的描述、阐释、分析、判断和评
价，以及这些描述、阐释、分析、判断和评价对读者（具有欣
赏能力但并非一定具有学术水平）产生的效果和意义，或者指
对作品的起源、文本的校勘等那些独立于阅读经验的作品因素的
考证式研究。在对作品的阐释和评价中，虽然也不乏大量作者本
人的创作观点，但往往是个人的和主观的。对作品的考证式研究

---

　　① 参见唐正序《文学批评研究》，湖北人民出版社 1986 年版，第 7 页。

虽显得严谨客观，但也没有系统的理论性。所以，两者都呈现出一种非理论或反理论的性质。但是，到了 20 世纪，文学研究的理论性得到前所未有的重视，这与文学研究得以逐步科学化有关。以新批评为例，出于将文学研究视为一门可与自然科学相抗衡的科学的需要，新批评者意识到必须给批评设定一个理论框架，建立一套理论系统，正如佛克马（D. W. Fokkema）所言，"不依赖于一种特定的文学理论，要使文学研究达到科学化的程度是难以想象的"①。因此，可以说，韦勒克和沃伦（Austin Warren）合著并于 1942 年出版、1965 年再版的《文学理论》（*Theory of Literature*）一书与瑞恰兹（I. A. Richards）1967 年出版的《文学批评原理》（*Principles of Literary Criticism*）一书，无不对文学批评向理论化发展产生极大的推动作用，从而文学理论作为一门课程得以进入大学的课程规划之中。

随着文学批评逐渐得以理论化，其在系统性与严密性方面得到了加强，较之于 19 世纪印象式的鉴赏批评，则少了个人的随感而发性和零落性。同时，大学文学理论课程的开设，理论学位的增加，以及专门从事理论研究队伍的形成，助长了理论发展壮大之势。加之，从事批评的多半不再是作家自己，而是专业的文学研究者。这些学者中，有一大批是大学教授，他们不甘于常识性的评注，形成了成套的理论。可以说，20 世纪的批评摆脱了个人印象的、直觉的描述，具备自身的一套概念和术语、理论体系和方法。尤其是 20 世纪 60 年代以来，随着社会与文化的急剧变化和转型，各种社会理论话语，如结构主义、解构主义、西方马克思主义、女性主义、新历史主义、后殖民主义等，竞相登

---

① ［荷兰］D. W. 佛克马、E. 贡内－易布思：《二十世纪文学理论》，林书武等译，生活·读书·新知三联书店 1983 年版，第 1 页。

台，各自言说，尽管聚焦各异，视角不同，但对本就具有巨大开放性和吸纳性的文学研究而言，这种众声言说却提供了多渠道的借鉴资源，从而构成了一幅多样化和多元化的当代西方文学理论景观，使得当代文学理论不可避免地成为文学研究的一个重要分支，并作为一个独特的学科出现在文学研究领域，"犹如文学一样，理论也以各种文学学术会议的形式享受着种种华丽盛宴"①。

　　第三，文学批评逐渐从作为文学作品的附庸这一次要地位中摆脱出来，获得了极大的独立性，如法国当代著名文学批评家让－伊夫·塔迪（J. Y. Tadie）所宣称的，"20 世纪里，文学批评试图与自己的分析对象文学作品平分秋色"②。批评与作品平分秋色，在很大程度上，意指批评逐渐摆脱由传统束定的对作家、作品的评析者、判断者和评价者身份，在只对文学文本进行言说而无暇顾及自身的忙碌之后，转而对自身的本质进行反思。这种现代性反思较早始于马修·阿诺德关于批评的无偏执辩护，随后在奥斯卡·王尔德批评家即艺术家的思想中得到大力提倡。到了 20 世纪初，I. A. 瑞恰兹和 T. S. 艾略特（T. S. Eliot）等又将批评家定位于文学附庸者角色。之后，诺思洛普·弗莱（Northrope Fry）提出批评系统化一说，试图建立一种独立的、属于文学内部的批评的系统科学，在一定程度上扭转了批评家处于二流地位的弱势。同时，现象学批评本着自己的意识认同理论立场，将批评者的意识等同于作者的意识。在这个意义上，他们认为批评就是文学。这一观点在希利斯·米勒（Hillis Miller）那儿得到了阐述。其后，雅克·德里达则从哲学批评、文学批评

---

　　① Nicholas Tredell, *The Critical Decade: Culture in Crisis*, Manchester: Carcanet Press Limited, 1993, p. 32.

　　② ［法］让－伊夫·塔迪：《20 世纪的文学批评》，史忠义译，百花文艺出版社 1998 年版，第 1 页。

和文学之间的关系出发，将三者视为一种平行等同的关系。随着人们把目光从文学批评的对象即文学文本，转向批评文本自身（批评理论的反思），文学批评便获得了自身的独立性，不再被视为文学的附庸和添加品，也不再从属于文学。它自身便成为文学，具有和文学一样的性质和属性，传统意义上哲学批评、文学批评和文学三者之间的分界线业已消失，它们在本质上毫无主辅与高下之分。

如果上述第一点所表明的专业批评者数量及批评著述的剧增是批评本体地位得以提升的外在表现，那么第二点和第三点则表明了这种本体意识内在的两个相反甚至矛盾的方面。一方面，文学批评的理论化意味着批评理应为理性的和科学的，自有一套概念、范畴、体系和方法。当然，这并不指模仿或主张精确的自然科学的方法，而是指批评应该建立在一个系统的理论基础之上，采取一种系统的处理方式。在批评陷入混乱无序的时候，这种系统的理论或系统的处理方式会引导批评走出这种混乱。如泰特（Tater）所言，这种有系统有条理的批评"日益趋向于俨如哲学论文的声音"[1]，亦即说是一种哲学化的批评，且如弗莱所认为的，是在文学教学中代替文学而可以传授的东西。但是，另一方面，批评的概念化和规范化又在一定程度上否定了文学批评作为个体的价值判断和创造活动，因为文学批评具有个人主观色彩和非系统性特征，与批评主体自身的旨趣、气质、艺术感受力密切相关，它直接面对文学作品的经验性和交流性。如果说诗歌首先满足一种直接的、知觉的冲动，并且因为创造性的首要地位而显示最低程度的理性的话，那么，文学批评也具有了近似甚或相同

---

① 转引自［美］雷纳·韦勒克《近代文学批评史》第 6 卷，杨自伍译，上海译文出版社 2005 年版，第 310 页。

的特征。

对于一向以实用批评为重的美国批评，这种由批评的文学化和理论化两极倾向带来的矛盾在 20 世纪五六十年代表现得更为突出，尼尔森（Cary Nelson）称，当时"美国文学批评进入一个至关紧要的时期，所有有关批评自身的根本问题必须加以重新质询"①。当时在批评界占主导地位的美国形式主义批评继承了英国自柯勒律治（Samuel Taylor Coleridge）、阿诺德和利维斯以来的批评传统，从内部研究的视角，对文学文本这一有机体中书页上的字词的重视超过了对包括作者、读者、创作历史、社会时代背景等在内的文本外因素的重视。尽管韦勒克极力主张批评家在向读者传达自己对作品的反应时，不可避免地要借助于规范、标准和概念，兰色姆（John Crowe Ransom）提倡组建的批评公司也为专业的文学批评开辟了理论阵地，但是，他们所称的文学批评理论仍然以对文学文本这一封闭自足体进行阐说为基础，且囿于对单个文本中所体现出来的语言形式规范和概念进行言说。这样一来，无论是出于建立一门批评科学的需要，还是出于一种反印象式批评的初衷，新批评将自己的理论资源设定在英国经验主义这一较为狭小的范围内，且因此最终偏离了自己的理论倾向，成为一种课堂实践行为，而这种课堂实践的目的仅在于寻求一种"愉悦的、具有意义的教育"②。正是由于新批评这种对阐述对象和阐述理论的双重限定，文学批评成为一种虽不失创见性但缺乏创造性的活动。作为思想工具，批评活动的实现能够提高读者的鉴赏力，激发社会思想，但它本身作为"对艺术品的书

---

① Cary Nelson, "A Paradox of Critical Language: A Polemical Situation", *Comparative Literature*, Vol. 89, No. 6, 1974.

② David Ayers, *Literary Theory: A Reintroduction*, MA, Oxford &Victoria: Blackwell Publishing Ltd. , 2008, p. 39.

面评论和说明"①的分析者和判断者身份决定了其附属性质。因此，一方面，新批评主张批评应当去印象化和个人化，代之以理论化、系统化和概念化，这无疑提高了文学批评作为一门学科的主体地位和自觉意识，促成了其独立性。但另一方面，在力求批评理论化的同时，批评独立性的另一方面却受到了忽视甚或压制，如詹姆斯·索普（James Thorpe）所称，虽然文学批评本身不乏精美、堪称艺术佳品之作，但是如果凭此就将它与艺术作品等同视之，就是一种误解，因为"文学批评是次要的、可穷尽的、可替代的，而艺术作品却是首要的、取之不竭的、不可替代的"②。随着 20 世纪五六十年代社会文化的急剧变迁，以及结构主义、阐释学、现象学、马克思主义、女性主义、解构主义等欧陆哲学社会思想在学界的广为传播，新批评的理论缺陷便逐渐显露出来。于是，一批美国批评家，如乔纳森·卡勒（Jonathan Culler）、斯坦利·费希（Stanley Fish）等，开始将目光转向外域，以寻求外在的理论资源，并在借鉴和融合这些理论资源的基础上构建自己的理论大厦。

在这些批评家中，杰弗里·哈特曼（Geoffrey Hartman）可谓风格独特，独树一帜。他将华兹华斯诗歌视为超验性与经验性完美结合的典范，力主美国批评应当摆脱英国性的影响，跳出其实用主义这一"未成熟"③的批评模式，将欧陆哲学思想与美国的文本分析传统紧密结合起来，在强调批评具有哲学反思性、思辨性等特征的同时，注重批评以及批评者的创造性和主体性，并

---

① ［英］托斯·艾略特：《艾略特文学论文集》，李赋宁译注，百花洲文艺出版社 1994 年版，第 65 页。

② James Thorpe (ed.), *Relation of Literary Study*, New York：MLN, 1967, p. viii.

③ Geoffrey H. Hartman, *Criticism in the Wilderness：The Study of Literature Today*, New Haven and London：Yale University Press, 1980, p. 298.

由此倡导一种处于文学之内的批评文体，产生了极大影响。

第二节　研究现状

一　国内研究现状

20 世纪 80 年代，解构主义思潮旅行至中国，随之到来的是"耶鲁学派"这一学术团体的批评思想，保罗·德曼（Paul De Man）、希利斯·米勒（Hillis Miller）、哈罗德·布鲁姆（Harold Bloom）以及杰弗里·哈特曼的名字也逐渐在学人中耳熟能详起来。经过二十余年的发展，从目前对该学派的研究现状来看，关于德里达、德曼、米勒及布鲁姆的思想研究无论在广度上抑或是深度上，都远远超过对哈特曼思想的研究 ①。就哈特曼研究论文而言，分下列三种情况。

第一，研究论文。何卫的评论短文②主要对哈特曼关于虚构文学中的虚幻性，以及作家和批评家为免于虚妄而让自我向哲学回归这一思想作了非常扼要的评析，认为哈特曼的大陆哲学渊源让他把一切事物与欧陆哲学联系了起来。这一评价极为中肯，因为欧陆哲学思想在哈特曼的文学批评思想中占有极为重要的地位。他自认并非如德里达一样的哲学家，但认为基于实用主义的英美批评由于非自我意识和反自我意识立场而使批评精神受到局限。相反，哲学对于彰显批评精神具有重大意义。因此，他对哲

---

① 仅以论文为例，在 CNKI 上分别以保罗·德曼或保尔·德曼、希利斯·米勒、哈罗德·布鲁姆和杰弗里·哈特曼为题名对 1994 年以来的论文进行搜索，搜索结果为德曼专题论文约 30 篇，米勒 20 余篇，布鲁姆 20 余篇，且其中发表在《外国文学评论》、《外国文学研究》等期刊上的文章为数不少，关于哈特曼的专题论文只有 2 篇。此外，德曼、布鲁姆和米勒的多部著作已有中文译本，关于他们三人的博士学位论文也相继出现。

② 何卫：《批评家的心路历程》，《国外文学》2000 年第 4 期。

学批评情有独钟，力促哲学和文学的完美结合。由于篇幅短小，何文并没有对哈特曼的哲学渊源进行详细分析和论述，甚为遗憾。另一篇是李增和王云的《试论哈特曼美学批评思想》①。该文认为美学意义是哈特曼整个思想中的重要组成部分，是他作为解构主义批评家和浪漫主义专家开展文学研究活动时追寻的目标，哈特曼对风格问题、想象问题以及艺术与政治的关系问题的论述都反映了其美学思想的特定内涵。文章以美学意义作为哈特曼思想的出发点和归结点，具有一定的新意，但是仅仅归于此不免有失偏颇。哈特曼对风格问题和想象的强调并非只是出于审美需求，而是在很大程度上归于服务其理论的目的，因为他认为，批评是文学，而非文学的附庸，那么，要摆脱传统的批评模式，批评的风格问题便必须凸显出来。张跃军的文章②虽然注意到了哈特曼对华兹华斯诗歌中自然与超自然因素的重视，但没有从更深的层面上解读他何以如此解读华兹华斯的自然诗。

　　第二，一些与"耶鲁学派"相关的文章涉及对哈特曼思想的简要阐述。陈本益的文章③略略提及哈特曼的解构思想，认为哈特曼的主要贡献在于提出了批评文本与原始文本有所区分这一见解，而这种见解主要受德里达关于文本的不确定性和开放性等解构思想的影响，具有解构主义性质。李红的文章《德里达与耶鲁学派差异初探》④认为，哈特曼解构的目标不是逻各斯中心

---

① 李增、王云：《试论哈特曼美学批评思想》，《东北师大学报》（哲学社会科学版）2003 年第 4 期。

② 张跃军：《哈特曼解读华兹华斯对于自然的表现》，《当代外国文学》2009 年第 4 期。

③ 陈本益：《耶鲁学派的文学解构主义理论和实践》，《东南大学学报》（哲学社会科学版）2004 年第 3 期。

④ 李红：《德里达与耶鲁学派差异初探》，《四川外国语学院学报》2002 年第 1 期。

主义或旧的等级制度，而是阿诺德或英美批评的平实风格，斥责这种批评对创作性写作与批评性写作之间的区分，因而，解构的目的就是要把创造性写作与创造批评即元批评等同起来。此类文章几乎无一例外地从解构主义的视角看待哈特曼的文学批评思想，虽然也涉及他思想中的独特性和人文思想，然而，由于缺乏翔实的文献分析，因而忽略了哈特曼思想背景的复杂性和多面性，以及这些多面性之间横向和纵向上的关联，结果就造成了一种简单化和印象式的解读。

　　第三，一些有关后现代主义或解构主义的学术著作或西方文论著作中的相关阐述。这类著作一般在论及美国解构主义时会涉及哈特曼思想，但并没作专章评论，始于 20 世纪 90 年代，以马驰、王逢振、盛宁、郭宏安等的西方文论著作为主。较早的是马驰对哈特曼的思想简述①，他把希利斯·米勒和哈特曼并置在一节中加以论述，认为哈特曼和米勒一起，迅速地按照德里达的见解达到了自由解释的限度，因而主张批评从从属于文学的次要地位中解放出来，使两者融合在一起，就如同浪漫主义诗歌，推行一种彻底的自我放纵的批评风格，并且把个人主义异端抬高到哲学原理的高度。但是，马驰认为，在最后的分析里，哈特曼的批评并未超越形式主义，似乎一直围绕模棱两可的边缘。随后，王逢振、盛宁等编的西方文论选中对哈特曼的思想做了简要评述②，把哈特曼的重要建树归于以下几点：对批评和"原始"文本的区分提出强有力的质疑，帮助复兴了批评和理论，承认文学批评为一种主要文类，强调读者对文本的责任以及产生文本所需

---

①　参见马驰《叛逆的谋杀者——解构主义文学批评述要》，中国人民大学出版社 1990 年版，第 89—97 页。

②　参见王逢振、盛宁、李自修编《最新西方文论选》，漓江出版社 1991 年版，第 186 页。

要的反应，以精神分析和读者反应的方式提出"创造性批评"的概念。盛宁[1]认为，哈特曼的批评基本上以向当时已成颓势的"新批评"发难起家的，但是，在倾心于欧陆哲学批评风格的同时，他并没有放弃对形式的坚持，因此，哈特曼走的是一条折中的道路。郭宏安[2]把哈特曼的解构主义思想称为有所保留的解构主义，表现在他一方面承认语言的囚笼，另一方面又否认伴随语言囚笼的主体性的消失和灭亡；一方面主张批评如文学一样充满了矛盾和歧义而难以阅读，另一方面又主张批评揭示矛盾和歧义；一方面注重纯理论的思考，另一方面也注重文本的细读。不过，郭宏安认为，哈特曼由于过于注重文本的不确定性而更多地偏向了德里达的解构主义思想。

进入 21 世纪后，对哈特曼思想进行简述的文论著作增多，主要以王松林、凌晨光、程锡麟、王守仁、朱立元、马新国等的著作为主。王松林[3]简单介绍了哈特曼的三大主张，即语言解构自身，文学文本意义具有不确定性以及批评即文学。凌晨光的《当代文学批评学》[4] 一书简述了哈特曼针对传统语言观提出的思想，认为所有语言都是隐喻式的，都在进行自我解构，从而具有虚构性、隐喻性和不确定性，在此基础上，阅读和批评就具有了摧毁性和否定性的一面。他认为哈特曼的批评富于哲理性与思辨性，从主张语言的不确定性到文本的意义的不确定性，再到批评对总体性的否定和摧毁，表明了哈特曼思想中的解构要素。程

① 盛宁：《二十世纪美国文论》，北京大学出版社 1993 年版，第 200—202 页。
② 郭宏安：《二十世纪西方文论研究》，中国社会科学出版社 1997 年版，第 430—434 页。
③ 王松林：《二十世纪英美文学要略》，江西高校出版社 2000 年版，第 448—449 页。
④ 凌晨光：《当代文学批评学》，山东大学出版社 2001 年版，第 233—234 页。

锡麟、王晓路①简述了哈特曼对于阐释的观点，认为阐释更多的是对文本的质疑，同时也是对文本的评论，阐释总是一种反省的行为，一种上升到批评高度的"自我意识"。王守仁在其主撰的《新编美国文学史》第4卷（1945—2000）②中认为，哈特曼坚持内在批评与外在批评相结合，以现象学观念突破解构主义对主体、意图的解构，强调创造性批评，这些努力为美国解构主义批评作出了独特的贡献，也使他本人成为"耶鲁学派"中独树一帜的批评家。朱立元在《二十世纪西方文论选》③和《当代西方文艺理论》④中简要评价了哈特曼，认为哈持曼打破文体界限的看法一定程度上反映了后结构主义、解构主义将哲学、文学融合交杂在一起所产生的新观点与新文体的深层原因。哈特曼从语言的不确定性、隐喻性和虚构性这一基本观点出发，认为文本的意义也是不确定的，文学和哲学、文学和批评之间的界限不再存在，以此丰富了德里达的解构批评理论。马新国⑤在述及"耶鲁学派"的解构批评时认为，哈特曼思想经历了从现象学发展为解构主义这样一个阶段，他从语言意义的不确定性出发，揭示了文本意义的不确定性，因而阅读和批评自身就处于不确定性中，如此，文学文本和批评文本之间的界限便消失了，批评如同文学一样具有创造性。

---

① 程锡麟、王晓路：《当代美国小说理论》，外语教学与研究出版社2001年版，第120—121页。

② 王守仁主撰：《新编美国文学史》第4卷（1945—2000），上海外语教育出版社2002年版，第564—567页。

③ 朱立元编：《二十世纪西方文论选》（下），高等教育出版社2002年版，第289页。

④ 朱立元主编：《当代西方文艺理论》（第2版增补版），华东师范大学出版社2005年版，第320—322页。

⑤ 马新国主编：《西方文论史》（第3版），高等教育出版社2008年版，第516—519页。

就以上对国内哈特曼研究文献梳理的总体情况来看，哈特曼研究无论在数量上还是质量上都严重不足。依笔者拙见，数量缺少自是毋庸赘言，质量缺陷主要表现在以下几个方面：

第一，资料不充分，主要表现在掌握、利用国外第一手资料和第二手资料较不充分。从上述论文以及著述的参考文献来看，它们利用的资料非常有限。就对哈特曼著作的参考而言，大多仅仅提及《荒野中的批评》及《超越形式主义》等极为有限的几本书，且对国外哈特曼研究资源借鉴极少。由此造成较多的重复性阐述和较为粗疏的、印象式的观点。

第二，研究视角受限。很多研究都是从德里达—解构主义—"耶鲁学派"—解构批评这一简单的、笼统的线性框架中来看待哈特曼的文学批评思想，把它归为对解构思想的补充和完善，因此缺乏对其思想的整体性考察和多视角观照。结果便是研究视角受到极大限制，研究内容和研究层面上造成许多盲点。

第三，再现方式单一。如果按照赵淳关于西方文论在引介进入中国本土过程中的知识构型分类来看①，上述对哈特曼思想的引介几乎都应属于资源型再现，亦即说，这些引介尚停留于对哈特曼思想的转述层面，缺乏学理意义上的深度考量与考究。

第四，毫无疑问，上述研究资料、研究视角和再现方式的单一使研究内容在广度上和深度上受到限制。从 20 世纪 50 年代至今，可以说，哈特曼五十余年的学术生涯涵盖了当代美国文学批评领域乃至西方文学批评领域中发生的重大批评思想运动，如同他在自传中所言："我从笔著文五十余载，在这期间，目睹了各

---

① 参见赵淳《话语实践与文化立场——西方文论引介研究：1993—2007》（南京大学出版社 2008 年版）一书，该书把再现西方文论的知识构型依照层次由低到高分为六大类：资源型再现、追问型再现、整理型再现、对话型再现、比较型再现以及论争型再现。

种批评运动的起起落落、潮来潮往。我想，对那些无论是持怀疑态度还是抱善意的读者来说，了解这些运动对一个只能称得上是文学和文化事件的用心观察者而不能称之为理论家的人产生的影响，应该不失为一件趣事。"① 因此，绝非单单"解构批评"这一术语能够囊括哈特曼深邃的学术思想。但是，从上述研究来看，国内学界恰恰只注意到哈氏思想中的解构层面，忽略了其他更多值得探讨和研究的领域。

二　国外研究现状

相对于国内哈特曼研究冷清寥落的境况而言，国外相关的研究成果则较为丰富一些，但专文或专著形式的研究成果仍然较少。

第一，哈特曼研究专著。迄今为止，G. 道格拉斯·阿特金斯（G. Douglas Atkins）于 1990 年出版的《杰弗里·哈特曼：作为可应答文体的批评》（Geoffrey Hartman: Criticism as Answerable Style）是唯一一部研究哈特曼的专著②。在书中，阿特金斯主要探讨了三个方面的问题：哈特曼与犹太教和浪漫主义的关系、关于文学批评的思想以及对阐释和阅读的关注。阿特金斯对哈特曼文学思想的研究有独到的地方，但在以下几个方面显得不足。首先，他过于强调了哈特曼的犹太人身份，并把它视为哈特曼文学思想形成中的一个重要因素。其次，哈特曼主张的否定的阐释学并非是解构主义的一个别称。受瑞恰兹、巴赫金、奥尔巴赫、胡塞尔、黑格尔、奥斯丁（J. L. Austin）等人的影响，哈特曼

---

① Geoffrey H. Hartman, *A Scholar's Tale: Intellectual Journey of A Displaced Child of Europe*, New York: Fordham University Press, 2007, p. ix.

② 该书被收入由克里斯托弗·诺里斯（Christopher Norris）任总编的《20 世纪批评家》（*Critics of the Twentieth Century*）系列丛书。

主张，阅读文学文本或是批评文本，都是一种积极地与文本对话的行为，是一个通过文本的意识建立读者（批评家）意识的行为，由此承担起阅读所应承担的责任。最后，阿特金斯没有就哈特曼后期的文学批评思想进行研究。哈特曼对大屠杀的研究，以及对浪漫主义的再思考，拓展了文学研究领域。

第二，哈特曼研究论文。主要分为三个方面：

首先，有关哈特曼文学批评思想的研究。华莱士·马丁（Wallace Martin）的《文学批评家及其不满：对杰弗里·哈特曼的回应》① 一文，指出，哈特曼对欧陆哲学思想的借用其实并没有摆脱英美新批评的影响，相反，这种传统最终构成了其批评思想中沿用的原则，包括他对文体的批评。爱德华·萨义德（Edward Said）的《超越形式主义为何物?》②认为，在本质上哈特曼并不情愿从对具体文本的批评中移开，虽然他自己声称通过断裂的社会元素将批评最终纳入复杂的历史，但实际上并没有这样做。上述两篇文章将哈特曼的文学批评视为新批评文本中心论的延续，具有一定的偏颇性。

迈克尔·斯普林科（Michael Sprinker）的《阐释的犹豫：结结巴巴的文本》③ 以及《审美批评：杰弗里·哈特曼》（"Aesthetic Criticism：Geoffrey Hartman"）④ 两篇文章从哈特曼关注个

---

① "Literary Critics and Their Discontents：A Response to Geoffrey Hartman"，*Critical Inquiry*，Vol. 4，No. 2，1977. 该文章是马丁就哈特曼在 1976 年的《批评探索》（*Critical Inquiry*）第 3 卷第 2 期上发表的《文学批评及其不满》（"Literary Criticism and Its Discontents"）一文做出的回应。

② "What is Beyond Formalism?"，*Comparative Literature*，Vol. 86，No. 6，1971.

③ "Hermeneutic Hesitation：The Stuttering Text"，*Boundary* 2，Vol. 9，No. 1，1980.

④ 该文被收录于 1983 年由乔纳森·阿拉克等主编并出版的《耶鲁批评家：解构主义在美国》（*The Yale Critics：Deconstruction in America*，Minneapolis：University of Minnesota Press，1983）一书。

体文本的复杂修辞特性和审美结构的角度出发，探讨了他对语言中介性问题的关注。莫瑞·克里格（Murray Krieger）在《杰弗里·哈特曼》①一文中，从自身关于形式主义的批评立场出发，将哈特曼视为"一个非常吃力地扮演着调节者角色的批评家"②。这几篇文章虽然注重哈特曼关于形式主义和审美距离的思想，但是在称哈特曼为唯美批评家这一点上，与上述马丁和萨义德的观点一样有失偏颇，因为它忽略了哈特曼对语言调节性的关注。从其关于批评以及批评家的主动性、关于诗歌解决人类问题的根本立场上讲，哈特曼并非一个绝对意义上的审美论者和形式主义论者。

丹尼尔·休斯（Daniel Hughes）的《杰弗里·哈特曼，杰弗里·哈特曼》③主要从哈特曼关于批评家的概念出发，探讨了哈特曼的文学批评思想，但对如何界定哈特曼所称的批评家角色缺乏一个明确的中心。大卫·J. 戈尔丹（David J. Gordon）在《作为共同创造者的批评家》④一文中认为，哈特曼在论述批评家的地位和作用时采取了一种谨慎和有所保留的态度，因而采取了一种中庸的说法，将批评家理解为共同创造者。但作者并没有阐述清楚"共同创作者"（co - creator）的确切含义：是指批评家作为一个读者，具有对原文本进行创造性理解的能力，如读者反应理论所主张的那样？还是指批评家与原文本作者一样本身具有创造力？抑或是批评家与作者一道共同创造了文本？此外，丹

① 此文为克里格对哈特曼《超越形式主义》一书的书评。

② Murray Krieger, "Geoffrey Hartman", *Contemporary Literature*, Vol. 89, No. 1, 1974.

③ "Geoffrey Hartman, Geoffrey Hartman", *Comparative Literature*, Vol. 96, No. 5, 1981. 此文是休斯对哈特曼《荒野中的批评》一书所做的书评。

④ "The Critic as Co - Creator", *The Sewanee Review*, Vol. 90, No. 4, 1982.

尼尔·T. 奥哈拉（Daniel T. O'Hara）在为《杰弗里·哈特曼读本》（*The Geoffrey Hartman Reader*）一书所作的序言《视像文化》（"The Culture of Vision"）中，对哈特曼的思想做了简单概述，但这种简单的、轮廓性的概述忽略了哈特曼思想中各个重要关注点之间的发展脉络，因而显得较为粗疏。

其次，关于哈特曼对浪漫主义及华兹华斯诗歌的研究。H. R. 伊兰和弗兰西斯·福尔古森（Helen Reguerio Elam & Francis Ferguson）在为其合编的《华兹华斯的启蒙：浪漫主义诗歌与生态阅读》（*The Wordsworthian Enlightenment：Romantic Poetry and the Ecology of Reading*）一书所作的序言中，认为他的浪漫主义诗歌批评实践把自然、历史、死亡这些迥然相异却紧密相关的领域连接起来，与其后期的大屠杀研究一起填补了诗歌和历史、文本性和文化之间的显著沟壑。此书收录了吉拉德·L. 布朗斯（Gerald L. Bruns）的《诗性知识：杰弗里·哈特曼的浪漫主义诗学》（"Poetic Knowledge：Geoffrey Hartman's Romantic Poetics"）以及 J. 道格拉斯·科尼尔（J. Douglas Kneale）的《轻手柔心：杰弗里·哈特曼之后的华兹华斯解读》（"Gentle Hearts and Hands：Reading Wordsworth after Geoffrey Hartman"）两篇文章。前者探讨了哈特曼最早的著作《未经调节的视像》，认为哈特曼所强调的没有经过调节的视像实则指一种诗性知识，这种知识在乎的是事物如何存在而非事物究竟是什么，后者从哈特曼关于文学批评与文学之间存在一种绅士传统这一角度出发，对华兹华斯诗歌进行了解读。另外，伊安·鲍尔弗（Ian Balfour）的《对呼唤的应答：处于华兹华斯和黑格尔之间的哈特曼》认为，哈特曼对浪漫主义文学情有独钟，对其文学批评产生了持久性的影响，他"介于华兹华斯和黑格尔之间，比前者更具有哲性，但在辩证性方面又稍逊于后者"①。这些论文对哈特曼的华兹华斯诗歌理论研究具有一定的启发性，但是它们对这种理论的思想哲学背景却没有进行深度探讨，因此有待加强。

最后，关于哈特曼 20 世纪 80 年代后的文化和大屠杀研究。主要有：丹尼斯・泰勒（Dennis Taylor）的《表现的危险：杰弗里・哈特曼论诗歌、文化和大屠杀》② 一文，探讨了哈特曼将始于 50 年代对再现问题的关注延续到了对大屠杀文化的研究中，并就此对人类生活这一古老的话题表现出极大的关注。安妮・怀特海（Anne Whitehead）的《杰弗里・哈特曼与地点伦理学：风景、记忆和创伤》③ 一文旨在为哈特曼应该在创伤理论中占有一席之地进行辩护，认为哈特曼的华兹华斯诗歌研究对地点风景的强调，已经预示了他关于记忆的空间化视角对于创伤理论的重要性，而这一点却被研究者忽略了。上述两篇文章是研究哈特曼后期思想的难得之作，但是存在着一个共同点，即没有将哈特曼的这种思想放在其整个文学批评思想框架内考察，因而有待于进一步拓展。

从上述国外哈特曼研究的总体情况来看，与国内研究状况存在着相似点，即涉及面广但较为零散，且研究内容局限于哈特曼七八十年代形成的文学思想，对其后期批评的研究则显得较为冷清。鉴于此，本研究试图从哈特曼文学思想的基本立场出发，主要以线性方式，从他的华兹华斯诗歌研究、文学批评思想以及文

---

① Ian Balfour, "Responding to the Call: Hartman between Wordsworth and Hegel", *Wordsworth Circle*, Vol. 37, No. 1, 2006.

② "The Perils of Embodiment: Geoffrey Hartman on Culture, Poetry and Holocaust", *Religion and the Arts*, Vol. 4, No. 3, 1999.

③ "Geoffrey Hartman and the Ethics of Place: Landscape, Memory and Trauma", *European Journal of English Studies*, Vol. 7, No. 3, 2003.

化思想几个方面进行考察，旨在对其思想进行较为全面的、系统的研究，以了解他在当代西方文学理论发展史中所处的地位和所起的作用，并通过他反观当代西方文论走过的轨迹。

第三节 研究意义与主要内容

一 研究意义

作为 20 世纪七八十年代在美国校园盛行一时的"耶鲁学派"中的重要一员，哈特曼在美国当代文学批评中占据了重要位置，对他的批评思想的研究既有着批评史的学术价值，同时也更具有批评探索的理论意义和实践意义。

批评史意义：有学者指出，当代西方文论在研究重点上发生了两次重要的历史性转移：第一次是从研究作家到重点研究作品文本，以二三十年代俄国形式主义、语义学和新批评的崛起为标志；第二次则是从重点研究文本转移到重点研究读者和接受，以三四十年代的现象学、存在主义文论为开端，以六七十年代的解释学和接受理论的出现完成转移，而到了解构主义文论则达到顶峰①。哈特曼的文学批评思想演变轨迹恰好体现了这两次重大转移。他早期受新批评思想和方法的浸润，在浪漫主义诗歌研究中，对新批评的那套细读和文本分析方法掌握得十分娴熟，对文本的阐释丝毫不使人有"隔靴搔痒"之感。后受现象学和德里达思想等欧陆哲学思想的影响，哈特曼将批评的重心从文本本身转向了阅读和批评本身。除此以外，在文化研究热潮中，哈特曼又以其特定的文化视角，将文学批评与文化研究有效地结合起

---

① 参见朱立元《当代西方文艺理论》（第 2 版增补版），华东师范大学出版社 2005 年版，导论，第 4 页。

来，从而为文学批评的困境指出了一条有效途径。因此，哈特曼研究一方面有助于揭示他对美国传统文学批评所发挥的承接和逆转作用，以及其为推进当代美国文学批评所作的贡献；另一方面也可以展示 20 世纪西方文学研究发展的大致轨迹，从而具有重要的批评史意义。

批评的理论意义和实践意义：从理论层面上观照，哈特曼关于文学以及文学批评本质的探讨并形成的一套相关话语，无疑极大地丰富了西方当代文学研究，尤其为形式主义、批评、阐释、阅读等重要概念赋予了新的内涵和特质，从而使它们在新的语境下衍生出新的概念意义，形成一道独特亮丽的理论风景。从实践层面上观照，哈特曼在阐发自己思想的同时，更致力于将思想与方法应用到文学批评的实践中。他通过文本解读形成的独到见解，无疑丰富了文本意义阐释的策略和方法，从而为读者进行文学研究提供了更广阔的视角和更有力的理论工具，对具体的文学批评实践产生了积极的指导意义。

哈特曼研究对于国内的"耶鲁学派"研究也具有重要的意义，成为其中一个不可或缺的主要部分。近年来国内学界已经意识到"耶鲁学派"对于中国文学批评的意义所在。2007 年，天津人民出版社推出"耶鲁学派解构主义批评译丛"，包括德曼的《阅读的寓言》（*Allegories of Reading*）、米勒的《小说与重复》（*Fiction and Repetition*）、布鲁姆的《误读图示》（*A Map of Misreading*）和哈特曼的《荒野中的批评》，让读者可以比较系统地接近"耶鲁学派"本身的立场和思想，比较深入地研究该学派的主张。为进一步深化这一宗旨，同年，由朱立元教授主持的"耶鲁解构主义批评学派"学术研讨会在上海召开，旨在通过对"耶鲁学派"解构主义批评思想的研究，达成对这一影响深远的文学思潮的整体认识，不再做表面上浮泛的理解和运用。2008

年，王宁重申了这一学术立场，认为"针对当前中国的文学批评界存在的浮躁现象、'自说自话'盛行而缺乏理论交锋和国际交流的现象"，让人们"重新读一读几位耶鲁批评家写于二十世纪七八十年代的著述仍是十分必要的"，因为他们的批评实践"在很大程度上反映了美国乃至整个英语文学批评界在二十世纪七八十年代的一种批评倾向，也即所谓的'解构'倾向。同时，也直接或间接地影响了兴起于九十年代的中国后现代批评"①。这一系列学术活动并非喧声造势之举，它们体现了"耶鲁学派"的思想在激活本土理论话语中仍然占有一席之位。中国的文学批评应合理地内化这种异域理论，使之成为更有效的本土理论资源。毋庸置疑，这样做的第一步便是对该学派的理论主张进行系统深入的研究。尽管该派其他成员之间的理论话语异大于同②，但是，这些话语之间有着千丝万缕的联系却也是不争事实，研究其中的任一成员也就涵盖了在学理意义上对其他成员相关层面的探究，因而在学术上也就具有了超越个体而达至整体研究的意义。

从哈特曼自身的批评实践来考察，其文学实践对国内学者也是一笔不可多得的宝贵资源。身为一个流亡学者，哈特曼背负着一种厚重的历史感，这种历史感无影无形，但却无所不在地渗透在其学术思想和理论主张中。他试图调和英美批评和欧陆批评、圣经阐释和文学批评、文学批评和文学、神圣性和世俗性、形式

---

① 王宁：《耶鲁批评家对中国当代文学批评的启示》，《中国图书评论》2008年第11期。

② 有学者认为，"耶鲁学派"这一称呼并不表达特定的理论概念，该学派的几位成员也并没有统一的理论战线和严谨的理论基础，之所以这样称呼，权且为非学术因素促成之故。参见昂智慧《文本与世界——保尔·德曼文学批评理论研究》，上海人民出版社2009年版，前言，第4页。

和意识、历史记忆与生命现实等，而在这种绝非简单的调和中，他形成和发展了自己独到的批评视角和批评方法：通过形式超越形式，通过传统超越传统，通过历史超越历史，从而实现对传统意义上的批评的超越。这对于研究西学以构建自身理论话语的国内学者的批评实践，极具重要意义和参考价值。

二　主要内容

本书主要以线性的方式，考察杰弗里·哈特曼在 20 世纪 50 年代到 21 世纪初约半个世纪中的文学批评思想，主要包括以下几个方面：

第一，对批评概念进行考察，旨在探寻当代西方文学理论中"批评"这一关键词在语义、功能、与文学及理论的关系等方面的演变轨迹，并探究这种演变对于文学批评的特定意义，为厘清哈特曼文学批评思想的发展脉络作一外部的、较为全面的背景性考察。文学与非文学之间界限的消失，使得人们以新的眼光审视批评与文学的关系，在经历了阿诺德、王尔德、艾略特、乔治·布莱（George Proulet）以及弗莱等对批评与文学之间关系的论述后，"批评就是文学"这一思想已经呼之欲出了。最后，在后现代语境中批评获得文学性的同时，自身也披上了浓厚的理论色彩。伴随着批评的独立和学科化，20 世纪不仅是一个如韦勒克所称的批评的世纪，更是一个理论的世纪，批评因有了理论而显得具有学科的性质。因此，批评的学科化和科学化成为 20 世纪文论界的一大特色，将批评理论化又成为这一努力的一个重要筹码，批评和理论因而成为使文学去神秘化的一种努力。那么，当批评集文学性和理论色彩为一身的时候，就恰恰为哈特曼极力主张欧陆哲学与英美批评相调和的论点提供了极大支持。

第二，对哈特曼早期华兹华斯诗歌理论进行研究。在 20 世纪下半叶，西方文学理论界掀起了一股浪漫主义研究的浪潮。在此种浪漫主义研究的背景下，杰弗里·哈特曼亦以华兹华斯诗歌研究成名，成为学界浪漫主义诗歌阐释中少数几位领军人物之一。通过华兹华斯，哈特曼意欲在浪漫主义哲学与诗歌之间架起一座桥梁，实现浪漫哲主义学家们将哲学与艺术统一于一体这一抱负。哈特曼对新批评的诟病与其浪漫主义旨趣构成他研究华兹华斯诗歌的前提条件，而对胡塞尔现象学、黑格尔现象学中意识的关注又成为他研究的理论出发点，因此，他本着自身的浪漫主义旨趣，以与新批评对立的立场，以现象学为理论框架，把浪漫主义诗人和诗歌纳入自己的研究视野，并将之纳入欧陆哲学的阐释框架，从而使自己的纠偏取得一石数鸟之效：既为浪漫主义诗歌拨乱正名，又使德国浪漫哲学传统得以传承；既为自己的研究开启新的疆域，又拓宽了英美文学批评视野。

第三，对哈特曼关于形式主义的思想进行研究。除了对华兹华斯及其诗歌终其一生的情有独钟外，哈特曼对阐释问题也格外关注。出于对文学阐释现状的不满，他转向犹太圣经阐释传统，从密德拉什的独特阐释模式中，发现走出当代形式主义之争的有效途径。在他看来，当代阐释者因囿于文本的藩篱而使得文本想象力极度贫乏，由此产生阐释这一观念本身的衰退。所以，哈特曼一方面保持着对大陆批评方式的忠诚，另一方面又强烈感受到形式本身的强大力量。基于这种双重立场，哈特曼提出了一种通过回到形式主义而超越形式主义的途径，即一种形式主义的否定之路，使阐释既能在文本之中又能在文本之外。阐释脱离不了字词的调节，想象是基于文本的想象，而不是不受任何约束的天马行空和自由驰骋。这样，从字词到字词后面的想象，从文本到阐释，从形式到形式的超越，从文学到作为文学防御者的文学史，哈特曼赋予了艺术和艺术家在社会生活中重要的调节者角色。

　　第四，对哈特曼批评即文学这一思想进行考察。与德曼从批评的修辞性、米勒从批评的寄主性和布鲁姆从批评的误读背景来说明批评与文学之间的关系不同，哈特曼对两者之间关系的言说取自更深远的理论背景和批评背景。他立足于大陆哲学与英美批评相结合的立场，吸纳了德国浪漫派的诗化哲学思想，抵制20世纪文学批评的科学化趋势，努力修正从阿诺德以降至艾略特关于批评次于文学的理论话语。而如何去理解哈特曼所积极倡导的那种既是理性的、哲性的又是文学的批评呢？他又如何通过自己的批评实践来弥补哲学批评与实用批评之间存在的鸿沟呢？这主要取决于哈特曼对于批评文体这一问题的立场。对于哈特曼而言，文体的问题就是方法的问题，因为批评的语言是在批评者所采纳的文体中处理的，如何寻求一种负责任的文体，即可以进行理性传达的文体，成为哈特曼在哲学批评和实用批评之间进行调解的一种方法和努力。对纯净问题的排斥使哈特曼不承认文体之间的确切界限，认为确立一种文体的确切界限是不必要的。在对德里达《丧钟》的文体推崇备至后，他将目光转向了随笔这一断片式的形式，认为它能够与评价性或历史性批评赋予其主体的严格性调和，将英美的批评传统与大陆哲学批评进行调和，成为一种新的、富有生命力的、更具对话性和应答性的批评文体。由此，批评成为一门艺术，得以名正言顺地跨入文学史的大门。

　　第五，对哈特曼20世纪80年代后的文学文化思想进行研究。哈特曼在其后期的研究生涯中发生了一种非学术转向，或者说是一种文化转向。80年代之前，哈特曼以杰出的浪漫主义研究者、充满解构哲学意味的多元阐释的提倡者以及创造性批评的大力阐发者身份出现在文学研究领域，而浪漫主义、阐释、批评无不属于文学研究领域中的典型命题。80年代之后，哈特曼似乎显示出更多的非学术研究者的特质。然则，这与其说是哈特曼研究的转向，毋宁说是他在接纳打开经典思想之后对文学研究的一种新的尝试。一方面，哈特曼从其持续一生的对文体和不同形态言语的关注出发，将证人的证词乃至于整个电视录像视为一种叙事文本甚或一种移动的叙事文本，对它的研究并没有脱离文学研究的领域。另一方面，对世界大战表现出来的文化问题和现代媒体文化，哈特曼一直从一个文学批评家的特殊视角加以审视，并从中洞察到当代文化生活中存在的危险倾向，警醒世人这种危险倾向曾经给人类带来的恶果以及正在或将要导致的不良结果，并进一步阐明，对于文化带来的这种恶果，文学及文学批评，或者从更宽泛的意义上讲艺术本身，发挥了不可替代的调节作用。显而易见，哈特曼的努力拓展了文学的疆界和文学研究领域。他通过自己对文学与文化的独特思考和洞察，并付诸行动，凸显了一个文学批评者应该担负的责任。

最后，对哈特曼的文学批评思想进行归纳，得出结论，即哈特曼一直站在一种中间立场上，以一个调节者的批评家身份，践行着一种调和式的批评。但这种调节和调和不是将两种极端的事物或观点进行简单的混合，而是在它们之间的空白处寻求一种新的生长物，因而具有超越的潜能。

第二章　批评的概念

如韦勒克所言，20世纪是一个名副其实的批评的世纪，各种有关批评的理论和思想如潮水般此起彼伏，层涌迭起，呈现出一幅众声言说的画面。在这些话语中，各种有关文学的概念，如批评、语言、作者、文本、自我、读者等，都从古老尘封的词典中被提了出来，一抖身上经年积久的尘埃，在新的语境下受到不同角度的审视和探究，被赋予了与传统理解不同的含义，从而以新的面庞和新的活力呈现在人们面前。

在这些获得重释的概念中，文学和批评当属两个范畴较大的概念了。一方面，对于"什么是文学"这一问题的重新审视和解答，成为当代文学研究中一个最根本的问题，也成为众多理论流派建立自己理论的出发点，如特里·伊格尔顿（Terry Eagleton）所言，"如果存在所称之为文学理论的这种事物，那么，就必然明显地存在着称之为文学的这种事物，因为文学理论无疑是关于文学的理论"①。伊格尔顿话语中包含了两个逻辑命题：第一，文学理论的存在是以文学的存在为前提；第二，文学概念的

---

① ［英］特里·伊格尔顿：《文学理论导论》（第2版），外语教学与研究出版社2004年版，第1页。

变化必然引起文学理论的变化①。

从上述逻辑命题及其推演来看，批评扮演了一种文学的依赖者角色，文学的存在和变化决定批评的存在和变化。这与对批评的传统理解一致。按照这种传统的理解，批评家或是一中立的美学意义上的检查者和审视者，他们的主要职责是以客观的态度、以不表现个性的方式提出自己不容辩驳的意见，对艺术品进行判断或裁判，或是艺术的支持者或帮忙者，为艺术作品做注释，进行宣传，从而服务于艺术，成为艺术的女婢。但是，到了 20 世纪，随着文学性概念的出场及其演绎，文学与非文学之间的传统划分受到了质疑。这种质疑导致人们再度审视批评与文学两者之间的关系。由此，批评之于文学的独立性问题被提了出来，从而产生了与传统理解截然不同甚或完全背道而驰的观点。

同时，随着英语研究在现代作为学科的合法性得以确立，文学研究也逐渐走向学院化和体制化。这种学院化与体制化得以巩固的前提是文学研究的学科化和科学化，而要达到此目的，如佛克马所言，必须依赖一种特定的文学理论，否则其艰难程度是难以想象的。因此，文学批评在 20 世纪也呈现出一种理论化趋势，在形成自身的概念、术语、理论与方法的过程中寻求建构一个完整、统一的批评体系。在这个建构过程中，批评之于其他人文学

---

① 关于"批评理论"、"文学理论"、"文学批评"等概念之间的细微差异，张中载先生曾在 2000 年的一篇文章《理论随笔：话说批评》中认为，在西方，"批评理论"（指文学批评理论）、"文学批评"和"文学理论"等所指大致相同，以至于有时让人无所适从，因为它们广义上都指与文学艺术有关的理论问题和对具体文学艺术作品的批评。对此，他以国别加以区分，如英国人爱用"文学批评"，美国人常用"批评理论"，德国人用"文学批评"时，取其狭义，指对具体文学作品的批评。当然，从严格意义上讲，这些概念之间存在细致差别，如韦勒克在《文学理论》中就指出，文学理论"是对文学的原理、文学的范畴和判断标准等类问题的研究"，文学批评则是"关于具体的文学作品的研究"。对此，本书不做细分，而取"批评"一词作为统称。

科甚至自然科学的独立性问题被提了出来。

　　一方面，批评以自身的文学性诉求，要求摆脱文学的附庸地位而与之并列。另一方面，它又以自身的理论建构要求与其他学科并驾齐驱，不分轩轾。而文学性与理论性在通常意义上是相互矛盾的。所以，这种双重独立性要求产生了一个悖论性问题：批评应走向文学化，还是走向理论化？当批评在这两极之间逡巡徘徊、犹豫不决而难以取舍之际，恰恰为哈特曼发展其文学批评思想提供了千载难逢的契机。

　　因此，以上述问题为重点，本章将从批评与文学的关系、批评与理论的关系等方面，来研究当代文学研究中"批评"这一关键词涉及的理论层面，以期为厘清哈特曼文学批评思想的发展脉络作一外部的、较为全面的背景性考察。

第一节　批评的文学性演变

　　对于"批评"（criticism）这一概念的词源梳理，最细致且最具权威的学者莫过于韦勒克了。在《批评的概念》（*Concepts of Criticism*）一书中，为对"批评"一词的渊源及演变进行缜密的、精细的梳理，韦勒克专辟一个章节来对"批评"一词从历史的角度做历史语义学研究。本节以韦勒克关于"批评"一词的语义研究为出发点，来考察该词在当代文学语境下的含义衍变及特有内涵。

一　批评之于文学的附属性

　　韦勒克主要从以下三个方面对"批评"的含义进行了考察[①]：

――――――――――

　　①　参见［美］雷纳·韦勒克《批评的诸种概念》，丁泓 、余徵译，四川文艺出版社 1988 年版，第 19—33 页。

第一，"批评"在希腊文和拉丁语中是"裁判"、"判断"的意思。从广义讲，批评就是在文本解释的基础上表达自己的评价。

第二，到了中世纪，"批评"这个词只作为医学名词出现，意思是"危象"（crisis）和"病情危急"（critical）。在文艺复兴时期，"批评"的原义得以恢复，并且批评家与文法学家和语文学家获得了同样的权威和声誉，三者可以互相代替，被视为批评和判断一切好坏的人。但是，"批评"多了一层宗教含义，"批评术"（ars critica）用作诠释的工具，目的在于实现宗教自由。在文艺复兴后期，一些人本主义者把"批评家"和"批评"这两个词专门用于古代经文的编订方面，"批评家"的唯一目的和任务是努力改进希腊、拉丁作家的作品，甚至有学者将批评当做文法学的一个小分支，将它的任务限定为鉴别诗人诗句的真伪，校勘带有讹误的文本。17世纪以后，批评一词的意义得以扩大，不再局限于对古典文献进行甄别去伪，逐渐脱离从属于文法学和修辞学的地位，从一个专对古典作家进行文字考证的名词慢慢变为等同于整个有关理解、判断甚至认识论的问题，如约翰逊博士（Doctor Johnson）所称，"批评是把意见深化为知识"[①]，因而出现了现代意义上的批评一词。

第三，"批评"一词在法国、英国和德国经历了不同的演变轨迹。总体上看，在法国，17世纪后，由著名批评家圣柏夫（Saint Beuve）重新确定了批评家作为知名人士的至高无上的地位。在英国，"批评"一词的现代意义也是在17世纪出现，并通过蒲柏（Alexander Poper）《论批评》（"On Criticism"）一文

---

① ［美］雷纳·韦勒克：《近代文学批评史》第1卷，杨岂深、杨自伍译，上海译文出版社1987年版，第158页。

得以完全确认和盛行，且因马修·阿诺德把批评推崇为近代文化的最重要部分而在英国得救。在德国，"批评"一词主要由法国传过去，且词义范围小得多，一般只是指日常书评和武断的文学看法，因而评价家的地位一落千丈，充其量只是一个中间人，一个只有暂时意义的日报撰稿人。

从上述韦勒克对批评词义的考察来看，他主要集中在从古希腊到 18 世纪这一段时期的历史。就批评的词义来看，不管是对古典作家作品或经文的考据以查真伪，还是对文本进行解释以表达自己的观点，最基本、最核心的含义是基于一定的标准对某个对象做出"判断"、"评价"这一行为，或者由这一行为形成观点和看法。在此意义上，批评是一种较为单纯地根据一定标准判断好坏的读者行为。并且，按照让－伊夫·塔迪的分类法，在该段时期从事批评的批评家类型主要是口头批评家和艺术批评家，而非专业的批评，或者他所谓的"教授的批评"或"科学的批评家"①。许多现代文学大师或批评家甚至哲学家都持批评即为判断这一学说，如亚里士多德、普希金（Aleksandr Sergeyevich Pushkin）、叔本华（Schopenhauer）、狄德罗（Denis Diderot）等。在他们的眼中，批评就是对文学作品的优点和缺点、所得和所失及作者的优劣等进行判断，但是，对于批评的判断功能，却各执一词，众口称异，或褒扬，或贬抑。如亚里士多德认为，批评就是公允地下判断，普希金认为批评是一门"揭示文学艺术作品的美和缺点的科学"②，叔本华则认为，创造的天才具有男人的特性，知性批评只是女人的特性，她只能接受，只能判别优

①　[法]让－伊夫·塔迪：《20 世纪的文学批评》，史忠义译，百花文艺出版社 1998 年版，第 6 页。

②　[俄]普希金：《论批评》，《西方文学术语辞典》，佘江涛、张瑞德等编译，黄河文艺出版社 1989 年版，第 200 页。

劣，因此批评毫无主体性可言。狄德罗更是一个贬低批评的批评取消论者。在他的眼中，批评家不但没有任何作用和价值，而且是一个既无知又狂妄的野蛮人，因此一部作品最严格的批判者是作者自己。

从上述对批评的两种立场来看，尽管褒贬不一，一方认为，批评以自己的理性原则对艺术进行积极的判断，以达到传播艺术所承载的价值的目的，另一方则认为，批评因为缺乏艺术般的创造性而只能充当低劣的评判者角色，但是，双方具有一个共同的理论立场，即艺术或文学作品是占主导地位的、第一位的，而批评是附属的、第二位的，奠定艺术作品首屈一指地位的基础或条件就是其创造性，批评因其言说他人的性质不得不屈尊于批评对象即文学之下，被赋予寄生者的角色。

二 批评向文学的延伸

然而，这并不意味着批评的含义就此停留，不再发生改变。"意义是词在语境中所取得的意义，而这种意义是使用词的人给予它的……因此词义不能一成不变、一劳永逸地固定下来。连最有权威的学者或最有势力的学会都不能把一种术语固定下来，特别是像文学批评这类众说纷纭的学科"，因而，对于一个词，我们可以描述各种不同的意义和各种语境，澄清一些问题并提出新的区别，"但却不能为将来立法"①。姑且将韦勒克此说作为进一步考察批评在当代语境中意义变化的理论依据，那么，现代意义上的批评是怎样的呢？毋庸置疑，它应该是让－伊夫·塔迪所称的专家的批评的时代。在这个批评的时代，批评一词的内涵得到

---

① ［美］雷纳·韦勒克：《批评的概念》，张今言译，中国美术学院出版社1999年版，第33页。

了极大的丰富，因为，按照韦勒克的说法，在 20 世纪，"我们不仅积累了数量上相当可观的文学批评，而且文学批评也获得了新的自觉性，取得了比从前重要得多的社会地位"①。除了文学批评在数量上激增外，批评的自觉性在很大程度上意指批评逐渐摆脱传统束定的对作家、作品的评析者、判断者和评价者身份，在无暇顾及自身的忙碌之后，转而对自身的本质进行反思。

这种反思较早始于马修·阿诺德。阿诺德对于批评的关注主要体现在其 1864 年发表的《当代文学批评的功能》（"The Function of Criticism at the Present Time"）一文。在该文中，阿诺德赋予了文学批评与其他一般知识领域同等的重要性，认为批评的目的在于，"就知识的所有分支领域，包括神学、哲学、历史、艺术、科学，探寻事物本来的真面目"②。为了达到这一目的，批评就必须具有一种创造力。在阿诺德看来，因为人的创造力和精神的自由活动是人类达至幸福状态的必要条件，而人类的创造力除了体现在文学或艺术中以外，还有其他多种途径，批评就是其中一种。虽然批评的创造力与文学的创造力相比较为低级，但是，它却具有文学所难以具备甚或不能具备的创造力产生的要素：思想。因为文学家对于思想所进行的是综合和阐说，并非分析和发现，亦即说，文学家的任务在于直觉地表现自己时代所流行的最好思想，使自己处于此思想秩序中，这样才能自由地创造。但对于批评家而言，他则是这种思想秩序的创造者，且能够将这种思想置于一种优先地位。结果便是这些思想"延伸进入社会，因其探寻到了事物真相而影响了人们的生活，于是到处

---

① ［美］雷纳·韦勒克：《批评的概念》，张今言译，中国美术学院出版社 1999 年版，第 344 页。

② Matthew Arnold, *Lectures and Essays in Criticism*, ed. R. H. Super, The University of Michigan Press, 1990, p. 258.

都充满了激动和成长，文学的创造时代便随着这种激动和增长来临了"[1]。显而易见，阿诺德将批评的创造力和文学的创造力置于不同的等级上：前者是后者的一个必备要素，如果缺乏此要素，在复杂的现代生活中，就会造成思想贫乏，使人们不能够透彻了解世界和人生，更遑论探寻真相了。正是在此意义上，阿诺德对浪漫主义诗人及其诗歌持贬抑态度，认为他们尽管充满了活力和创造力，但是缺少思想的光辉，缺少研究和批评的智性，因而他们的作品显得内容空虚、涣散，缺乏完整性和多样性。

　　那么，真正的批评是什么样的呢？阿诺德从反对英国狭隘的实用主义、物质主义和庸俗主义出发，提出了他的超然批评观。所谓超然批评（disinterestedness），就是指批评应当摆脱政治的、社会的等任何外在的、实际的考虑，抛弃纠缠着人们的一切实际利益，独立于任何学派和党派机构，本着创造一种纯正的、自由的精神活动为目的，将世界上已被知道、被想到的最好的东西让众人知晓，从而真正树立批评的权威，创造一种"纯正的、新鲜的思想潮流"[2]。阿诺德维护批评的思想性和无偏见性主要基于以下两点现状。第一，英国人素有注重实际轻视思想的传统。这种因袭的传统，按照欧文·白璧德（Irving Babbitt）的说法，养成了英美人"对思想上的清晰性和连贯性相对漠视"这一习性，以至于使他们认为行动重于思考，且"只要获得了实际的效用，就可以在理论上接受'得过且过'的生活"[3]。因此，在英国，自18世纪现代意义上的批评产生伊始，批评主要与生活

----

[1]　Matthew Arnold, *Lectures and Essays in Criticism*, ed. R. H. Super, The University of Michigan Press, 1990, p. 261.

[2]　Ibid., p. 285.

[3]　［美］欧文·白璧德：《什么是人文主义》，《人文主义：全盘反思》，王琛译，生活·读书·新知三联书店2003年版，第1页。

经验密切接触，这使得当时的人都可以参与批评，人人都有批评的能力。按照韦勒克的说法，18、19 世纪也是产生批评的世纪。但是，当时的批评并不是我们现代意义上的专业批评，它缺乏一种知识的或理论的基础，很大程度上取决于人们对生活经验的感性或印象，如伊格尔顿所言，"批评判断的有效性取决于与日常生活富于活力的联系，而非取决于精神之独立"①。因此，阿诺德对通过批评提高人们的智性和思想水平赋予了极大的期望。第二，现代的批评概念是伴随着资产阶级自由公共空间的产生而产生的。当时中产阶级为反对社会的集权状态和等级制度，实现自身的解放，获得自身的社会地位和尊崇，必然地赋予文学极强的社会功能。那么，在这种情况下，对文学的讨论或曰文学批评，也就带有了政治的和社会的功能，其中，"贵族沙龙这一宫廷团体的合法形式成为了中产阶级进行政治讨论铺路的竞技场"②。与此相似，批评就成为各种团体、党派或机构用以宣传自己观点的一种渠道，并非如阿诺德所称的借批评创造一种纯正的自由的精神活动。

　　阿诺德提倡批评的思想性与独立性的同时，仍然承认文学创作力对于批评创造力的优势。在他看来，批评因其思想性优于文学，但他并没有将它从文学中独立出来，而是认为两者的结合，即一种理性的想象的文学，才是最具理想形态的文学。显然，他的最终落脚点是艺术创造应当蕴含批评才能。在这一点上，王尔德颠倒了过来，认为批评意识中蕴含着创造才能，因而在处理批评与文学的关系上似乎比阿诺德走得更远。在发表于 1891 年的

---

① Terry Eagleton, *The Function of Criticism*, Verso Editions and New Left Books, 1984, p. 23.

② Ibid., p. 10.

《作为艺术家的批评家》（"The Critic as an Artist"）一文中，王尔德通过吉尔伯特和厄内斯特之间的对话阐发了自己对于文学批评的观点。他认为，从古希腊这个艺术的黄金时代开始，艺术批评精神就业已开始。这种批评才能成就了艺术创造，"没有自觉的意识就没有优秀的艺术，自觉的意识和批评的精神是相生相随的"①。那么，这种产生了艺术创造的批评有何特征呢？王尔德借吉尔伯特之口，从批评的创造性、独立性、主观性三方面进行了讨论。首先，他认为，从最高含义上讲，"批评就是创造性的"②。批评本身体现了创造精神的实质。从这种意义上讲，批评本身就是一门艺术，而且是创造的创造，因为文学作品并不是批评的限制，反而成为批评家创造的一个新的起点，"艺术家的作品价值只不过是在启发批评家的新思想和感情状态点"③。由此，王尔德推断出批评的独立性：既然批评同属于创造，而且是高于文学作品的创造，那么它就应该是一种独立于文学作品的形态。显然，他所指称的批评的独立性与阿诺德主张的批评的独立性不同，前者指批评独立于文学，后者则指批评独立于实际目的。但是，两者在艺术的无功利性方面或自为性方面产生了共同点。同阿诺德一样，王尔德主张批评的纯粹性，它同外在的事物没有任何联系，是非道德的，或不能以真诚、公正等字眼加以定性。同时，在王尔德看来，最高层次的批评是纯粹印象式的，因而带有极大的主观性，这种主观性又与批评家的个性相关。持有个性的批评家以自己特有的方式同艺术家一样富于创造性，运用与艺术家同样的或许更大的客观形式把它表现出来，并且通过使

---

① ［英］王尔德：《王尔德全集·评论随笔卷》，杨东霞等译，中国文学出版社2000年版，第400页。

② 同上书，第410页。

③ 同上书，第453页。

用新的表达手段使它呈现得异常完美和完善，即"批评家应能把他得自美的作品的印象用另一种样式或新的材料表达出来"①。

对于批评存在的必然性，王尔德将之归因于艺术家与批评家两种角色的不可重叠性。换言之，我们可以说作为艺术家的批评家，却不能说作为批评家的艺术家，因为一个人的创造能力与鉴赏能力不能集于一身，伟大的艺术家由于专注于自己的作品、追寻自己的目标，鉴赏能力受到了限制，所以他绝不可能评判别人的作品，实际上也几乎不可能评论自己的作品。那么，这种在创造中受到限制的鉴赏力就只能通过批评得以扩展，批评家在鉴赏中获得了自己的创造力，培养了自己的特殊气质和情感。与在可支配的题材范围和种类方面受到限制的文学创作相比，批评的主题却与日俱增，新的思想和观点层出不穷，是批评创造了时代的理性氛围。因而，王尔德认为，对于缺乏理性思维和沉思的英国人来说，批评比任何时代更显得必要，"作为思想的工具，英国人的大脑是粗糙而欠发达的，唯一能使之纯洁起来的方法就是让批评的本能不断增长"②。与阿诺德不同的是，王尔德对批评的前景持一种乐观的态度。他认为未来属于批评，因为批评家能够对艺术作品取其精华，去其糟粕，从只言片语或零碎的艺术作品中为世人再现往昔的岁月。

由此可见，王尔德的理论程式是：批评对于文学创作非常重要，艺术的提高需要批评的提高；同时，批评因其创造性成为文学中独立的一支，有自己的程序，批评无须依赖文学而存在。相反，文学却要依靠批评持存，作为艺术家的批评家不但应该具有

---

① ［英］王尔德：《道连·葛雷的画像》，荣如德译，山东文艺出版社1999年版，自序，第1页。

② 同上书，第454页。

艺术家的气质和素养，而且也应该在实践中走向创作。无疑，相对于阿诺德而言，王尔德的批评观更具有激进性，与其唯美主义的艺术思想一脉相承。对于王尔德而言，关于艺术的任何形式的反映论都是应该加以摒弃的，因为艺术不必满足于反映自然，也不必以遵守伦理道德为自己的职责。反之，它应该如萨特（Jean - PaulSartre）所称的那样，成为"纯消费的最高形式"，"不传授任何内容，不反对任何意识形态，它尤其禁止自己带有道德性"①，以求达到无为而为的最高境界。同理，批评也是个人主义的，不应受禁于世俗的观念，拘泥于文学创作的附庸者角色，批评家不必以公正、真诚、理性的决判者姿态呈现自身。相反，他应该是一个充满感性、有着自己特殊敏感气质的创造者，虽似付诸阙如，却无为而治，为拯救艺术和拯救自身开辟了新的疆域。

但如果说"为艺术而艺术"的主张成就了王尔德"为批评而批评"的思想，预设了批评的主体地位，那么，在主张艺术自律和自足的艾略特那里，批评却失去了这种地位，呈现出一种向其附属功能回归的趋势。艾略特将批评界定为"对艺术品的书面评论和说明"②，由此认为批评的功能在于对艺术品进行解释，对鉴赏趣味进行纠正，否定了批评是以自身为目的的一种活动。相对于马修·阿诺德和王尔德强调批评的创造性和独立性而言，艾略特更注重创作本身所包含的批评及其重要性。换言之，文学创作本身就包含了批评性劳动，它既是创造性的，也是批评性的。但是，创作活动本身蕴含了批评活动，这并不意味着批评

---

① ［法］萨特：《萨特文学论文集》，施康强等译，安徽文艺出版社 1998 年版，第 161 页。

② ［英］托斯·艾略特：《艾略特文学论文集》，李赋宁译注，百花洲文艺出版社 1994 年版，第 65 页。

著作中也包含了创造性，批评性的创作与创造性的批评不能等同，根本原因就在于艺术以自身为目的，而批评却是以它自身以外的东西为目的。因而，批评可以融化于创作之中，而创作却不能融化于批评之中，以艾略特的语言描述，就是"在一种与创作活动相结合的情况下，批评活动才能获得它的最高的、它的真正的实现"①。所以，在艾略特的批评观下，批评家必须努力克服自身的个人偏见和嗜好，努力使自己的观点和大多数人的判断协调一致。同时，他们还必须具有高度的事实感，使得读者掌握他们在其他情况下容易忽视的事实，以起到纠正读者鉴赏力缺陷的作用。所以，与作家将创造作为自己的主要工具相比，比较和分析是批评家的主要工具。可见，艾略特将批评定为一种客观的科学分析行为，就如同他认为诗歌不是放纵感情，而是逃避感情，不是表现个性，而是逃避个性。

阿诺德从批评与社会的关系来看待批评，王尔德从批评与艺术家的关系来看待批评，艾略特从批评与读者的关系来看待批评。与他们三人不一样，弗莱则从批评的系统化与科学化的角度看待批评。弗莱的批评观主要体现在，他首先将文学批评界定为涉及文学的全部学术研究和鉴赏活动。这种活动具有如下特征。第一，批评之于文学，拥有一定程度的独立性。批评虽然论述文学，但是并不依附于文学。因其是一种思想和知识结构，所以能够按照某种特定的概念框架来研究文学。为了维护自身的独立性，批评所采纳的概念框架不是文学自身的框架。第二，批评之于其他学科，拥有其自主性和活动领域，应该抵制来自神学、哲学、社会学、心理学、历史学、政治学等其他学科领域的侵犯，

---

① ［英］托斯·艾略特：《艾略特文学论文集》，李赋宁译注，百花洲文艺出版社1994年版，第73页。

防止用这些学科的批评态度来替代批评自身，因为这些学科所主张的，"不是从文学内部去为批评寻找一种观念框架，而是使批评隶属于文学以外的各种各样的框架中去"①。为了维护其自主性，批评只能将自身置于文学之内，批评的基本原理只能在对文学艺术领域的探究中才能形成。文学批评家的首要任务是研读文学作品，用归纳法对文学领域进行全盘了解，获取该领域的知识，然后形成他的批评原理，而无须从其他学科照搬。第三，诗人或艺术家不能成为真正意义上的批评家，因为他们发表的评论所产生的并不是批评，而仅仅是为自己的价值观进行的辩护。这些辩护可能会有价值，但由于受自身视角的局限，往往将自己在创作实践中形成的具有个性化的鉴赏和情趣当做普遍规律扩而大之，可是批评要求的是在对整个文学概貌了然的基础上进行实际操作，因此，诗人的批评也仅仅为批评家提供研究的素材。在这种意义上，诗人或艺术家只能是哑巴，所有的艺术都是哑巴，只有批评才能说话，批评家才是一首诗的最终意义的裁定者。第四，既然只有批评家才具有说话的资格，那么，他们就成为教育的先锋和文化传统的缔造者。因此，弗莱认为，一个社会若欲抛弃批评，并声称自己知道需要或爱好什么作品，其实是在粗暴地摧残艺术，连自身的文化传统也遗忘了。

　　由此可见，在弗莱的批评观中，批评与文学相关但各自独立，在整个文学领域内并立，共同防御着其他学科的蚕食和并吞。但是，批评拥有更多的发言权，因为它立足于整个文学，以系统性、结构性构成了自己的特定程式，从而使批评像科学一样，人人都可以在掌握这些程序之后从事批评这一学术和鉴赏活

---

　　① Northrop Fry, "Polemical Introduction" to *Anatomy of Criticism*: *Four Essays*, Princeton: Princeton University Press, 1957, p. 6.

动。如此一来，批评就以其可传授性在教育中拥有了优先权，也就为弗莱所称的文化传统的缔造者身份奠定了基础。当然，弗莱的批评观与当时整个理论的学院化和体制化、教育的民主化倾向有着密不可分的联系，在这里不必对此加以详细考察。但是，从上述的批评观传统来看待他所处的位置，不妨做如是观：阿诺德和王尔德以批评的创造性来确立批评之于文学的独立性，艾略特又摒弃了批评的创造性一说，认为批评应该客观、冷静、毫无个性，处于一个由传统所建立起来的秩序和系统中，弗莱显然绕过批评创造性一说，从批评作为一门学科的系统性和结构性这一视角，探讨了批评的独立性和自主性问题。在这种意义上，弗莱既继承了阿诺德和王尔德所倡导的批评主体性地位，也沿袭了艾略特所持的以分析和比较为主要工具的客观批评态度，从而达到其将批评科学化、民主化的目的。

弗莱虽然承认批评处于文学之内，但并没有视之为一种文学类型。在这一点上，以乔治·布莱为首的日内瓦学派则采取了截然不同的理论立场，将批评的主体性地位提高了。基于胡塞尔的现象学思想，日内瓦学派倾向于认为，批评不是一种居高临下的裁判，也不是一种科学地认识客体的行为，而是一种批评的认同，这种认同实则是一种创造性行为。因为在日内瓦学派看来，批评就是在自我的内心深处重新开始一位作家的"我思"，而发现作家们的"我思"，就等于在同样的条件下，几乎使用同样的词语再造每一位作家经验过的"我思"，即作家的纯粹意识。如此，批评就是关于意识的意识，批评家应该再现和思考别人已经体验过的经验和思考过的观念，并以此来表达自己对世界和人生的感受和认识。这在两层意义上产生了一种诗化的批评。批评通过再次体现作者的感性世界，把他人的思想感觉转移到自己的思想中去，这意味着他对原生作品的一种完善，批评的语言成为诗

的语言。如果说一切文学活动的目的是调和表面上不可调和的诸
多倾向，那么，在批评者那里比在创造者那里有更多的调和的机
会，如里夏尔（J. P. Richard）所称，"一位作家的作品尽管经
过种种努力仍是不可救药地七零八落，却仍有惟一的、最后的救
援存在，那就是批评家的介入，他重建、延伸、完成这作品，从
而在事后给予他一种未曾想过的统一性"，批评家借别人的诗
歌、戏剧和小说等来表达自己的人生感受，"依仗诗人的接引，
在自我的深处找到深藏其中的形象，这不再是参与他人的诗，而
是为了自己而诗化。于是批评家变成了诗人"①。于是，在批评
与文学之间，一切差别消失了，批评家在追寻作者的我思的过程
中，也在用同样的词语表达着自己的人生感悟和意识，批评成为
一种"次生文学"，与"原生文学"即所谓的批评对象不分
轩轾。

　　从阿诺德到王尔德，经过艾略特到弗莱，然后再到日内瓦学
派，人们关于批评自身的思考虽称不上以一种线性的渐进或减退
方式进行，其间多有迂回曲折，但大致可以从以下方面得窥其总
体趋势。阿诺德可以称得上批评的现代意义的始作俑者，虽不排
除在他之前也有批评创造性之说，但是，这些只是较为零碎的只
言片语之说，并没有引起人们的极大重视，占主导地位的还是批
评裁判说，即批评是一种遵照一定规则进行的理性的裁判活动。
这种延续到 18 世纪的批评观念在坚守人文主义道德观的阿诺德
那儿终于得到了修正。批评有其理性的一面，但不应沦落为各党
派机构宣传政治观念、占领权力场所的工具，它应当不偏不倚、
超然无执，成为精神自由活动的王国。惟其如此，批评才具有了

---

① ［比］乔治·布莱：《批评意识》，郭宏安译，广西师范大学出版社 2002 年
版，第 191 页。

一种创造力，一种因其理性而区别于文学创造性的创造力。然而，到了王尔德那里，批评已经失去了这种理性，成为一种纯属个人气质决定的创造性活动。作为一种创造性活动，批评是一种创造的创造，因为文学本身是一种创造，而批评又是以文学为起点的一种创造。如此的话，批评具有比文学更开阔的视野，更大的创造性，更高的要求，更好的未来。这种对批评的期待在以艾略特为首的新批评那里受到了抵制。新批评反对批评中的意图论，也反对印象式批评，因而也就反对批评的个人性或创造性一说。文学本身既含有创造性，也含有批评性，但批评只能以文学为目的，任务在于用分析和比较的方式培养、纠正读者的鉴赏力，自身寄存于文学，故不具备创造性。这对于实现批评服务于教学的目的产生了极为有效的作用。作为对新批评的反拨，弗莱取消了批评寄生于文学的从属地位，赋予批评以体系性和系统性，试图建构一种科学般的批评程序和批评科学。但是，批评仍然处于文学之内，以避免被其他学科蚕食侵吞。换言之，批评属于文学，但独立于文学。毋庸置疑，艾略特和弗莱关于批评立论的出发点具有一致性，即，使得批评通过教育这一形式成为传统的延续者和秩序的维护者。对于日内瓦学派而言，批评则取消了这种宏观性考虑，转而成为对个体作家个体纯粹意识的追寻。在这种对"我思"的追寻中，为了捕捉作家的意识，批评家必须充分发挥自身的感性想象力，以达到认同的目的。实则上，认同的过程就是批评家发挥想象和创造力的过程。经过此过程，批评也就成为创造，批评家也成为诗人。

由此可见，人们关于批评与文学之间关系的界定主要视批评的创造性而定，并由此呈现出三种关系。第一，批评居于文学之上。一方面，批评自身具有同文学一样的创造力。另一方面，它也具有文学所不具备的智性思想和观点、更开阔的视野和鉴赏力。因而，相对于文学，批评更能实现创造精神自由活动的功能。第二，批评居于文学之下。因为批评并非具有自身的目的性，是以文学作品为解析对象，是一种对客体的认识行为，只负责鉴赏力的培养和纠正工作，缺乏内在于文学作品的创造性，如韦勒克所言，批评"必须借助作品赖以创作出来的相同的整体心智对作品作出反应"，因而无法成为中性的科学态度，但"批评总是从属于创作之下"①。第三，批评居于文学之内。这可以从两个方面理解：一方面，文学从其含义讲本身就包含了批评。另一方面，文学是一种原生文学，由它派生出批评这一次生文学。此处显而易见的是，还存在另一种关系，即批评与文学之间的同位关系，而这种关系的极力倡导者和详细阐发者便首推杰弗里·哈特曼（第五章将对此进行阐述）。

第二节　批评与理论

如果说 19 世纪是以印象式的鉴赏批评为主流，其中虽不乏真知灼见，但大多是创作者自己的文学感受或文学辩解，具有随感而发的性质，20 世纪的文学批评则少了这种个人的主观感受性和零落性，多了系统性和严密性。同时，理论课程的开设，理论学位的增加，以及理论专业从事者队伍的形成，助长了理论形成之势。加之从事批评的多半不再是作家自己，而是专业的文学研究者，这些学者中，有一大批是大学教授，他们不甘于常识性的评注，形成了成套的理论。因此，20 世纪的批评摆脱了个人印象的、直觉的描述，摆脱了创作的附庸地位，具备自身的一套

---

① ［美］雷纳·韦勒克：《近代文学批评史》第 6 卷，杨自伍译，上海译文出版社 2005 年版，第 256 页。

概念和术语、理论体系和方法，而且，各种理论层出不穷，在批评的舞台上你方唱罢我登场，竞相亮相。可以说，伴随着批评的独立和学科化，20 世纪不仅是一个如韦勒克所称的批评的世纪，更是一个理论的世纪，乃至于如尼古拉斯·特里德尔（Nicholas Tredell）所评，"犹如文学一样，理论也以各种文学学术会议的形式享有着种种华丽盛宴"①。批评因有了理论而显得具有学科的性质。因此，试图将批评学科化和科学化成为 20 世纪文论界的一大特色，将批评理论化又成为这一努力的一个重要筹码，批评和理论成为使文学去神秘化的一种努力。

一　批评的理论化

批评与理论之间存在着微妙的关系。张中载曾在 2000 年的一篇文章《理论随笔：话说批评》中认为，在西方，"批评理论"（指文学批评理论）、"文学批评"和"文学理论"等所指大致相同，以至于有时让人无所适从，因为它们广义上都指与文学艺术有关的理论问题和对具体文学艺术作品的批评。对此，他用国别加以区分，如英国人爱用"文学批评"，美国人常用"批评理论"，德国人用"文学批评"时，取其狭义，指对具体文学作品的批评。然而，说美国人常用"批评理论"虽不无道理，但是，细究起来，"批评"和"理论"二者之间在严格意义上却存在细致差别。根据雷纳·韦勒克的观点，文学理论"是对文学的原理、文学的范畴和判断标准等类问题的研究"，文学批评则是"关于具体的文学作品的研究"②。换言之，文学理论是有

① Nicholas Tredell, *The Critical Decade*：*Culture in Crisis*, Manchester：Carcanet Press Limited, 1993, p. 32.

② ［美］韦勒克、沃伦：《文学理论》，刘象愚译，江苏教育出版社 2005 年版，第 31 页。

关文学原理、规律、评价标准等一系列问题的、较为完整的专业化知识体系，它涉及批评如何形成、如何运作、如何使用等与一般规律和普适性原则有关的问题。可以说，文学理论是建立在概念的逻辑推演和抽象的理论规定基础上的知识化体系，也就是弗莱所极力主张并积极构建的批评的观念框架。文学批评作为个体的价值判断活动，则更具有个人主观色彩和非系统性特征，与批评主体自身的旨趣、气质、艺术感受力密切相关，它直接面对文学作品的经验性和交流性。显而易见，关于批评与理论的关系，就存在以下两种最基本的看法。其一，批评以理论为基础。如果说艺术旨在满足一种直接的、知觉的冲动，并且因为创造性的首要地位显示最低限度的理性的话，那么，相比之下，批评就理应为理性的和科学的。当然，这种批评的科学并不是指模仿或主张精确的自然科学的方法，而是指诗歌等各种艺术的研究应该建立在一个系统的理论基础之上，采取一种系统的处理方式。在批评陷入混乱无序的时候，这种系统的理论或系统的处理方式会引导批评走出这种混乱。这种有系统有条理的批评，如泰特所言，是一种哲学化的批评，且如弗莱所认为的，是在文学教学中代替文学而可以传授的东西。其二，批评回避理论。批评既然是对具体文学作品的阐释，那么，它所极力关注的便是文学作品这一自足客体本身，对这一客体进行评价便成为批评的主要内容。因此，作品可以言诠的内容与作品本身的好坏无涉，也不存在自成一体的方法或批评策略，如沃伦所称，"对一首诗或一部小说有了某种你已经感知到的东西，然后你力求加以说明，使之明明白白。据我看来，那就是批评活动的基本内容"①。

———————

① ［美］雷纳·韦勒克：《近代文学批评史》第6卷，杨自伍译，上海译文出版社2005年版，第354页。

　　可见，文学批评常常与文学理论一起得到界说。一般认为，文学理论往往是针对具体的文学现实经过一定逻辑推演程序后形成的关于文学的一种普适性表述方式，注重在概念框架中和普遍性系统中展开文学评价和阐释，因而其关心层面在于如何从具体上升到普遍，从特殊推及一般，如德曼所言，人们常常把理论理解成在"某种概念普遍性系统中来确立文学阐释和进行评估"①。与文学理论寻求普遍性不同，文学批评则是针对具体文学现象的一种个别性表述方式，它关心的是从普遍理论到个体作品的演绎过程，重点在于体现个体性，在某种意义上说，是文学理论在实践层面上的具体体现。因此，常见的观点是，文学理论由于其普适性性质用于指导文学批评，而文学批评由于关注具体和个别而成为文学理论在文学研究中的具体应用。而且，无论文学理论也罢，文学批评也罢，它们的理论话题和批评对象当主要限定于文学现象和经验，以揭橥文学性为目的，并对文学现实在不同层面上给予呈现。

　　如果此种言说方式在 20 世纪 60 年代以前尚具有一定的合理性，那么，这种合理性在 20 世纪 60 年代后随着文学和文学性本体论的瓦解便终结了，理论进入文学批评之内，成为文学批评的一个必然要素，如奈普和迈克斯（Steven Kanapp and Walter Benn Michaels）所言，"理论，是文学批评中一个特殊课题，它试图以某种总体的解释对具体文本的诸多解释进行全方位的管理"②。

　　由此，文学批评承担起新的理论先锋角色，本身呈现出理论

---

　　①　[美] 保罗·德曼：《解构之图》，李自修等译，中国社会科学出版社 1998 年版，第 96 页。

　　②　Steven Kanapp and Walter Benn Michaels, "Against Theory", in W. J. T. Mitchell（ed.）, *Against Theory: Literary Studies and the New Pragmatism*, Chicago and London: The University of Chicago Press, 1985, p. 11.

化趋势。如上所述，长期以来，人们趋向于认为，一方面，文学理论与文学批评是分离式发展的，一个为形而上的诉求，另一个为形而下的探索，两者虽有交叉之处，但都沿着各自的轨迹演绎。另一方面，虽非完全相同，但两者在对文学及其相关概念进行理论言说时有着相同或者相似的认识，如作者、作品性质、作者与作品之间的关系、读者等，即对"文学"本身的本体存在并不怀疑。然而，20世纪60年代后，随着社会政治风云诡谲多变，各种社会运动此起彼伏，历史文化价值趋于多元。同时，按照李奇的论述，学术职业体制催生了出版、晋升、求职的需要，社会时尚追逐新异的潮流，学术市场注重求新效应，理论正好填补和顺应了这些需求和潮流①。于是，各种理论话语形态相应纷呈迭起，以福柯、德里达、拉康等的话语理论、解构哲学和心理学等为主要影响力量的当代文学批评，从审美自律、艺术至上的象牙塔里走了出来，与语言学、心理学、哲学、社会学、人类学、政治学、历史学等学科之间的跨学科互渗趋于频繁，与日常文化现象，如电影、广告、电视等的交叉日益增强，从而出现结构主义、后结构主义、阐释学、接受美学、新历史主义、女性主义、新马克思主义、新历史主义、后殖民主义、文化研究等批评理论与思潮相继兴盛的局面。那么，此时此景中，传统文学理论家和文学批评者念兹在兹的文学就不再囿于书页文本上的字词语句，文学性不再锁定于语言形式要素和结构意义，文学和文学性概念的跨际扩展和蔓延使得一切文本具有了文学性，荣登自古以来由文学独霸的宝殿，被冠以文学的头衔。随之而来的便是人们对文学的追问也更为宽泛，权利、话语、意识形态、自我、身份

---

① 参见朱刚《批评理论的今天和明天：李奇教授访谈录》，《外国文学研究》2009年第5期。

认同、欲望、主体、无意识等理论话语得以进入文本研究的领域，"此前兴旺发达的文学理论学科……将扩展为更广泛的、现在称为批评理论的跨学科研究，并试图涵盖我们过去认为是人文科学和某些社会科学中的许多不同理论文本，也就是我们仿照法国人称之为'人学'的东西"①。

那么，在对文本的开放性分析中质疑和颠覆人们习以为常却隐藏着权力和意识形态性的话语，透视社会文化现象的深层运作机制，反思理论自身等，便成为文学批评在当代语境下的主要使命和宗旨。换言之，文学批评已经告别之前在文学理论的指导下苦心孤诣地解析与文学本身相关的话题的使命，自身便充当了理论建构的角色。莫瑞·克里格较为准确地描述了这种发展趋势，"作为一种知识形态，而不是仅仅作为我们与文学的情感遭遇的详细描述，文学批评必须理论化"②。正是这种理论化的批评使得文学研究越来越具有深奥的理论特征，从具体多样的文学事实和经验中探索各种复杂的话语机制和意识形态表征，以一种更哲学化和更宏观化的姿态进行着更加思辨的理性探索，从而对文学的当今存在进行更为形而上的追问。因此，在不能避而不谈理论问题的情形下，文学理论与文学批评以一种互相跨界互相渗透的方式存在和发挥作用：理论的批评化和批评的理论化。理论的批评化毋庸多议，因为一般而言，虽然旨在建立普遍性和总体性的概念框架和体系，理论却并非凭空捏造，它始终是在对具体文本的批评中获得主要的言说方式和路径的。例如，以亚里士多德的《诗学》（*Poetics*）为典型的古希腊罗马传统文学理论，其最终

---

① ［美］莫瑞·克里格：《批评旅途：六十年代之后》，李自修等译，中国社会科学出版社 1998 年版，第 238—239 页。
② 同上书，第 226 页。

目的是对真、善、美等哲学问题进行探索，但是这种探索也是基于对古希腊罗马的戏剧等文学现象的分析，且这种将理论变为形而下的考察成为一种认知传统和范式，在西方一直盛行不衰，在20世纪60年代后尤甚，形成了解构主义、女性主义、新历史主义、后殖民主义等多种文化批评形态进行实践活动的主要方式。对于文学批评的理论化，意义则呈现出极大差别：批评从以前听命俯首于理论的附属地位擢升到与之齐肩并进的地位，不再仅仅停留于文学经验和文学现象的描述阐说，或者仅仅局限于对文学作品本身的阐释和评价，而是非常注重从各类文本中发现并质疑各种文化现象和一切被认为理所当然如此这般的常识，建构一整套相应的理论话语。这种理论话语与整个社会文化机制、意识形态表征、政治经济形态有着密不可分的联系，体现了一种自我反思性或质疑性，与传统的文学批评话语有着完全不同的特征。如美国电视批评理论家罗伯特·艾伦（Robert Allen）所述，传统批评强调艺术作品的自律性，以艺术家为中心，将"文学"和"非文学"分离开来，并在作品中确立经典杰作的等级体系，而当代批评注重文化产品制作的环境，审视那些有能力对文学进行界定的人们所赖以做出界定的准则，并扩大文学研究的范围，将"非文学"和关于文本的批评话语包括在内①。

二　批评的困境

随着批评的理论化，文学批评的主体和客体已经不再局限于传统意义上的文学领域范畴了。按照英美传统的实用文学批评观念，批评的任务和使命是对具体作品进行阐释和评价。因此，长

---

① 参见［美］罗伯特·艾伦编《重组话语频道》，麦永雄、柏敬泽等译，中国社会科学出版社2000年版，前言，第28—29页。

期以来，如何将作者、读者与社会的或世俗的意义排除于作品之外，以阐释和挖掘文学作品的形式结构和意义生成，成为批评者的关注点。据此，只要学会和掌握了关于语词结构和修辞分析的技巧，再辅之以细读技能，人人都可以成为作品的合法阐释者和价值评估者。然而，随着文学批评理论化趋势加强，理论的深奥程度阻滞了批评的大众化和民主化，使得文学批评的践行者越来越趋向于学院化和精英化，使一般的普通读者难以接近。同时，由于文学性的扩张带来的"文学的文化化"（culturization of literature）①使得大写的、单数的文学分散为复数的文学，文学批评的对象及文学作品的外延也就发生了极为重大的变化。在后现代视阈观照下，几乎一切都因具有文学性而成为文学作品。法国批评家埃斯卡皮（Robert Escarpit）说："只要能让人们得到消遣，引起幻想，或者相反，引起沉思，使人们得以陶冶情操，那么，任何一篇写出来的东西都可以变成文学作品。"② G. K. 切斯特顿（G. K. Chesterton）甚至指出火车时刻表也都有文学用途。如此一来，文学批评的对象便可以遍及哲学、社会学、心理学、法律、影视、媒体、历史、建筑等几乎所有人文社科领域，而且涉及种族、阶级和性别的理论，远远超出了传统文学批评的领域，变得越来越严密，越来越富有逻辑性和思辨性，越来越系统化、科学化和体系化。但是，文学批评总是关注具体的文学文本，且与个体的情感、经验等有着密不可分的联系。于是乎，"文学批评"和"文学理论"的前缀限定词"文学"可谓多余的了，批评和理论变成了 20 世纪 60 年代后的两个关键词，而如前所述，

---

① 朱刚：《批评理论的今天和明天：李奇教授访谈录》，《外国文学研究》2009年第 5 期。

② ［法］罗贝尔·埃斯卡皮：《文学社会学》，王美华、于沛等译，安徽文艺出版社 1987 年版，第 47 页。

批评的理论化又使得它们成为一个不可分割的整体。所以，批评理论（critical theory）便举擢而出，由此而生，成为文学批评和文学理论在特定历史时期的一种特定的融合方式。

批评理论是 20 世纪 60 年代以来一直在西方流行的一个概念。批评理论，顾名思义，是批评与理论结合后形成的一种研究方式，它通过对具体文本的分析探索有关文学的普遍性问题，因此可以说，批评理论一方面针对具体文学文本，另一方面又针对普遍性的文学问题。或简单地说，它就是"关于批评的理论"[1]。它不再将文本的审美因素视为中心要素，而是将文本的生产、传播和消费视为关注点，以此来破灭文学批评的审美幻觉，迎合新的文化语境的需要。如果说批评理论是在 20 世纪 60 年代后特定思想背景和历史文化条件下的产物，那么它在当代具有何种特征？对此，乔纳森·卡勒将其归纳为四种：跨学科性、分析性与思辨性、对常识的批判性以及反思性[2]。美国当代西方马克思主义批评理论家詹姆逊（Fredric Jameson）在宣告传统意义上那种以连贯性、普遍有效性和确定性为特征的文学理论已经衰落之后，认为取而代之的是一种元评论（metacommentary）。所谓"元评论"的批评理论，按照詹姆逊的解释，是一种不需要承担直接阐释任务的理论，是对问题本身存在的真正条件的一种评论，这意味着回到批评的历史环境中去，"因此真正的解释使注意力回到历史本身，既回到作品的历史环境，也回到评论家的历史环境"[3]。王一川将批评理

---

① ［美］保罗·德曼：《解构之图》，李自修等译，中国社会科学出版社 1998 年版，译者总序，第 2 页。

② Jonathan Culler, *Literary Theory*: *A Very Short Introduction*, Oxford：Oxford University Press, 1997, pp. 14－15.

③ ［美］詹姆逊：《快感：文化与政治》，王逢振等译，中国社会科学出版社 1998 年版，第 3—4 页。

论的特征总结为六点：跨学科性、文本修辞性、意义开放性、自反性、元评论性以及修辞实践性①。从上述三位学者的总结来看，批评理论的关注点在于将文本生产和意义形成视为一种在特定历史和文化语境下展开的开放的、建构的过程，以此来考察和透视不断变化、日渐复杂的社会现实，以及这种现实在话语与权力的合谋下如何得以生产。在此过程中，文本起到了一种不可或缺的中介作用，因为虽然注重自我反思性，主张艺术不能还原，但批评理论并不一味强调抽象的逻辑推演程序和结构，一味在抽象深奥的领域中作形而上的玄思，而是强调文本的解读，在具体的文本分析和修辞性读解中进行术语阐释、概念推演、话语探询和意识形态祛魅，如伊格尔顿早期对"形式的政治"的论述，"把艺术品中的政治或意识形态从其美学本旨的细微之处首先提纯出来"②。

　　然而，批评理论却由于其本身的缺陷遭到了来自多方的抵制。当代文学理论诞生于建立一种系统的、理性的、科学化的或原则化的文学批评的需要，为阐明文学作品的目的确立一套有组织的概念化和命题化的言说方式，使文学批评区别于零散的、纯粹的感知或欣赏，以抵制 19 世纪盛行的历史研究和印象主义方法，并寻求一种 R. S. 克兰（R. S. Crane）所说的"对文学研究进行根本的改革，使整个事业大胆转向，从历史式研究转向批评式研究"③。因此，对文学的原理、文学的范畴和判断标准等

---

　　①　参见王一川《理论的批评化——在走向批评理论中重构兴辞诗学》，《文艺争鸣》2005 年第 2 期。
　　②　巴巴拉·哈洛：《赛义德、文化政治与批评理论——伊格尔顿访谈》，吴格非译，《国外理论动态》2007 年第 8 期。
　　③　R. S. Crane, " Introduction" to *Critics and Criticism : Ancient and Modern*, Chicago : The University of Chicago Press, 1952, p. 1.

问题的研究和理论话语，成为文学批评得以有效进行的基础，也是文学批评本身成为一种理性的、有意义的文学文本阐释途径和方式的前提条件。"除非对隐喻或明喻做总体陈述，我们不能对一首诗的意象进行有意义的解读；同理，除非事先对悲剧、戏剧或任何一种诗歌形式的特点有所了解，我们不能对悲剧或喜剧的特殊结构进行有意义的评说。"[1] 换言之，文学理论作为对文学的一种理论把握，作为文学凝固在理论形态中的一种描述，它是依赖于文学的相关状况的，文学如何规定着文学理论如何。在文学理论观照下的文学批评，虽然可能涉及哲学思考，但仍然注重文本的具体特征，仍然不会脱离文本价值。但是，批评理论则不同，它关注的是批评本身的特征和价值，而批评可以涉及多种学科和多种文本，所以批评理论不限于文学，涉及文学、哲学、历史、人类学、政治学、影视、绘画等。由于 20 世纪人文学科之间，以及人文与自然科学之间的相互交流，相互借鉴，相互渗透，批评理论在西方一直盛行不衰，这可从美国"批评理论学院"（School of Criticism and Theory）[2]的成立和发展可窥一斑。

一般而言，与小说等文学作品不一样，批评话语终究是一种

---

① Tejinder Kaur, *R. S. Crane: A Study in Critical Theory*, New Delhi: Atlantic Publishers & Distributors, 1990, p. 20.

② "批评理论学院"是由克里格、亚当斯（Hazard Adams）、哈特曼（Geoffrey Hartman）等在 20 世纪 70 年代意识到批评理论的发展势头，按照"肯庸人文学院"（Kenyon School of Letters）的办学理念和教学方式倡导的一个批评理论讲习班。该机构酝酿于 1974 年，1976 年在加利福尼亚大学厄湾（UCI）分校正式成立。此后每年举办一期，学员来自世界各地。它自称是美国当今集中研讨批评理论最好的场所，欧美大部分一流的批评理论家都在那里讲过学，如中国学者较为熟悉的德里达、德曼、波逊（Richard Porty）、托多罗夫、赛义德、詹明信、巴特勒（Judith Butler）、怀特、伊格尔顿、伊瑟尔（Wolfgang Iser）、莫娃（Toril Moi）等。参见朱刚《从"批评理论学院"看当代美国批评理论的发展和现状》，载《英美文学研究论丛》第 2 辑，2001 年，第 295—310 页。

学术理论话语，对普通读者而言过于晦涩难解，英国小说家兼批评家布雷德伯里（M. Bruadbury）通过将自己的作家身份和批评家身份之间的矛盾冲突比作一种精神分裂症，生动地表现了批评与创作之间的不可通融性。在他的描述中，批评家是一个相当强大的，但讨人嫌的、聒噪的、整天喋喋不休的超我，"沉迷于他的虚构理论和有关情节、形式以及传统主题的传说"，且"威逼利诱，软硬兼施"；作家是一个可爱迷人但被动的本我，慑于批评的权威，只能在批评家不在时偷偷溜往美国写作，因为"罗兰·巴特不来这儿，雅克·德里达缺席，或不在场，没有人说语言、言语或空隙，或笛卡尔的自我"①。在布雷德伯里看来，批评似乎与创作水火不相容，理论阐释与文学作品各不相犯，两者各为其主，且在某种意义上，创作占了更为本质的、重要的地位。虽然当代的批评理论认为自己不仅已经成为独立的学科，而且已经成为文学研究不可或缺的日常工作，拒绝接受依附于文学的边缘地位，但是，批评理论为拓展文学批评的空间，在与多种学科相互借鉴和渗透时，不仅凸显了批评理论与文学批评之间的关系问题，也凸显了批评本身与文学的关系问题。如果说在批评理论的视阈中，批评关注的不仅仅限于文学，它的对象是更为广泛的社会文本，那么，理论中的文学性成分占了多少？如果说批评与其他学科之间的跨界作为文学性无边流动带来的必然结果，那么文学性是否也跨越理论的边界进入批评的疆域，使批评本身成为具有文学性的文本呢？然而，正如戴维·洛奇（David Lodge）所言，"文学批评，像其他任何高度发展的知识学科一样，不能完全抛开专门术语，但既然它的主题是人类的话语，它

---

① Raymond Federman, *Critifiction*: *Postmodern Essay*, New York: State University of New York Press, 1993, p. 13.

就有责任尽可能保持与人类话语的连贯性"①。换言之，文学批评既有区别于文学的独立存在的概念范畴，但也保持着与它的可通约性，也许 W. J. T. 米切尔（W. J. T. Mitchell）说得更为明晓一些，他认为，理论"是话语的混合形式，一半是观察，一半是想象"②。那么，批评理论既具有科学的法则成分，但也不乏经验因素，而这种经验因素便是包含于对文本的解读中了。E. M. 福斯特（E. M. Forster）在他的《小说面面观》（*Aspects of the Novel*）里称，他之所以选取"方面"（aspect）这个显得既不科学又不具理论明晰性的题目来谈论小说，乃是因为其好处在于"给我们留下了最大的自由去发挥想象，这就使我们和小说家都能够以不同的方式观察作品"③。

第三节 哈特曼与批评之争

在 20 世纪这场关于文学与文学性、批评与文学、批评与理论的多方争论中，哈特曼扮演了一个重要角色。一方面，与德曼等强调语言的修辞性不同，他更强调语言的不透明性，即语言具有一种内在的、不可剥离的调节性（mediation），这种调节性导致了文学文本意义的不确定性，对真理、终极意义、总体性、体系等的寻求注定会无功而返。从该立足点出发，他坚持艺术审美的自律性和形式主义的合法性，认为其自有一套区别于其他学科的话语特征，因而不能简单地还原为历史、文化和政治。与此相关的另一方面是，

---

① David Lodge, *The Novelist at the Crossroads and Other Essays on Fiction and Criticism*, London: Routledge and Kegan Paul, 1971, p. 41.

② W. J. T. Mitchell (ed.), " Introduction" to *Against Theory: Literary Studies and the New Pragmatism*, Chicago and London: The University of Chicago Press, 1985, p. 7.

③ E. M. Forster, *Aspects of the Novel*, London: Hodder & Stoughton, 1993, p. 16.

既然一切都离不开语言，那么语言的调节性也就存在于各种语言活动中。换言之，虽然没有像上述某些文学批评家那样明确提出一切皆文学的主张，但是，哈特曼也赞成这种观点，尤其表现在他对德里达《丧钟》一书的迷恋上。更为重要的是，这种语言的调节性，或文本的调节性，对其后期在思考大屠杀文化时如何认识诗歌（文学）对于文化的调节作用产生了重要影响。

关于批评与文学的关系，哈特曼从其一直关注的文体问题出发进行了独特的处理。文学蕴含的想象性和创造性的言说方式，并不像艾略特等人声称的那样，是文学具有的独特现象，是文学凌驾于批评之上、作为寄主的一种傲人资本。在哈特曼看来，既然一切文本都因语言的调节性而无终极意义可寻，那么，批评在本质上与作为其阐释对象的文学并无二致。也就是说，批评也如戏剧、诗歌、小说等一样属于一种文类。既然都是一种文类，那么批评与文学之间就没有主次、上下与尊卑之分。另外，将大陆哲学思想与英美文本分析结合就产生了文体问题。但一种既有创造性、不同于严格的学术论文，同时又不同于文学的批评文体应当是什么样子？对于哈特曼而言，文体的问题就是批评的问题。如何寻求一种可应答的文体，即可以进行理性传达的文体，成为哈特曼在哲学批评和实用批评之间进行调解的一种努力。对纯净问题的排斥使哈特曼不承认文体之间的确切界限，在对德里达《丧钟》的文体推崇备至后，他将目光转向了随笔这一断片式的形式，认为它能够与评价性或历史的批评赋予批评主体的严格性进行调和，成为一种新的、富有生命力的、更具对话性和应答性的批评文体。这种文体既能体现艺术般的创造性，又能将专业性术语结合起来；既能将英美民主理想激发的传统沿袭下去，又能将大陆理论思想结合起来；既能保持自己的独立地位，又具有批评精神。在探寻批评文体问题的过程中，哈特曼解决了两个问题：

一是理论与传统的关系；二是批评的批判精神。他赋予了随笔崇高的地位：随笔作为一种创造性的专业批评文体，通过塑造一种打破旧习的文体的方式而非文化宣传的方式处理了这两个问题。

在批评与理论的关系上，哈特曼持一种认同态度，但他将理论主要限定在大陆的哲学思想方面。哈特曼认为，英国话语模式与大陆模式之间发展起来的对立不应该不予以重视。他将这种对立称为"茶和总体性"（Tea and Totaling）①之间的对立，而自己所寻求的则是两者之间的融合体"茶总体性"（Teatotaling）。法兰克福学派在20世纪三四十年代的兴起，从康德、黑格尔到胡塞尔和海德格尔的德国哲学对于法国思想的影响，马克思主义激发的各种活力，心理分析和符号学，等等，对于英美文学研究不能不产生影响，使英美文学批评不得不考虑如何将具体的文本分析传统和总体性的理论视角结合起来。因此，他深刻关注着哲学批评与英美实用批评的融合问题。

要达到这种融合，哈特曼认为英美文学批评首先要克服自身的反专业术语的倾向。英美的经验主义哲学拥护常识，反对哲学，如哈特曼所评价的，"英国的文体特征是不相信沉思体系或抽象思想"②，但这些体系和思想恰恰通过创造一些专业术语而显示自己的特别力量。因此，在维护从17世纪承袭下来的闲谈式和对话式批评传统中，英美批评发展了一种非自我意识或反自我意识。但

---

① 在《茶和总体性》（"Tea and Teatotaling"）一文中，"茶"指18世纪英国传统中以艾迪生和斯蒂尔为代表发展起来的批评散文文体，反映了有教养的文人在咖啡馆以平等的地位闲聊的情景；"总体性"代表了思辨色彩厚重和学术性、专业性较强的哲学批评，以德国、法国等大陆国家为代表，强调知识的统一性和普遍性。为了押头韵的需要，哈特曼将 coffee 一词换成了 tea，当然也取其轻松、闲聊之意。如此并列，是为了说明英美批评传统与大陆批评传统的差异所在。

② Geoffrey H. Hartman, *Minor Prophecies: The Literary Essay in the Culture Wars*, Harvard University Press, 1991, p. 44.

是，哈特曼认为，这种反自我意识也许是一种可以归于民族主义的内在性假设，它试图纯化读者的品位和民族语言。但是，无论其多么有吸引力，都肯定是对批评精神的一种限制而非拓展，也就是对批评精神的怀疑。要消除这种怀疑，理论因其总体性视角而显得非常必要，因为理论与哲学之间的问题涉及总体性问题，只有理论才有力量从目前的物象和客体化的断片、异化本质中走出来，进入总体视像，将所有事物整合起来而不是和解它们。除了它的整合功能，作为革命意识的工具，理论还使人们看清现实。通过理论，人们得以撕去统治阶级意识形态笼罩在资产阶级社会人类关系物化上的面纱。由此看来，哈特曼坚决反对的是对理论进行盲目的攻击，这会让文学研究回归到一种目空一切的对词汇的探求中，结果视角受到限制，日益变得狭隘。他的"从哲学那儿拿回我们自己的东西"的呼吁，并不意味着将具体的哲学思想应用于文学，而是将哲学、文学与批评并列起来。这回应了他没有纯净文体的立场。他主张对术语的创造性使用以及融合以前被排斥的口语的批评模式，这一方面可消除黑格尔以后理论被套上的浓厚的说教和上层思想色彩，另一方面也消除那种以愉悦而非教育、以品位为重的高级闲谈式的中间或对话文体。

当然，哈特曼关于文学、批评、理论的观点及其后期对世界大战期间文化的反思，并非为上述当代文学批评领域中的思想论争提供了解决方案或永久定论，而是从他自己的立场出发提供了另外一种看待这些重要问题的选择。这种选择使得我们能够在更加清晰地看到 20 世纪的西方文学理论版图之外，同时也受到一种启发，即如何在理论与传统、批评与文学、文学与文化等一些重大问题上寻求一种平衡点，如哈特曼所做到的那样。下面几章便是对哈特曼思想中这几个重要方面进行的系统研究。

第三章　哈特曼与华兹华斯：自然与想象的超越

在 20 世纪下半叶，西方文学理论界掀起了一股浪漫主义研究的浪潮，在此种浪漫主义研究的背景下，杰弗里·哈特曼以华兹华斯诗歌研究成名，他的浪漫主义诗歌理论尤其是华兹华斯诗歌研究理论脱颖而出，以其独到的研究视角独树一帜，成为"学界浪漫主义诗歌阐释中少数几位领军人物之一"①。他于1954 年出版的《未经调节的视像》（*The Unmediated Vision*）和1964 年出版的《华兹华斯的诗歌：1787—1814》（*Wordsworth Poetry—1787—1814*）成为战后研究华兹华斯的早期著作，也是其早期华兹华斯研究的代表作，而后者与埃里克·奥尔巴赫（Erich Auerbach）的《模仿》（*Mimesis*）、M. H. 艾布拉姆斯的《镜与灯：浪漫主义文论及批评传统》（*The Mirror and the Lamp：Romantic Theory and the Critical Tradition*）以及诺思洛普·弗莱的《批评的解剖》（*Anotamy of Criticism*）并称为战后文学研究的四大杰作②。由于深受德国浪漫哲学传统的影响，哈特曼认为

---

① Mark Krupnick, *Jewish Writing and the Deep Places of the Imagination*, Madison：The University of Wisconson Press, 2005, p. 53.

② Daniel T. O'Hara, "The Culture of Vision", in Geoffrey Hartman & Daniel T. O'Hara（eds.）, *The Geoffrey Hartman Reader*, Edinburgh：Edinburgh University Press, 2004, p. 2.

"华兹华斯与欧洲浪漫主义哲学家（如卢梭、荷尔德林、黑格尔等）之间的亲缘性尚未被人们充分认识"①。因此，借华兹华斯诗歌研究，哈特曼意欲在浪漫哲学与诗歌之间架起一座桥梁，实现浪漫哲学家们将哲学与艺术统一于一体这一抱负。鉴于此，本章旨在对哈特曼早期的华兹华斯诗歌研究进行较为细致的辨析研究，以期较为准确地把握哈特曼的浪漫主义诗歌理论及其产生的意义。

第一节　哈特曼与浪漫主义研究的复兴

20 世纪五六十年代，随着盛极一时的英美新批评日渐式微，一场沿袭马修·阿诺德—休姆（T. E. Hume）—艾略特—庞德（Ezra Pound）路线的反浪漫主义运动也接近尾声。经历了新批评派的情感谬误贬斥和新人文主义者的道德缺失苛责，浪漫主义批评传统又重振声势，重登舞台，浪漫主义诗人和诗歌得以重新进入批评的视野②。毋庸置疑，浪漫主义批评的此种回势并非单纯意义上对自身的拨乱反正，亦非一种线性的单向回归，而是在

---

①　Geoffrey H. Hartman, *Wordsworth Poetry—1787 – 1814*, New Haven and London：Yale University Press, 1964, p. xxxv.

②　其中，M. H. 艾布拉姆斯 1953 年出版的《镜与灯：浪漫主义文论及批评传统》和诺思诺普·弗莱 1963 年的论文集《重访浪漫主义》（*Romanticism Reconsidered*）具有开创性的意义，随后在 1970 年哈罗德·布鲁姆出版了论文集《浪漫主义与意识》（*Romanticism and Consciousness*），其中收录了五六十年代有关浪漫主义的著名论文十余篇。这些对当代浪漫主义批评起到了不可低估的推动作用。另外，美国著名文学批评家和批评史家雷纳·韦勒克也指出："英国浪漫主义诗人的重新流行，以布莱克作品里集中表现的充满幻想的一群人，还有目前人们把作为诗人和批评家的托·斯·艾略特打入冷宫、贬低所有现代主义作用的种种尝试，暗示着筛选和品第诗人和诗篇这些普通问题上新批评也遭到了遗弃。"参见［美］雷纳·韦勒克《近代文学批评史》第 6 卷，杨自伍译，上海译文出版社 2005 年版，第 262 页。

与当代批评语境结合之后催生出的一种新的理论话语。正如海伦·雷古瑞尔·埃兰和弗兰西斯·费格森所言："20世纪使浪漫主义诗人与其批评者之间产生了许多交叉点，其主要原因是新的理论话语给传统解读方式带来的压力，次要原因是浪漫主义诗歌自身强烈要求一种能够对它所凸显出来的众多问题进行说明的解读方式。"①换言之，由于自身和外在理论环境的双重要求，浪漫主义诗歌需要一种崭新的阐释方式。因此，在英美学界掀起了一股浪漫主义研究复兴的热潮。

一　浪漫主义传统的延续

人们首先对浪漫主义的概念重新给予了关注。对于究竟何为浪漫主义，学界历来存在着界定方面的困难，加之它将文学和哲学如此密切地联系在一起的性质又在西方文学史上前所未有，因而增加了此概念的模糊性和多样性，加重了界说的困难。在20世纪初，欧文·白璧德、T. E. 休姆及T. S. 艾略特等以与浪漫主义相对来界定自己的立场，浪漫主义作为一种被否定的他者得以界说。到了40年代末及50年代初，作为思想史研究奠基者之一的A. O. 拉夫乔伊（Arthur O. Lovejoy），在对浪漫主义主题和思想详细研究后得出结论：浪漫主义不存在一个统一的概念界定，它应该由单数改为复数形式，以示其复杂多样性②。与拉夫乔伊相反，韦勒克从新批评的根本立场出发，在1949年的一长篇论文中表明，浪漫主义存在统一的理论立场与共同特征，并将

---

① Helen Reguerio Elam & Francis Ferguson, *The Wordsworthian Enlightenment: Romnantic Poetry and the Ecology of Reading*, Baltimore: The Johns Hopkins University Press, 2005, p. 11.

② Arthur O. Lovejoy, *Essays in the History of Ideas*, Baltimore: The Johns Hopkins Press, 1948, pp. 228 – 253.

其特征概括为三个方面：艺术中的神话和象征，哲学和历史中的有机论，以及存在于所有方面的创造性想象①。莫尔斯·派克汉姆（Morse Peckham）于 1951 年发表的一篇论文中，采取了一种中立的或调和的立场，认为拉夫乔伊的主题大部分可以归入韦勒克的三个方面。并且，除此之外，尚可加上第四个方面，即"否定的浪漫主义"，以包括那些被排除在外的、歌德式的或反讽式的浪漫主义者，如拜伦等②。随后，M. H. 艾布拉姆斯于 1953 年出版了研究浪漫主义的扛鼎之作《镜与灯：浪漫主义文论及批评传统》，产生了巨大的影响。该书在追寻整个西方文论演进的历史路线中，驰骋于广阔的思想文化背景，着重讨论了表现说，即浪漫主义的文学理论和文学观念，"强调这一理论所代表的时代在总的批评史上所处的关键地位"③。无疑，艾布拉姆斯的话语对其时的浪漫主义研究起到极大的推波助澜作用。此外，弗莱可谓第二次世界大战后浪漫主义研究的始作俑者之一，对促进英美学界的浪漫主义研究起到了极大的推进作用。他于 1947 年出版的《可怕的对称》（*Fearful Symmetry*）一书，对布莱克的想象观、宗教观和神话观等诗歌创作思想进行了研究和重构，预示了弗莱日后文学批评的整体轮廓，并对他 1957 年的《批评的解剖》一书产生了极大的影响。

　　进入 60 年代后，随着新批评等形式批评的式微，以及社会波谲云诡般的动荡变化，历史、文化等研究得以再度获势，这使

---

　　① René Wellek, "Romanticism Re - Examined", in Northrop Frye (ed.), *Romanticism Reconsidered: Selected Papers from the English Institute*, New York: Columbia University Press, 1963, pp. 107 - 133.

　　② Morse Peckham, "Toward a Theory of Romanticism", *PMLA*, Vol. 66, No. 2, 1951, pp. 5 - 23.

　　③ M. H. Abrams, *The Mirror and the Lamp: Romantic Theory and the Critical Tradition*, New York: Oxford University Press, 1953, p. vii.

得浪漫主义所关注的一系列问题，如人与历史、与社会、与人以及与自然的关系等，重新进入人们的视野，使他们意识到这些问题并没有离他们远去。因此，浪漫主义研究逐渐摆脱了过去囿于新批评藩篱下所持有的防御性姿态，以昂首的姿势阔步踏入了文学研究领域。在复兴浪漫主义的研究中，除了对浪漫主义的理论立场做总体性的评述外，人们对浪漫主义文学的传统、缘起及其遗产进行了更为全面的追溯与清理，浪漫主义的思想和观念得到更为批判性的审视，浪漫主义的想象观、崇高观、自然观、文体等方面的研究，无论是做总体性的评述，或是对个体诗人的研究，都与日俱增[1]。韦勒克重述了自己关于存在统一的浪漫主义的观点，弗莱在继布莱克研究之后，以整体性的意义观照，对浪漫主义做了整体的概观和评述，认为拉夫乔伊用思想史研究概念的方法来研究浪漫主义，注定要走进一条死胡同。因此，他对韦勒克界定浪漫主义的方式和效果给予了充分的肯定，并主张通过浪漫主义诗人本身作品的研究探讨浪漫主义的共性，且总结出浪漫主义诗人的三点共同之处。艾布拉姆斯以其素有的深邃的历史眼光探究了法国大革命与浪漫主义的天启观以及想象之间的关联性[2]。艾尔弗雷德·科布恩（Alfred Cobban）讨论了浪漫主义诗人与埃德蒙·伯克（Edmund Burke）的政治观、康德（Kant）的哲学观和卢梭（Rousseau）的文学宗教观之间的承袭关系，以及这些思想对他们的诗歌观念产生的巨大影响。莱昂里尔·特里

---

① 由于篇目繁多，此处不容赘述。可参考 Harold Bloom（ed.），*Romanticism and Consciousness: Essays in Criticism*，New York，London：W. W. Norton & Company，1970。布鲁姆称，此论文集荟萃了关于浪漫主义呈现出来的重大知识问题的最佳评论。

② 上述韦勒克、弗莱、艾布拉姆斯以及稍后提及的特里林的文章都被收入弗莱于1963年编辑的论文集。参见 Northrop Frye（ed.），*Romanticism Reconsidered: Selected Papers from the English Institute*，New York：Columbia University Press，1963。

林（Lioniel Trilling）通过探究快乐与资本主义奢侈品之间的关系，探讨了华兹华斯关于快乐即为人的尊严的观点。同时，他也研究了济慈诗歌中既对快乐的极端肯定又对快乐的极端排斥所产生的悖论性，并对这种观点在现代文学中的延续性进行了阐释。

在五六十年代抵制新批评对浪漫主义诗人的贬抑，恢复浪漫主义的显赫地位，重新评价其学术价值并为其正名的潮流中，有一现象特别值得注意：美国大学的一批犹太学者起到了不可忽视的引领作用，为该领域的研究带来了深刻影响。如弗莱一样，他们大多通过研究浪漫主义诗人确立了自己在文学批评界中的地位，为自己将来的批评预示了大致的发展轮廓，开启了一个新的领域。其中重要的代表人物之一，便是当时执教于耶鲁大学比较文学系的杰弗里·哈特曼（其他重要犹太学者，如上文提及的艾布拉姆斯、特里林、哈罗德·布鲁姆及保罗·德曼等，在此不一一列举）。

二　哈特曼反新批评传统及其浪漫主义旨趣

就哈特曼对华兹华斯和浪漫主义的旨趣渊源而言，从外在环境来看主要表现在以下两个方面。第一，与其生活经历有关。他幼年时因躲避大屠杀被迫逃离德国，与家人分离，在英国一个乡村待了整整六年的时间。在此流浪期间，他所能接触到的就是华兹华斯的诗歌，身临其境与感同身受使之与华兹华斯结下了不解之缘，且终其一生，岁月更迭却丝毫不减。第二，与其学术背景有关。哈特曼于 1949 年进入耶鲁大学比较文学系攻读博士学位，在此期间，他曾师从韦勒克。韦勒克早期对德国的浪漫哲学有所研究，他的第一部力作便是《康德在英国》（*Kant in England*）。对于哈特曼对德国浪漫派文学和哲学表现出来的热情，给予了鼓励和支持①。

从内在因素来看，哈特曼对浪漫主义的兴趣与他对新批评的理论立场密切相关，甚或说，对新批评的不满和诟病是哈特曼浪漫主义研究的起点。英美新批评作为一种文学理论肇始于 20 世纪 20 年代，经过三四十年代的蓬勃发展，在 20 世纪中叶成为美国文坛和批评界的主流，其广泛学院化带来的深刻影响无处不在，无远弗届，正如有人所言，"它的观念和方法已经深深植根于批评者的批评实践之中，并被广泛加以推广，以至于在这些批评者的心目中，这些观念和方法就构成了批评的实质"②。新批评崛起的直接原因在于反驳传统的实证主义批评，因为在新批评之前，文学研究主要采用传记式和印象式的方法，对文学做出基于历史、心理学、社会学、思想史角度的解释，或只研究文学的外部因素，缺少对文本本身的关注和价值判断。故而新批评以除旧布新为己任，对传统研究方法大加挞伐。在这种内部研究的视角下，诗而非诗人成为批评的重点，作者的个性、情感等统统被排斥于研究之外。毋庸置疑，这与主张诗是"强烈感情的流溢"的浪漫主义诗人的立场相互抵牾。因此，新批评派拔高多恩等玄学派诗人和现代主义作品，对浪漫主义诗人却加以贬斥，将之悬隔于高墙之外，倍加冷落。

此外，人们对浪漫主义诗人的贬抑还表现在对后者持有一种偏见，认为浪漫主义者作为诗人是伟大的，但作为思想者却尚未成熟，犹如拜伦笔下的唐璜，虽欲穷究天体运行之理，但是，

---

① See Geoffrey H. Hartman, *A Scholar's Tale: Intellectual Journey of A Displaced Child of Europ*, New York: Fordham University Press, 2007, pp. 10 – 16.

② Vincent B. Leitch, *American Literary Criticism: From the Thirties to the Eighties*, New York: Columbia University Press, 1988, p. 26.

"如果您认为这是由于哲学的熏染，我不得不说，这是发情期使然"①。因此，他们不能与那些思想深刻、能够创造出完整世界画面的作家相媲美。早在 19 世纪，马修·阿诺德就对浪漫主义诗人和诗歌在智识上所谓的浅薄给予了评述。阿诺德在 1865 年《批评文集》（*Essays in Criticism*）的《现代批评的功能》（"The Function of Criticism at the Present Time"）一文中，对英国浪漫主义诗人做出这样的评价：英国浪漫主义虽然具有充分的创造力，但并不了解得很多，因而使拜伦的诗歌如此空洞，雪莱的诗歌如此松散，甚至以深刻著称的华兹华斯的诗歌在完全性和多样性方面也十分欠缺，他们不可能超越民族和地域的基础。之后，T. S. 艾略特与阿诺德这一评述同气相求，同声相和，认为浪漫主义诗人的思想是片面的和肤浅的 ②。

对于阿诺德和艾略特之说，哈特曼归之于偏见，且视之为新批评派自身的褊狭立场使然。按照哈特曼自己的说法，当时在美国高校的文学系，包括耶鲁大学，几乎没有人对大陆浪漫主义（主要指德国浪漫哲学传统）在文学批评中的重要地位和作用给予重视，这与新批评重经验、轻观念的经验主义哲学立场密切相关。经验主义强调观念来自经验，即感知和反思。从这一立场出发，新批评把诗歌视为以语言组成的反映人类经验的一个客体，对该客体的研究则应采用科学的、实验的方法，而非思辨的、印

---

① ［英］拜伦：《唐璜》，查良铮译，人民文学出版社 1993 年版，第 57 页。

② 在 1920 年出版的论文集《神圣的丛林》（*The Sacred Wood*）的导论中，艾略特引用了阿诺德的评述，并且"这种评判，据我所知，从未成功地被反驳过"。在 1933 年的《诗歌的用途和批评的用途》（"The Use of Poetry and the Use of Criticism"）一文中，他加长了阿诺德所罗列的浪漫主义诗人的名单，指出："我认为，假如我们加上这句话：'具有充分的能量和充分的创造力的卡莱尔、罗斯金、丁尼生、勃朗宁并没有足够的智慧'，那么，我们一定也是对的。他们的修养并不经常是完美的；他们对于人们的心灵的知识往往是片面的、肤浅的。"

象的方法。但是，诗歌批评上的浪漫主义运动，按照韦勒克的划分，具有两种迥然不同的含义：从广义上看，它意味着摒弃拉丁传统，接受以表现及交流情感为主的诗歌观；从狭义上看，它从有机体的类比出发，经由赫尔德和歌德的发展，演化为一种表现为对立面统一和象征系统的诗歌观①。显而易见，英国浪漫主义诗人更偏重于广义上的诗歌观，但因其情感表现说受到新批评派的极力排斥（如前所述）。德国浪漫派则偏重于狭义上的诗歌观，他们强调主体审美感性作为同一性的中介功能，认为诗歌和艺术是使无限与有限、自我与非我、经验与超验、感性与理性、个别与绝对等普遍分裂趋达同一的中介，因而审美是通达自由和绝对的必然和理想途径，"理性的最高方式是审美的最高方式，它涵盖所有的理念……哲学家必须像诗人那样具有更多的审美的力量"②。由此哲学进入诗歌，诗歌成为哲学，诗歌与哲学合一，这成为德国浪漫哲学的传统愿望和抱负，弗里德里希·施莱格尔（Friedrich Schlegel）、谢林（Schelling）、诺瓦利斯（Novalis）、尼采（Nietzsche）及海德格尔（Heidegger）无不对未来的哲学做出了这一设想。因此，在哈特曼看来，德国浪漫哲学既克服了传统经验主义只重视主体经验感性这一局限，又克服了唯心主义专注于绝对与超验的缺陷，把理智直观作为沟通审美感性和先验意识的桥梁，这与他早期的思想不谋而合。他认为，现实并非单纯地由"非此即彼"这一简单或然逻辑构成，而是由相互对立着的矛盾双方以"既/又"这一内在逻辑存在着。所以，纯粹的直观或感觉虽不无价值，但是自身并非目的。哈特曼试图把感觉

---

① ［美］雷纳·韦勒克：《近代文学批评史》第2卷，杨自伍译，上海译文出版社1990年版，导论，第4页。

② 转引自刘小枫《诗化哲学——德国浪漫美学传统》，山东文艺出版社1986年版，第35页。

与理性联系结合起来，努力寻求一种感性与智性的统一，即他所谓的"智性情感"（intellectual emotion）①。

　　由上述观之，新批评从自身的立场，一方面把倚重情感的浪漫主义诗人排斥于外，另一方面又对重哲学思辨的德国浪漫传统摈弃不理，而哈特曼要做的就是本着自身的浪漫主义旨趣，以与新批评对立的立场，以欧陆思辨哲学为理论框架，把浪漫主义诗人纳入自己的研究视野，并将之纳入欧陆哲学的阐释框架，从而使自己的纠偏取得一石数鸟之效：既为浪漫主义诗歌拨乱正名，又使德国浪漫哲学传统得以传承；既为自己的研究开辟新的疆域，又拓宽了英美文学批评疆域。

三　哈特曼的现象学渊源

　　如果说上述哈特曼的生活经历、学术背景和理论环境是促成其浪漫主义旨趣的外在原因的话，那么，他对于现象学的关注则是其早期浪漫主义诗歌研究的理论出发点。如哈特曼所称，自己在读博士时就已经成为一个"业余的现象学家"②。如果对其思想背景进行考察，不难发现，哈特曼此处所称的现象学并非仅仅指的是胡塞尔的现象学，而且也包含黑格尔的精神现象学。胡塞尔创始的现象学作为 20 世纪西方哲学潮流三大主要流派之一，在 20 世纪上半叶发展迅速，影响很大，虽为一种复杂的唯心主义哲学，但它促进了以乔治·布莱为首的日内瓦学派的意识批评或认同批评的形成，并被 J. 希利斯·米勒、保罗·德曼等在美国文学批评界加以发挥，成为"扭转美国当代文论中的新批评

---

①　Geoffrey H. Hartman, *A Scholar's Tale*: *Intellectual Journey of A Displaced Child of Europe*, New York: Fordham University Press, 2007, p. 15.

②　Ibid. , p. 10.

倾向的主要潮流之一"①。那么，对新批评的诟病使哈特曼选择
胡塞尔的现象学作为其理论方向则成为顺理成章的事了。但是，
虽然与日内瓦学派现象学批评的哲学渊源如出一辙，哈特曼却采
取了不同的视角，其关注点不在于批评意识和创作意识的认同，
而在于"中介性"（mediation）问题。哈特曼在基于其博士论文
修改而成的第一部著作《未经调节的视像》中，集中表现了他
由胡塞尔现象学思想出发形成的对中介性问题的关注和哲思，如
其所称，自己"被胡塞尔深深地影响了"，第一部著作"可被视
为对现代文学经验进行本质直观的一种尝试，这种经验摈弃传统
且拒绝以之作为起点"②。

　　哈特曼对华兹华斯诗歌进行现象学解读的另一来源是黑格尔
的精神现象学。除胡塞尔之外，黑格尔也给哈特曼留下了深刻的
印象，哈特曼声称自己一度"通过哲学，尤其是胡塞尔和黑格
尔的著作来引导自己的理论方向"③。他对黑格尔精神现象学的
研读，以他的语词描述，是"持续一生的，虽常受挫但也其乐
融融"④。他的华兹华斯研究扛鼎之作《华兹华斯的诗歌：
1787—1814》，便是一部他所称的专门描述华兹华斯"意识的意
识"的一部"现象学程序"之作，它将心理、认知、宗教思想
及政治等其他所有方面置于了从属地位⑤。由此可见，胡塞尔和
黑格尔的哲学思想成为哈特曼早期文学研究中的两大哲学支柱，
也成为他试图结合欧陆哲学批评与英美批评的一大表现。下面将

---

　　①　赵毅衡：《重访新批评》，百花文艺出版社 2009 年版，引言，第 16 页。

　　②　Geoffrey H. Hartman, "Polemical Memoir", *A Critic's Journey: Literary Reflections, 1958 - 1998*, New Haven and London: Yale University Press, 1999, p. xv.

　　③　Ibid., p. xxiv.

　　④　Ibid., p. xvi.

　　⑤　Geoffrey H. Hartman, *Wordsworth Poetry—1787 - 1814*, New Haven and London: Yale University Press, 1964, p. xii.

分别对上述两部著作中体现的哈特曼思想进行辨析。

第二节 哈特曼与纯粹意识

正如哈特曼在《未经调节的视像》一书 1966 年再版的前言声明中所称，十年来他一直对"中介性"问题兴趣不减，认为凡伟大的艺术作品无一不面对这一问题的"必然性和不确定性"①。既然中介问题在其早期文学旨趣中占有如此重要的一席之地，那么对该问题渊源的考察也就可谓必要至极。

一 纯粹再现

哈特曼对中介性问题的关注源于对胡塞尔现象学中"本质直观"这一重要概念的关注。胡塞尔认为，整个欧洲所面临的精神危机的根源在于理性无限膨胀下世界的客体化和自然化，其严重后果便是，精神科学的研究领域被自然科学霸占作为自己的地盘，主观性世界的全部奥秘也就随之处于深深的晦蔽之中，无从得以充分的展示和彻底、真正的理解。那么，为了向精神本源的回归，揭示理性的本质，寻求一个系统的、科学的经验研究领域，胡塞尔的意向性或先验现象学应运而生。在方法论上，现象学首先反对实体主义（substantialism）的思维模式，这种模式"把现象表现化、主观化，不用现象本身去理解现象，而必须用不同于它的，在它'背后'、'底层'的东西去解释，才算认识到了真理，才算达到了实在"②。这实际上是一种方法论上的本

---

① Geoffrey H. Hartman, "Prefatory Note to the Harbinger Edidion", *The Unmediated Vision* (2nd edition), New York：Harcourt, Brace & World, Inc., 1966.

② 罗嘉昌：《从物质实体到关系实体》，中国社会科学出版社 1996 年版，第 16 页。

质主义，目的在于揭示事物现象之后的本质并用概念加以描述。但胡塞尔采取的方法则是面对现象本身，面对事物本身，回到主体的感性经验领域，使事物以其所是的方式呈现出来。这种经验既非经验主义者所理解的主观经验，也非理性主义者所理解的感觉经验，而是逻辑先在的感性经验，即纯粹的经验或纯粹意识。这种意识要求对实在世界加括号，进行悬置，判断为无效，以达到先验还原的目的。因此，现象学对世界中的一切对象和知识给予排除，将所有的假设统统抛弃，包括作为我思存在的个体和作为超验存在的上帝，以本质直观的方式进行现象学还原。简言之，本质直观就意味着一种把握原初的意识行为，即对事物的直接把握，直接面对事物。在胡塞尔的表述中，直观包含着一种无前设性和无成见性，让事物如其所是的那样呈现出来。

正是在通过直观事物回归主体感性经验、达至主观纯粹意识这一现象学阐释上，哈特曼找到了打开华兹华斯自然诗歌奥秘之门。在《未经调节的视像》一书中，哈特曼把华兹华斯称为诗歌史上的一大转折点，认为是他开启了现代诗歌倚重人的感性经验、凸显人的纯粹意识或精神的先河，这也是他把华兹华斯列于该书四位诗人之首的最重要原因。传统观点认为，在赋予人所特有的感性经验的身体器官中，眼睛的霸权地位是无与伦比、无可替代的。柏拉图早在"洞穴之喻"中，对眼睛在人从可见世界到可知世界的升华过程中所起的作用给予了极力肯定，并奠定了其作为感性器官的主导地位。然而，在哈特曼看来，以华兹华斯为首的现代诗人颠覆了眼睛的霸权地位。这种颠覆效果是通过一种"纯粹再现"（pure representation）或"无意象视像"（image-less vision）实现的。

"纯粹再现"是哈特曼华兹华斯诗歌阐释中的一个重要术语，意指一种不起源于感知而自明的意识（mind）的再现，或指与其所感知的客体一样真实的意识的再现①。从第一层含义来看，既然不将对外在客观世界的感知作为意识的起源点，意识就保持着自我的明晰性和独立性，构成一个绝对的、先验的主体性区域。从第二层含义来看，意识与感知对象一样是真实的，具有内在的客观性，意味着意识又并非完全局限于自身。一方面意识具有纯粹的自我持存性，但另一方面它又不能完全脱离外部世界，具有对其所感知的外部世界的一种欲望，或一种外在指向性。在这里，我们清楚地看到了胡塞尔纯粹意识及意向性（intentioanlity）概念的影子。胡塞尔认为，经过现象学悬搁的纯粹意识具有两方面的属性：一方面，它不取决于实体存在，"因为作为内在的存在，它无疑是在绝对意义上的存在"；另一方面，虽然不依赖于自然或事物的世界，但意识绝非"逻辑上想象的意识，而是现实的意识"②。换言之，实存性区域和纯粹意识领域之间并非一刀割开、切而断之。相反，意识是具有意向性的体验。意向性概念由胡塞尔承继其师布伦塔诺（Brentano）意向心理学而来，指心灵呈现事物状态或属性时对物体的指向性。因为人在进行意识活动时总是指向某个客观对象，并以其为目标，因此意识要求虽与之相对但无从舍弃的意向对象，即外在于此、存在于斯的客体世界，否则无以形成意识体验之流。由是观之，哈特曼诗歌阐释中的纯粹再现无疑参照了胡塞尔纯粹意识及意向性哲学概念，成为后者的一种文学注脚。

二　意识、想象与自然

从胡塞尔现象学观念出发，哈特曼具体从以下几个方面对华

---

① Geoffrey H. Hartman, *The Unmediated Vision* (2nd edition), New York: Harcourt, Brace & World, Inc., 1966, p. 128.

② ［德］胡塞尔：《现象学的方法》，倪梁康译，上海译文出版社1994年版，第159页。

兹华斯诗歌中的纯粹再现给予了解析。首先，诗歌中作为主要描写对象的自然与诗人，同通过描写意欲表达的感情没有直接的关联。哈特曼认为，在华兹华斯的自然诗歌中，自然描写呈现出的静谧之美没有掺杂作者的任何主观情感表述，自然纯属外在的客体，存在于诗人的眼前，被其"发现"、"看见"、"最后看见"，并未出现通常意义上的情由景生、景中有情、情景并茂或情景交融的诗情画意场面，因而也就无从奢谈两者之间具有不可避免的因果关系。亦即说，诗人的意识或精神并非由其所感知的自然世界为缘起点。相反，两者之间存在着现象学意义上的相互独立性。

其次，虽然诗人的主观情感没有遁迹于对自然的描写中，然而这种感情表述的无可寻觅性恰如其分地体现了感情本身的客观化性质。自然和感情两种力量相互独立却必然联系着，正如纯粹意识因具有意向性而具有内在客观性一样，诗人的感情也因具有外在指向性具有其客观性，或以哈特曼的表述，自有其"实在性"（matter of fact）①。这种实在性在对自然的纯粹描述中得以实现并呈现。职是之故，在华兹华斯诗歌中，对自然的描述本身就成为情感的描述，是情感的外在指向性预设了自然描写的客观性，而非相反。

再次，如果说诗人意识的外向性使得自身获得了一种内在客观性，而且赋予了自然描写一种外在客观性，那么，诗歌中，自然与诗人或与人类之间的关联性又将如何体现呢？哈特曼归之于华兹华斯的想象概念。在他看来，华兹华斯的想象基于存在于人类和自然两者之间的一种辩证性互爱原则。因为人类或诗歌想象

① Geoffrey H. Hartman, *The Unmediated Vision* (2nd edition), New York: Harcourt, Brace & World, Inc., 1966, p. 7.

两者之间存在一种内在的不可调和性。一方面，想象不能脱离客
观世界，唯独匿迹于主观性区域而独立存在。如此的话，想象会
被自身的唯意志性扭曲，陷入唯我论或唯意志主义的窠臼。另一
方面，它也不能完全脱离自身意识而俯首于自然，并对之唯命是
从。如此的话，想象则会终止意志寻求与外在世界的相关知识的
愿望，最终落入神秘主义或陷入无能为力的境地。因而，想象要
走出这一两难境地，必须遵循华兹华斯诗歌中所表现出的自然和
人类之间的辩证互爱原则，或他所谓的"慷慨性原则"（princi-
ple of generosity）①。自然对人类敞开博大的爱的胸怀，同时，人
类对自然展示自己的爱意。其间，主客体之分荡然无存，想象力
量在自然与人类之间逡巡回转，既不属于自然，也不属于人类的
创造意志或道德意志，它最终会超越两者。那么，究诘其实质，
哈特曼意义上的想象的超越，实则指想象最终衍变成为一种如同
纯粹意识一样既具有自身持存性同时又具有意向性的心灵力量。
一方面，它阻止对"为什么"、"如何"、"怎样"等与自我意识
相关的知识的追究，在某种程度上意味着宣布对诗歌进行逻辑分
析的无效性，因为这种分析或反思在浪漫主义者眼中被视为一种
"对自我意识的蹂躏"和"自我分析这一顽瘤痼疾的表现"②。
另一方面，虽然想象体现了人类灵魂的创造性，但是对于这种心
灵力量，人类自身不能得以检测，必须借自然之力以呈现自身，
"为知晓并表达自身的神性起源，人类灵魂往往需要外在世

---

① Geoffrey H. Hartman, *The Unmediated Vision* (2nd edition), New York: Har-
court, Brace & World, Inc., 1966, p. 9.

② Geoffrey H. Hartman, "Romanticism and 'Anti – Self – Consciousness'", in Har-
old Bloom (ed.), *Romanticism and Consciousness: Essays in Criticism*, New York: W. W.
Norton & Company, 1970, p. 47.

界"①。因此，自然自身成为"一种积极的支撑力量"②。所谓自然之动乃灵魂之动，一旦脱离了自然，意识或灵魂便无以为托。那么，在华兹华斯看来，想象的创造性并非如柯勒律治所主张的那样，在于它对自然的人性化能力或对自然的形塑能力，重心偏向于人的意识，而在于意识与自然合力而成。想象是意识具有的一种认知能力，不能脱离作为其认知客体的自然世界独自发展，自然世界也并非远离意识的视野悄然独立，它是人的意识中的自然，是人的意识的内在性决定了它向人类的呈现，所谓自然之精神（the spirit of nature）也就是人之意识。

　　既然自然和意识都具备各自的实在性，是意识的意向性将两者联系了起来，意识的澄明性照亮了自然，意识向其意向性客体的投射又是通过本质直观达至的，因此，华兹华斯把个人经验与感官体验纳入其自然诗歌，从哈特曼的现象学阐释角度来看，便是顺理成章、无可置疑的了。哈特曼认为，华兹华斯在两个方面与弥尔顿背道而驰。第一，抽离了弥尔顿及他之前诗歌隐喻的神学或超验性参照框架，把被设定为先验存在于所有事物背后的神性或上帝的精神和意志，替换为存在于自然之中的一种不朽的力量。既然在自然中，那么这种力量就必然会以一种外在的、可感知的形象呈现于人的意识或想象中。第二，既然这种力量栖居于可感、可听、可见的外部世界，其逻辑结果便是个人经历和感性经验得以凸显。那么，在自然世界和人的意识的互动中，这种无形或神秘的力量得以呈现，但不是以人的意志通过对三者之间的关系的实证推演，而是以人的创造意志或道德意志的终止悬置为

①　Geoffrey H. Hartman, *The Unmediated Vision* (2nd edition), New York: Harcourt, Brace & World, Inc. , 1966, p. 27.

②　Ibid. , p. 18.

前提条件，通过人对自然的观看或倾听这种本能直观的方式来感知的。

正是在反对理性、反对实证和主张直观这一点上，哈特曼找到了以胡塞尔现象学阐释华兹华斯自然诗歌的一个出发点。法国大革命带来的双重欺骗①使华兹华斯从崇尚理性转而寻求内心表现，以勉力自救于岌岌可危的精神世界，追寻一种直觉直观的诗歌经验，直面世界本身，无须任何中介或中间事物来调节，无须求证事物与绝对之间的相关性知识，亦即事实就是如此，而非应该如此，或经过"如果……那么……"等逻辑推演如此这般。胡塞尔对欧洲精神危机的忧虑也使他试图从哲学上寻求一条与实证主义和自然科学相抗衡的出路，从而转向建立一门严格科学意义上的精神哲学，主张对所有关于个人、社会乃至上帝的思维和知识加括号进行悬置，以进行现象学还原，通过本质直观回归人类最本质的东西，即纯粹意识。珀尔修斯（Perseus）之镜②在某种意义上就是胡塞尔和华兹华斯或现代诗人们要去除的那道中介或屏障，消除之后便是面对面的直观和裸视了。因此，自然世界在华兹华斯的诗歌中成为诗人意识的直接产物，这种意识又是通过感官的直接感知产生的效果所致。换言之，自然本身成了感知，意识成为没有感知对象的纯粹意识，因而才有了所谓的自然精神。

由上述观之，在早期对华兹华斯诗歌的阐释中，哈特曼主要运用了胡塞尔现象学中的纯粹意识、意向性、本质直观等相关概

①　See M. H. Abrams, "English Romanticism: The Spirit of the Age", in Northrop Frye (ed.), *Romanticism Reconsidered: Selected Papers from the English Institute*, New York and London: Columbia University Press, 1963, pp. 26 - 72.

②　希腊神话中宙斯和达那厄的儿子，当他去杀美杜莎以割掉其头颅献给波吕德克特斯时，雅典娜赠与他一面闪闪发亮的盾，让他从反光中看美杜莎，因为美杜莎目光所到之处都会变成石头。

念，分析了诗歌中自然和意识的关系问题，即自然对于意识如何
呈现、意识对于自然如何感知这两个互为相关的问题。对于意识
来说，自然作为客观地存在的外部世界，成为意识的意向性所
在。意识排除了所有相关知识、悬置了人的创造意志和道德意
志，通过感官感知直面自然本身。在自然和意识两种力量的合力
下产生了既是直接具体的，又是超验感知的第三者——想象，从
而融合了主体和客体，消解了二者之间的鸿沟，使意识在纯粹再
现中具有了内在客观性，自然在纯粹再现中具有了精神和灵性。

三　人与对象的关系

在自然和想象的关系上，哈特曼除受到胡塞尔的影响外，还
受到德国著名犹太学家、哲学家马丁·布伯（Martin Buber）思
想的影响，尤其受到布伯于 1923 年出版的著作《我和你》① （*I
and Thou*）中所探讨的对话关系的影响。据哈特曼自己称，在第
一部著作中，他大量应用了自己从该书中获得的思想 ②。布伯把
人与对象的关系分为两种，即"我—它"关系与"我—你"关
系，这两种关系的区别在于："它"的世界是因果性与目的性之
世界，"你"的世界是生命与生命交融的世界；"我—它"中的
"我"显现为特殊性，自我意识为经验与利用的主体，"我—你"
中的"我"显现为人格，自我意识为无规定性之主体性。并且，
主体对待事物的方式不同，"我—你"源于自然的融合，"我—
它"源于自然的分离 ③。所以，"我—它"关系是一种主客体之

① 该书原为德文版 *Ich und Du*，于 1937 年译为英文，后被译为多种语言。

② Geoffrey H. Hartman, *A Scholar's Tale*: *Intellectual Journey of A Displaced Child of Europe*, New York: Fordham University Press, 2007, p. 44.

③ ［德］马丁·布伯：《我和你》，陈维纲译，生活·读书·新知三联书店 2002 年版，第 20 页。

间的对象性关系，受因果性统摄，属于自然界的科学秩序。其中，万物被作为认识、感知和利用的客体对象，作为对象，它的世界只能是一个被利用、被经验的世界，是一个非自为存在的世界，通达这个世界的主体的方式只能是经验的方式。"我—你"是一种自由的对话关系，是一种主体间相互作用、相互理解的关系，它将一切视为应该与之建立关系并进行"对话"的主体，对象不是有待于审视、认识的客体世界，而是活生生的你的世界，这是一个无限的、有待展示的世界。因此，通过这个"你"的世界的途径就不能靠经验的方式，而是靠一种体验性想象的方式。那么，"我—它"关系就不是真正的关系，而是与神和世界的分离，"我—你"才是真正的关系。

要达成这种关系，人需要做到以下几点。第一，建立直接性，即消除一切作为手段的中介，使"我—你"之间没有任何障碍。第二，建立相互性，有交流才叫"对话"，否则说得再多，也只是自言自语。第三，以"之间"性为基础，建立"关系"和"对话"，不是将"我"与"你"完全合为一体，而是让二者既保持各自特点，又联系在一起。第四，"相遇"，"我—你"步入"之间"的领域，相遇才是对话的前提。因此，这种对话哲学质疑并推翻了唯理主义对主客体的二元划分。"我在"决不是"我思"的缘故，自我意识也非自我反思的产物，是面对他人才产生的。因此，人与自我、人与他人、人与社会以及人与自然之间并非不可兼容的、不可调和的二元对立关系，是一种相互依存关系。没有"非我"，就没有"自我"，通过"你"而成为"我"。当然，布伯口中的"你"具有广泛的意义，既是物质世界，又是他人与社会，更是无所不包的神。所以，他主张通过"你"的方式只能是一种体验性想象的方式，"想象不是赋万物以魂灵，它乃是令万有皆成'你'的本性，是赋予万有以关系的本性，是以自身之充实而玉成活泼行动的本性"①。也就是说，这种"我—你"关系既反对唯我独尊的唯我论，抹杀"你"的主体性存在，又反对"你"无限膨胀以至于吞没了"我"。两种情况的结果都将使我和你陷入一种孤独的寂寞存在。因此，人的存在从本质上讲是一种生活世界中的关系的存在，处于一种"之间"的此在存在状态，这种关系与逻辑推理无涉。

　　哈特曼正是用这种对话关系阐释了华兹华斯诗歌中自然与心灵的相互关系。他认为自然和人首先处于一种关系之中（in relation），"主体和客体问题并不存在"②，华兹华斯将"我思，故我在"置换为"这条河：我在"，认为河流、山川等自然要素并非单纯的客观存在物，它们与作为主体的人的心灵已经处于一种无所不在的关系中。因此，诗人"拒绝在主体和客体之间划定一条界线，在无声的、无感觉的事物和个体心灵之间划定一条界线"③。这就意味着外部事物并非作为心灵的对立物而存在，作为心灵认知的对象而存在，作为无生命的物体世界而存在。相反，自然界本身具有了生命、思维和激情，对人的行动作出积极的回应，并通过这种回应揭示了自身作为一种积极的或支撑的力量的存在，"它过去未曾、现在没有、将来也不会背叛那颗热爱着它的心"④。那么，诗人眼中的自然与人之间存在着一种相互之爱，人对自然表现出慷慨，自然对人亦报之以慷慨，并非无动

---

　　①　［德］马丁·布伯：《我和你》，陈维纲译，生活·读书·新知三联书店2002年版，第23页。

　　②　Geoffrey H. Hartman, *The Unmediated Vision* (2nd Edition), New York：Harcourt, Brace & World, Inc., 1966, p. 16.

　　③　Geoffrey H. Hartman, *A Scholar's Tale：Intellectual Journey of A Displaced Child of Europe*, New York：Fordhm University Press, 2007, p. 44.

　　④　Geoffrey H. Hartman, *The Unmediated Vision* (2nd edition), New York：Harcourt, Brace & World, Inc., 1966, p. 3.

于衷。此乃哈特曼所谓的自然与人之间固有的慷慨性原则。此原则虽为两者共有，但它一会儿在人，一会儿在自然，最终超越了两者。所以，它的最终归属既不在外界自然，也不在人类，而在两者之间的一种"可以互换的至高无上的权利"（interchangeable supremacy），且除了"通过篡夺的方式外，人类常常难以获得这种权利"①。这种原则也成为华兹华斯意义上的想象的来源，因为诗人的想象是一种创造，一种再生产的力量，以及一种认知，"这种认知不仅是有机的，而且同时具有直接性和超验性，外在世界和心灵对其来说都不可或缺"②。换言之，华兹华斯的想象是在个人日常经验领域中有机性和神秘性的完美体现。因而，在华兹华斯的诗歌中，并没有之前的诗人如弥尔顿、但丁等神性的或超验的寓言框架，而是充满了与个人日常生活和经历有关的象征。通过这些象征，诗人表明了想象要寻求自身的神性起源，必须通过外部世界才能达成，自然和想象之间要达成完全的同一性，不仅仅是相关性。因此，在这种情况下，哈特曼就认为，可靠的阐释不是寻求诗人自我与外部世界之间相互印证的一种类推关系，它寻求的是一种感知者和感知对象密不可分的类推关系。在此种意义上，诗歌不处理关系问题，而是处理关系的总体性问题，处理同一性问题，这种同一性依赖于心灵的一种非关系性和即时性能力，亦即自然与想象的完全融合。

因此，哈特曼从布伯的"我—你"之间的对话关系理论来看待华兹华斯自然诗歌中想象与自然的独特关系。这种独特性体现在，自然作为与想象相符合同一的力量存在，因此自然界的一

①　Geoffrey H. Hartman, *The Unmediated Vision* (2nd edition), New York: Harcourt, Brace & World, Inc., 1966, p. 15.

②　Ibid., p. 21.

切对存在意义至关重要，无此则无彼。想象因有了自然不再抽象，自然因有了想象获得了生命，神秘性和外部世界与诗人的个体体验得以完美结合和真正超越。

第三节　哈特曼与自我意识

然则，哈特曼对于华兹华斯诗歌中自然和意识关系问题的究诘并没有到此为止。如果说《未经调节的视像》因对华兹华斯的研究而成为他的开山之作，那么，他于 1964 年出版的《华兹华斯的诗歌：1787—1814》一书则是他进一步研究的倾力之作。此书中，他继续沿用了现象学哲学观念，但非胡塞尔现象学，而是黑格尔的精神现象学观念，以此对诗歌中体现的华兹华斯的意识成长过程给予了哲学化的阐释和解析。

一　浪漫主义和自我意识

小彼得·L. 索尔斯列夫（Peter L. Thorslev, Jr. ）把 20 世纪60 年代将哈罗德·布鲁姆、保罗·德曼以及杰弗里·哈特曼的浪漫主义研究统称为"意识批评"（consciouness criticism），认为他们探讨了人的异化问题，无意识、意识和自我意识之间的关系问题，自我与非我之间的关系问题，以及主体与客体之间的关系问题，并把他们对意识的关注归因于萨特存在主义哲学、弗洛伊德和荣格心理学以及德国唯心主义哲学的直接或间接影响①。如果以索尔斯列夫的观点为出发点来看待他们在意识问题上的分歧，那么，布鲁姆受心理学影响较大，德曼受存在主义哲学影响较大，

①　See Peter L. Thorslev, Jr. , "Romanticism and Literary Consciousness", *Journal of the History of Ideas*, Vol. 36, No. 3, 1975.

哈特曼受德国唯心主义哲学的影响较大，这与其一贯主张欧陆哲学与英美批评相结合的立场有着直接关联。在德国唯心主义哲学中，黑格尔对哈特曼文学研究的影响是不言而喻的，正如他自己所称，他对黑格尔的解读是终其一生的 ①。正是对黑格尔精神现象学的解读，使哈特曼能够另辟蹊径，自成一言，从而在众多的华兹华斯诗歌研究者中独树一帜②。

　　哈特曼对黑格尔精神现象学的关注主要表现在对主体和客体、意识和自我意识辩证关系的关注，并由此探讨浪漫主义和自我意识之间的关系。在《华兹华斯的诗歌：1787—1814》一书出版之前，哈特曼曾撰写《浪漫主义和反"自我意识"》一文（"Romanticism and 'Anti – Self – Consciousness'"），该文可视为《华兹华斯的诗歌：1787—1814》一书的理论铺垫和序曲。文中，哈特曼对浪漫主义和自我意识之间的对立性做了简致分析。浪漫主义者对自我分析性的自我意识持贬抑态度，认为它对人的发展带来极大的威胁，因为分析的结果使得原来现实的具体的东西变成了僵死的东西，变成了非现实的东西。黑格尔把这种非现实的东西称为"死亡"，认为它是最可怕的③。因此，浪漫主义者认为，必须对自我意识（自我分析、思维的代名词）在诗人意识的发展过程中带来的危险加以克服，并指出治疗自我意识之伤的唯一药方只能从意识中寻求，正如克莱斯特（Klesit）所称，人类要重返伊甸园，回归纯真，唯一的途径便是再次尝试知识树上的果实。那

---

　　①　黑格尔在当时的复兴与法兰克福学派有着千丝万缕的联系，但主要在德国和法国等欧洲国家，而在英美批评理论界则影响较小。

　　②　无可否认的是，以黑格尔哲学看待浪漫主义文学遗产的文学理论家绝非哈特曼一人，如 M. H. 艾布拉姆斯就曾把浪漫主义置于黑格尔唯心主义背景之下进行考察，但在时间上晚于哈特曼。这将在稍后提及阐述。

　　③　参见［德］黑格尔《精神现象学》上卷，贺麟、王玖兴译，商务印书馆1983年版，第21页。

么，人类何以通过意识克服自我意识？唯一的途径便是将自我意识转换为想象，即更大范畴的意识。在哈特曼看来，这种转换功能的实现者非艺术或诗歌莫属。而且对浪漫主义诗人来说，实现这种转换构成了他们最重要的终极目标①。在浪漫主义诗人之前，宗教在此方面起了不可替代的作用，人们借宗教热情避免了陷入自我意识的泥潭。但是，随着艺术逐渐从宗教统治下独立出来，获得了自由，宗教的作用逐渐受到削弱。到了浪漫主义诗人那里，艺术开始代替宗教成为自我意识转变的促成性因素。当阿诺德称艺术（诗歌）代替宗教成为人类的一种救赎力量时，他并没有夸大其词，如布莱克的断言，所有的宗教都是天才诗人的衍生物。然而，代替宗教而行的诗人面临着两难境地。一方面他要表达个人的情感，描述个人的经历，表现自我意识。另一方面，它要表达客观的、宏观的主题。那么，诗歌如何促成自我意识向想象的转变呢？

哈特曼将传统的伊甸园—堕落—救赎—回归模式替换为自然—自我意识—想象—回归。如果说前者指向伊甸园的回归，后者则指向自然的回归，这正是华兹华斯采取的模式。在哈特曼的解析中，华兹华斯赋予自然在个人意识成长过程中无可替代的作用，"它是自我意识向同情性想象转变中最初的、发展的一步，它诱使沉思的灵魂从自身苏醒，先转向自然，继而转向人类自身"②。换言之，华兹华斯借自然使自我意识进行了升华，使之从一种纯粹自在的意识上升为一种自为的意识（想象），也就是哈特曼所谓的"意识的意识"。这种自为意识克服了自我与自然

① Geoffrey H. Hartman, "Romanticism and 'Anti – Self – Consciousness'", in Harold Bloom (ed.), *Romanticism and Consciousness*: *Essays in Criticism*, New York: W. W. Norton & Company, 1970, pp. 52 – 53.

② Ibid., p. 55.

的对立，使自我在依赖自然的同时又超越了这种依赖，从而达到两者的统一。

紧接着 1962 年发表的《浪漫主义和反"自我意识"》一文，哈特曼于 1964 年出版了《华兹华斯的诗歌》一书。与 1953 年《未经调节的视像》中对华兹华斯的研究相比，该书对华兹华斯的诗歌给予了更为全面、系统的阐释，分析几乎涉及了华兹华斯各个发展阶段中的重要诗作，因为哈特曼要揭示华兹华斯的精神成长过程。那么，诗人的意识经历了什么样的历程？按照哈特曼的解释，华兹华斯经历了从自我到自然到自我意识再到想象的过程。如果细察哈特曼对华兹华斯诗歌中的自然、意识和想象三者之间的关系的阐释，则不难发现，其阐释的理论出发点源于黑格尔精神现象学中的意识发展过程，如他自己声称，"在黑格尔现象学的影响下，我明白了直接性中的现实是抽象的而非真实的，因此，寻求超越这种直接性的现实原则必须被视为一个长途冒险旅程……"①亦即说，哈特曼以黑格尔从感性意识到自我意识再到精神（理性）的意识发展三阶段过程学说来解释华兹华斯诗歌中自我意识的实现过程。

二 意识的成长：自然与想象

哈特曼认为华兹华斯诗歌创作的主题是"意识的成长"②，但他对"意识"一词的使用在很大程度上与想象（imagination）、自我意识（self - consciousness）、心灵（mind）、灵魂（soul）同义，因此这几个词在其著作中往往可以互换。在哈特曼看来，华

---

① Alvin H. Rosenfeld, *The Writer Uprooted*: *Contemporary Jewish Exile Literature*, Bloomington: Indiana University Press, 2008, pp. 145 – 146.

② Geoffrey H. Hartman, *Wordsworth Poetry—1787 – 1814*, New Haven and London: Yale University Press, 1964, Preface, p. xxi.

兹华斯自我意识的成长离不开与自然的关系，因而想象与自然的关系成为其华兹华斯诗歌研究的关注点。人们对于华兹华斯诗歌中表现出的自然和想象的关系大致有以下几种看法。其一，认为华兹华斯表现出对自然的尊重甚至崇拜，乃至于到了自然宗教的程度。其二，认为作者最初经历了自然崇拜甚或泛神主义，然后关注自然和人的精神之间的关系，最后渐渐将重点移向精神或想象的力量。其三，也有少数人关注华兹华斯对待自然态度中的悖论性，指出诗人所称的想象在内在本质上与自然相反。在这些看法中，哈特曼较为认同最后一种，认为它最接近事实，但也认为这并非意味着传统解读中诗人对自然的执着与此完全冲突。在他的理解中，华兹华斯《序曲》（*The Prelude*）中表现出的是自然本身引导诗人超越了自然，但这种超越是通过一种否定的方式运动的，它内在于生命，没有暴力的驱逐或苦行般的约束，可以被视为灵魂或精神的自然否定过程。鉴于此，哈特曼就人们对自己作品的两种主要误读现象进行了纠正。一种误读认为，在哈特曼看来，华兹华斯必须扼杀自然或冒犯自然以达到获得想象的目的。对于这种现象，哈特曼认为他的观点正好与之相反：华兹华斯所预示的新的特殊意识（想象）满足于自然，绝非排斥自然，或至少不会在想象中抵触自然，虽然意识渐成的过程伴随着一种冒犯或僭越自然的感觉，但意识也不用为其发展付出牺牲自然的血腥代价。因此，哈特曼认为这种误读观点忽略了自然与想象之间的辩证关系。另一种误读认为，哈特曼过于沉溺于自我意识，以至于对于想象的创造层面或社会层面没有做过多的考虑。对此，哈特曼认为，想象的人性化或社会化在华兹华斯身上是一个难题。此种观点的误读原因在于只看见了一种理想中的、平衡的想象观，亦即忽略了想象与自然之间并非一种势均力敌的状态这一点，因而忽视了达到这种想象必须经历的艰辛。

围绕着意识成长的过程，即想象与自然之间辩证发展的过程，哈特曼对华兹华斯诗歌进行了"全面的研究"①。他所谓研究的全面性主要体现在三个方面。第一，他避免了对诗歌进行细致的文体或结构分析。第二，他的研究涉及华兹华斯的大部分主要诗歌。第三，对于这些诗歌，哈特曼既以主题为线从横向上进行了研究，也以创作时间为线索从纵向上进行了研究，且把每首诗歌纳入华兹华斯自我意识成长过程这一总的框架之内，分析其在此过程中扮演的角色和所处的阶段。如此，哈特曼认为华兹华斯诗歌的总体结构体现了意识成长的过程，并按阶段对华兹华斯的主要诗歌作品进行了大体的划分。如果以《序曲》为发展中的一个转折点并以之为界的话，他把该作品之前的诗歌归为第一个发展阶段，即从想象与自然混为一体到想象逐渐从自然中独立出来但尚未独立的阶段。《序曲》是第二个发展阶段，即想象通过艰难的历程最终从自然中获得自由脱离出来，也是诗人获得自我意识的一个阶段。其后的诗歌是第三个发展阶段，是想象从自然中解放出来后又回归自然的一个阶段，即想象的自然化和人性化阶段。

那么，意识成长的过程到底是怎样的一个过程？哈特曼对此的表述正如他对"意识"一词的表述那样，显得不确定，表述方式较为多样，主要有：华兹华斯意识成长的过程就是自然和想象之间辩证关系的一个发展过程，或由天启（apocalypse）转变为以撒的捆绑（akedah）②的发展过程，或从自然到超自然的一

---

① Geoffrey H. Hartman, *Wordsworth Poetry—1787 – 1814*, New Haven and London: Yale University Press, 1964, p. xxiii.

② Akedah 是希伯来语，意即"被捆绑的以撒"（Binding of Issac）。《旧约》中亚伯拉罕遵照神谕将自己的儿子以撒带往摩利亚山献祭。亚伯拉罕到达摩利亚山上，筑好坛，摆好柴，又把以撒捆绑好放在祭坛的柴上，准备拿刀杀死以撒。这时，耶和华的使者从天上呼叫阻止了他。哈特曼取"捆绑"之意，认为这个词体现了华兹华斯将想象与自然之间的约束性视为不可避免的。

个过程，或华兹华斯成为诗人的一个过程。尽管表述方式不一，但这些表述之间存在着一个共同的、本质性的含义，就是想象、自然、人三者之间关系的繁复纠结决定了意识的发展并非一蹴而就，而是一个充满了曲折与磨难的、漫长的、渐进的过程。这种关系也是哈特曼研究华兹华斯诗歌时最大的一个关注点。要了解这三者之间的关系，首先要了解哈特曼对于华兹华斯的想象观和自然观的分析和阐释。

哈特曼认为，想象是自我意识的最高程度。诗歌是想象的产物，想象是两种对立意识的综合物，即主体意识（subject - consciousness）和客体意识（object - consciousness）相互对立而产生的一种具有独立存在性的特殊意识。作为这种特殊意识的想象具有以下三个特点。在最初阶段，它不但不具备通常意义上赋予生命或活力的功能，反之，它一方面使人处于濒临死亡之境，使诗人陷入孤立，无力动弹，另一方面使自然更加蒙昧不清，使感觉之光顿失。随后，它赋予心灵以蓬勃的生命力，使心灵意识到自己作为个体的伟大，且从自身的感官感觉和外部环境中独立出来，不再受它们的约束。最后，心灵确信并确立了自己内在的、独立的力量源泉，想象从自身中走了出来，达至自然，成为一种如天启般的自我意识。显而易见，上述想象的三个特点表明了，它一方面千方百计获取自我的独立性，不能在自然中苟且偷生或偏安于自然的任何一隅，但另一方面又必须依赖自然而存在。因此，想象常常以自然的伪装出现，没有识别自己，以自然的形式与自身对抗，使得一种突发的自我意识会转向外部事物，使自己与自然的对立成为在自然伪装下的自己与自己的对立，就正如童年时孩子并不知道自己所见和所感是自身想象力量的结果。之所以如此，是因为这种暂时的无知得以麻痹那种可能阻止心灵成长的意识，过早产生自我意识而不经过其自然化阶段，对华兹华斯来说是一件既可怕又无益的事情。由此可见，不可轻视自然对于达成想象的重要性。

自然（外部世界）的这种重要性又如何得以体现？根据哈特曼对华兹华斯自然观的阐释，自然扮演了多重功能。首先，它不是一个纯粹的、静态的存在，是一个有力的引导者。自然不是一个客体，而是一种存在，一种力量，一种运动，一种精神。它不是供人崇拜和消费的东西，而是从童年时期就成为引导人们超越自身的一个向导，并且这种超越沿循的是一条渐进的否定之路。这条道路非常曲折，以至于当诗人认为自己尾随最多的时候实则尾随最少。因为他必须跨越一个地峡，其中外部意象丧失了，但突然以超出最初直接性的方式复活。尽管如此反复曲折，幽深晦暗，但诗人仍然尊崇自然的温柔的引导①，沿循这条否定的渐进之道，使心灵逐渐达到自己意识。

其次，自然是想象发展中一个必不可少的中间场所或中介，想象如果没有中间场地不会存在。如果说自然是推动诗人沿着否定之路前行的向导这一认识是在最初形成的话，那么，在否定之路接近尾声时，当想象得以从其他事物中分离出来之际，华兹华斯发现了隐身的向导的身份不是自然，而是想象以自然的方式推动着他。起初想象不可分辨地与自然融合在一起，让人虚假地认为是自然驱使诗人沿着否定之路前行，因此隐藏了想象的推动者身份。尽管想象是推动诗人前行的真正的引导者，但其并不直接推动诗人，它往往通过自然这一中介（the agency of nature）发

---

① 哈特曼认为，华兹华斯把想象从自然的分离或自然向想象的转变看做一个渐进的、平和的过程，而非一个暴力驱逐和冒犯自然、打破先有状态的过程，也非必须根除一切与救赎无关的事物，根除一切可能阻隔在上帝和自我之间的事物。这凸显了华兹华斯独特的天启观或者反天启观，也表明与布莱克强调自然物体常常弱化想象的观点产生了差异。

挥作用。要意识到想象的力量，必须意识到自然在其过程中的作用。以此种方式，灵魂保持了华兹华斯后来所谓的"散漫之力"，并避免陷入一种独立于自然的唯我论。

再次，自然是想象的教化者。华兹华斯的想象观与超自然是不可调和的，因为他的想象是自然化（naturalized）了的想象，总是期望着被自然教化。同时自然又能够满足寻求超自然的心灵，能够满足想象的力量，孕育自我意识。

最后，自然是自身的超越者。华兹华斯赋予自然在人的成熟和拯救过程中以极大的作用。自然把人引向他自身，引向自身中发挥作用的超验力量，从而超越自身。

三　想象与自然的对立统一

在哈特曼的分析中，华兹华斯对自然的执着主要归因于以下几个方面。第一，自身的经历使诗人爱上了自然。童年及其生活经历以及法国大革命、英法战争、工业革命带来的背叛和绝望，使华兹华斯的希望得以重置，尽管尚未被摧毁。第二，诗人欲通过对无限丰富的自然现象的意识弥补以往时代和诗人在此方面的不足。第三，对于华兹华斯而言，自然的丰富性并非由于自身的缘故被描述，其作用在于表明作者心灵的成长，且华兹华斯对于自然的多彩和丰富性的强烈兴趣与其处于危机中的精神发展相关。第四，华兹华斯对自然的热爱与对天启的恐惧有关，他不愿选择让精神无家可归，或被世俗所埋葬，宁愿让它回归自然，处于与自然的对抗之中，从而避免了绝对的超自然主义。第五，对理性的质疑。传统观点认为，人的再生常常是诸如政治、神性、理性等因素或这些因素综合作用的产物。华兹华斯排除了第一个因素，认为它不足以使人再生，怀疑第二个因素的直接性，但对于第三个因素他持明显攻击态度，认为人不能通过推理从旧的自我中再生。与反对赤裸裸的理性自我相对，华兹华斯的自然具有理性不能认识的理由，因为人类意识必须受到自然和人类的限制，这种限制是通过一种比理性化更强烈的链条实现的，并起源于孩提时代与生俱来的同自然的接触。意识在其早期需要与自然接触，以便抵制理性拙劣的、粗糙的介入和直接要求。正是由于对自然的强调，华兹华斯不能成为幻想诗人，他始终坚持认为，最伟大的诗篇仍然源于对自然经验近乎迂腐般的执着。

如此，在哈特曼看来，想象与自然就成为华兹华斯诗歌中最大的一组矛盾对立物。两者之间既存在对抗，也存在潜在的统一，因此决定了自我意识的成长绝非一个静态的、自发萌生的简单过程，而是一个既充满对立和对抗，又不乏静谧与调和的漫长的、艰难的过程。那么，这种艰难性和曲折性如何得以体现？哈特曼从以下几个方面阐述了这种辩证关系的曲折发展。

第一，想象与自然的原初统一。最初，想象从属于自然，隐藏于自然中，与自然融为一体，不分彼此。

第二，想象与自然的分离。这是一个十分艰难且漫长的过程，是一个克服精神危机的渐进过程，是通过自然的否定实现的过程。首先，想象要经历一个对自己的独立力量产生盲视的阶段。此时，想象已经产生了其独立力量，但诗人由于还没有把想象从自然中分离，所以对这种独立产生了盲视，视而不见，其结果便是他继续将目光向外投向自然，而非内转，眼睛或视觉占据了感性经验中的霸权地位。其次，诗人在自然中确定自己对于力量和在场的直觉，并使眼睛与自身竞争，或者被神秘的对比挫败，自然以这种方式引导感官超越自身，通过自然超越自然，想象逐渐认识到自己的独立性。但是，想象仍未脱离自然，而是抽身隐藏于某个点（spots of time），这个点既是与自然的断裂点，也是自然和另一个不同世界的连接点。再次，想象通过与自然的决裂，充分意识到自己的独立力量，并企图从自然的束缚中解脱出来。诗歌中的盲人、老人形象等表明，从最初与自然的纠缠以及相对盲视的意识状态向启蒙的自我意识的转变，必须建立在违抗自然的方式上。尽管后来华兹华斯也表明要成为人并非一定要违抗自然，也许人类意识并非一定意味着从自然的堕落，不一定意味着自我（无意识的自我）不可弥补的分裂，但他发现人仍旧是想象的主体，一直寻求着与自然的分离，寻求着自我意识的独立。最后，精神对眼睛的挫败使其从可见世界转到不可见世界，从特定地方转到无界之域，从而形成一种新型关系，精神从盲视转为自我确定性。此时，肯定的自我意识得以产生，想象得以从自然中完全分离，心灵从感官的专制下解脱出来，克服了认识上的危机，从对比走向融合。

这样，想象在独立的过程中克服了双重的他者性，即作为他者的自然的他者性，以及自身作为自然的他者的他者性。对于前者，灵魂生来就是一个世界的异己者，虽然成为世界的一部分，但又不仅仅在世界中，个人不得不创造自己的约束性即自然，使自己忘身于自然。对于后者，要克服这种新的他者性，想象可能更加异化自我，直到被排斥的一方成为强制的一方，并通向更深的异化（陌生化）。在此进程中，意识并不是简单的对自然的违抗，想象对于自然的分离是自然本身深谋远虑的结果。

第三，想象向自然回归，实现与自然的再度统一。华兹华斯让想象从自然中分离出来，但没有抛弃自然。想象独立之后，又让两者再度结合，但不抛弃想象。想象不抛弃自然表明自然不可或缺的中介作用，以抵抗想象陷入无底的深渊。"自然对于我们并非一个绝对的东西，只是一个仁慈的中间地盘，对无底深渊的限制。"① 华兹华斯对于诗人意识成长的普遍概念源于其对具体的、与特定地方有关的经验的记忆，因为"自然本身具有人一样的完美的伟大性"②，这使地点具有了一种精神性（spirit of place），使"想象固定在物理有机体上"③。不抛弃想象表明了分裂后的自我企图从自我分裂中吸取力量，想象得以自然化。换言之，主动性从自然转向诗人后并不意味着将自然力量作为异己者给予扼杀，而是在对自己充满信心的同时，使自然的力量得到肯定和更新，人第一次很坚定地面对自然这一他者。这是一种与精神相似的力量，但精神不能征服它，两者之间存在不可消除的关系，但对于人类的再生都具有实质性的、重要的促进作用。因此，两者只能融洽共处。以这种方式，华兹华斯"违抗了世界不能成为想象的栖息地这一传世箴言"④，拒绝从普通的感官知觉或肉体理解中离开。他使自己注定待在肉体理解和感知经验的范围之内，通过这种方式使自己同样超越客体意识。但他对自然的信任绝不因为人只能成为自然的奴仆，而是因为对客体的意识和自我意识是相关的。华兹华斯认为对自然他者性的感觉是一种精神事实，他洞察到自然与精神的发展之间具有十分重要的联系。

因而，生命对于华兹华斯来说，意味着让灵魂从唯我论中解放出来，灵魂最终转向自然是一个真正的转变，证明了自我超越的能力，而人类向人性的成长基于此种转变。如前所述，灵魂作为世界的异己者来到世上，但他的想象在从自身走出并与更低一

---

① Geoffrey H. Hartman, *Wordsworth Poetry—1787 - 1814*, New Haven and London: Yale University Press, 1964, p. xii.

② Ibid., p. 41.

③ Ibid., p. 45.

④ Ibid., p. xxiii.

级的自然融合时展现出来的力量是其进一步发展的推动力。对于华兹华斯而言，它促进了人的再生。最终，想象借自然克服自身后又不得不通过自然克服自然，并历经这一艰难过程超越了自然，由此达成其普遍意义，把神话与现实、人和神以及自然与人性统纳入自己的范畴之内，实现了理想的统一，即超自然想象与自然化想象的统一，从而避免了以压制强迫的方式将一种想象转变为另一种想象。华兹华斯的慷慨性原则得以凸显：灵魂走出自身获得了永久性的报偿，它的力量因为外部世界的力量而更加丰盈，自然因为想象的参与而具有了自身的激情和人一般的伟大性，伟大的自然神话最终得以构型。

四　自我意识在想象与自然对立统一中的独存

哈特曼在《华兹华斯的诗歌》一书的前言中声称，自己"并没有详细阐述或系统阐释一种新的精神现象象学，而是试图展示一出意识及其成熟之剧，这种意识和成熟直面遭遇犹如自然之力的人的想象力，且犹抱琵琶半遮面地被传达出来，尽管以一种奇怪的、崭新的直白方式得以传达"①。换言之，他的目的在于揭示华兹华斯作为诗人的自我意识如何在自然之力和人的想象力的对立和冲突中逐渐达至自身，获得自身的独立存在，并且这种独立存在并没有陷入一种不可揣测的无底深渊，而是以一种能够被感知的、被传达的方式存在着。那么，如果说哈特曼否认自己无意于构架一种新的精神现象学阐释框架，这是否意味着，他在书中对意识成熟或成长之途的描绘沿循的是旧的精神现象学，即黑格尔的精神现象学之道呢？这并非一种无端臆测，黑格尔关

---

① Geoffrey H. Hartman, *Wordsworth Poetry—1787 - 1814*, New Haven and London: Yale University Press, 1964, p. xxiii.

于意识和自我意识的辩证发展这一核心概念在哈特曼对华兹华斯诗歌的阐释中得到了形象的展现，只不过哈特曼在阐释中，将黑格尔意识发展理论中认识主体与其世界、自然与自由、个体与社会以及有限精神与无限精神这四重呈等级序列的对立统一约减并置换为自然和想象之间的对立统一，但由于人乃想象的主体，所以最终归于自然和人之间的对立和统一，对此下文将加以阐析。

哈特曼在自然和想象原初为一统一体、后又各自分离的观点上，虽借鉴了德国浪漫主义哲学家的表现主义理论，但与黑格尔关于主体和客体的对立统一的辩证概念更加密切相关，虽然黑格尔受前者的影响也是很大的①。浪漫派哲学家普遍关注的问题是如何解决人类普遍分裂状态的问题，这种分裂状态又表现为随现代技术文明发展接踵而至的各种二元对立，这些二元对立在经验主义、唯理主义等那儿依靠数学思维方式和三段式逻辑推演获得理论支持后，显得更加肆无忌惮，对价值问题的探讨因而也不得不被套以探索自然科学的智性方式和认识论途径。因此浪漫派哲学家首先要做的就是消除那些无处不在的二元对立，将感性与理性、物质与精神、肉体与灵魂、经验与超验、自然与人类、有限与无限等统一起来，达到永恒的自由。"追求人与大自然的神秘的契合交感，反对技术文明带来的人与自然的分离和对抗"②，就成为浪漫哲学传统的一大主题。但是，按照黑格尔的观点，这种分裂是必然的。一方面人渴望与自然、他人以及自身的统一。

---

①　黑格尔在早期受赫德尔等浪漫主义哲学家的表现主义理论影响较大，与青年浪漫派一代关于有限与无限统一的渴望同声相求，所以他既源自浪漫派，但又把自己规定为反浪漫派。关于黑格尔与德国浪漫派之间的渊源问题与本节主题不直接相关，故在此不做赘述。

②　刘小枫：《诗化哲学——德国浪漫美学传统》，山东文艺出版社1986年版，第11页。

另一方面，人所追寻的永恒自由首先要求打破人与自己、人与人以及人与自然之间那种原始的、未分化的全体性。因为这是不可避免的发展结果，但并不意味着一种全盘的失落，而是意味着一种更高的、更完满的和解。原始表现统一的打破，其结果就表现为人与自然、人与人、人与社会以及人与自身的对立，即作为认识主体的人与作为其认识对象的客体的对立。

贯穿《精神现象学》一书所描绘的意识发展的全部过程，可以说就是主客统一或自我实现的过程，其根本原则是全体与客体、自我与对象的统一。黑格尔从反对谢林的直观哲学出发，认为事物的本质并不单纯在于开端，也不单纯在于结论，而在于内容的展开和特殊化的过程，因而作为精神具体存在和现象的意识不能通过直观和直接的方式获得，它必须经过一个漫长曲折的阶段和过程。这个过程是一个主客观从统一到对立分裂、从对立分裂到统一的过程，即"单一的东西分裂为二的过程或树立对立面的双重化过程"①。如此，意识不能停留于自在的本质，必须实现于外，让形式得以展开，使之成为现实的东西。在成为现实的过程中，意识需要一个中介，即使自己从本身转化到自己的对方，并在对方中保持自身同一且反映自身的东西。"中介不是别的，只是运动着的自身同一，换句话说，它是自身反映，自为存在着的自我的环节，纯粹的否定性。"② 那么，中介起着对意识开端加以展开并否定开端作为直接性过程这一作用。而中介的产生由意识本身的特性决定。意识包含着两个方面：一是认识本身，即主观方面，二是认识的对象，即客观方面，意识自我发展

---

① ［德］黑格尔:《精神现象学》上卷，贺麟、王玖兴译，商务印书馆1983年版，第11页。

② 同上书，第12页。

中的每一形态都包含这两方面的对立。根据黑格尔的划分，意识包含三种形态。第一种形态是直接性的、感性的意识，是对于个别的、未经中介化的存在着的对象的确信，主体和客体还是混为一体、彼此模糊不清的。第二种形态是知觉。在知觉阶段，主体与客体不再是混沌不清的关系，而是相互对立的关系，主体把客体看做外在的与对立的。第三种形态是知性。同知性发生直接关系的，便只是现象，本质尚在彼岸，不能为知性所理解。在黑格尔看来，事物的内在本质之所以不能为知性所理解，就因为知性把事物的本质看成在自己以外，没有把它看成就是意识本身，"事物的内在核心对于意识还是一个纯粹的彼岸，因为意识在内在核心里还找不到它自己"①。

因此，哈特曼对华兹华斯意识成长过程自然作为中介作用的强调与黑格尔的观点如出一辙。一方面，意识要发展，必须从与自然混沌共存的状态中解放出来，摆脱自在的本质。又由于诗人自幼年便与自然"耳鬓厮磨"而浸润其间，所以，哈特曼认为，华兹华斯与自然的这种共存状态阻碍了其自我意识的发展，但随着时间的推演和漫长的历程，诗人的主体性意识逐渐苏醒，自我意识的产生以及作为自我意识发展最高程度的想象的产生，便使诗人意识到自己作为认识主体独立于自然的必要性和必然性。因此，想象把自己从自然中分离出来。在此，哈特曼对意识发展的阐释沿用了黑格尔对圣经故事中人类堕落的阐释方式，即将伊甸园—堕落—救赎的程式替换为自然—自我意识—想象。关于人类的原罪，黑格尔认为是必然的，堕落也是必然的，因为人无法一直保持天真无邪的状态，只有当他无所作为的时候才能保持那种

----

① ［德］黑格尔：《精神现象学》上卷，贺麟、王玖兴译，商务印书馆1983年版，第97页。

状态。只有寂静无为的人才是纯然无辜的。人之所以要违抗上帝的意志，与上帝分离，并非因为他拥有一颗禁不住诱惑的心，乃是因为人意识到自己是一个自然的存在，并因此是一个有限的存在，而且也因为意识到自己是一个有限的主体或意志。所以，堕落虽然是邪恶的萌生，表明与上帝意志的背离，但也是对自身意志和有限性力量的肯定。这种肯定由此成为使人区别于动物的精神性的存在，成为拯救的开始、和解的始端。因而，堕落是必然的，是获得拯救抑或走向与上帝统一、重返伊甸园的一个本质步骤，"或者从思辨的意义上说，精神只有超越来自自身的异化而返回到自身才能成为精神"①。否则，人只依靠那种与上帝的简单统一维持一种动物般的存在。正是借鉴了黑格尔这种宗教阐释模式，哈特曼对华兹华斯诗歌中自然、自我意识和想象之间的关系给予了独到的解释。与堕落一样，诗人自我意识与作为中间环节的分离，是诗人想象得以产生的必不可少的步骤。如果没有这种分离，诗人就不能肯定自身的意志和力量，更遑论获得永恒的自由，"意识的进一步发展同时意味着进入死亡，但不发展也意味着死亡（动物般安静地被自然吸纳）"，且"意识就是死亡，是自我与被埋葬的自我的对抗"②。因此，自我意识对于自然的异化促成了想象自身独立存在的条件，"堕落"了的自我意识又必须加以克服，即必须超越自身的异化返回到自身。

　　根据黑格尔的意识发展学说，主客矛盾发展的最终结果就是意识认识到实体（客体、对象）具有主体的性质，认识实体亦即自我。一般来讲，这样的对于一个他物、一个对象的意识无疑本身必然是自我意识，是意识返回到自身，是在它的对方中意识

---

　　① ［加拿大］查尔斯·泰勒：《黑格尔》，张国清、朱进东译，译林出版社 2002 年版，第 755 页。

　　② Geoffrey H. Hartman, *Wordsworth Poetry—1787 - 1814*, New Haven and London: Yale University Press, 1964, p. 21.

到它自身。在意识阶段，意识仍以与自身相异的物为对象，它必须前进到自我意识阶段。在自我意识阶段，意识以自身为对象。自我由于一心只想自己的独立自由，抹杀客观现实，对客观现实始终采取否定的态度，所以它反而达不到自由与自我实现的目的。职是之故，自我意识在开始时也是空虚的，它必须把自己实现出来，以达到我与外界的统一，"自我意识只有在一个别的自我意识里才获得它的满足"①。那么，自我意识就必须将自身外在化，"在这种外在化中，自我意识把自己建立为对象，或者……把对象建立为自身。另一方面，在这种过程中，也还有另外一个因素，即自我意识同时又扬弃这种外在化和对象性，并使它们返回到自身，从而使自己在其对方中和自己一样。这就是意识的运动"②。因此，"自我意识的冲动在于扬弃它的主体性，进一步说，在于给关于它自身的抽象知识提供内容和客体性，反过来说，就是使它自己摆脱自己的感性，扬弃作为给定的那种客体性，将之设定为与其自己是同一性的，或者说使它的意识成为与自我意识等同的"③。那么，自我意识的产生和个体化就意味着对自然的背叛。这一背叛在华兹华斯 1791—1795 年创作的诗歌中最初表现为谋杀盲人这一方式，"企图通过这种方式从自然的束缚中解放出来。盲人代表在从最初的、与自然纠缠以及相对盲视的意识状态向启蒙的自我意识的痛苦转变过程中，必须被杀死的事物，以此证实与自然的决裂"④。因此，哈特曼认为，想象

---

① 〔德〕黑格尔：《哲学科学全书纲要》，薛华译，上海人民出版社 2002 年版，第 121 页。

② 同上书，第 260 页。

③ 同上书，第 262 页。

④ Geoffrey H. Hartman, *Wordsworth Poetry—1787 - 1814*, New Haven and London: Yale University Press, 1964, p. 133.

设立了自然这个异己的他者，并经过一个从统一走向分裂的漫长而曲折的过程，与之形成了强烈的对立。这种对立表现为两个方面：一是与自然的对立，二是与以自然为假面的自己的对立。华兹华斯的前期诗歌以强烈的对比和并置将这种对立表现得较为明显，诗人浓墨重彩地表现了一种摇摆不定的状态，让人觉得边界线和对比无处不在。

　　然而，在创作《边界》（"The Borderers"）时，华兹华斯意识到人类的精神并非必然要建立在谋杀之上，或对于自然的犯罪之上，因此，在创作《塌毁的茅舍》（"The Ruined Cottage"）和《序曲》时，华兹华斯企图寻求一种不包含谋杀自然的自我意识的成熟方式，并表明人成其为人并非一定要违抗自然，人类意识并非一定意味着从自然的堕落，也并非一定意味着无意识的自我（self）与有意识的自我（ego）之间不可弥补的分裂。在华兹华斯成熟时期的诗歌创作中，混合成为其主要风格特征，因为"精神与外在世界相符，外在世界与精神相符，两者的合力成就了被称为创造的事物"①。那么，哈特曼对于华兹华斯这种自我意识的发展的描述实际上与黑格尔自我意识发展中的理性阶段相一致。

　　当自我意识发展到理性阶段时，意识对于一切他物的否定态度转换为肯定态度。理性阶段是黑格尔学说中自我实现的阶段，实在即自我的原则得以实现。

　　如果说黑格尔以理性作为克服自我意识异化的抗毒剂，那么，哈特曼则以想象置换了理性。如果说理性为自身的发展和实现进行了筹划，即"理性的狡黠"，想象对于自然的分离也是

---

①　Geoffrey H. Hartman, *Wordsworth Poetry—1787 – 1814*, New Haven and London: Yale University Press, 1964, pp. 218 – 219.

"本身有远虑地筹划和鼓励的结果"①。于此，哈特曼提出的克服自我意识异化的灵丹妙药还是意识本身，即想象，"自我意识的抗毒剂还得从意识本身里面提取"②。想象作为自我意识的最高程度，反而成为自我意识进行异化的阻碍者，从而意识在内在核心里找到并实现了自身。在黑格尔看来，在理性的初期即观察的理性阶段，意识（主体）只是静观对象（客体），它把对象看成外在的，不依赖它而独存，如果意识用这种态度去对待对象，当然不可能在对象中找到自己。与此同理，在哈特曼看来，在诗人产生想象的初期，想象把自然看成外在于自身的独立存在的力量，视为剥夺了与精神的任何联系的纯粹客体，这种想象与自然的决然对立不但没有促使诗人真正意义上想象的产生。相反，在某种意义上，想象没有了自然的限制或者被自然化，则会陷入无底的深渊。

　　然而，分裂不是最终目的，对立亦非终极取向，通过否定之路造成的分裂的主客双方必须再次经过否定走向统一，自然和想象的统一性因此更具有合理性。对于人与自然的关系，黑格尔与浪漫派都持有两个基本理念：第一，自然在人的认识能力范围之内，没有超越知性的认知范围，是由于我们自身就是由自然这样一个实体组成。但是，只有当我们尝试着与之融为一体的时候，而不是当我们尝试以唯理主义冷峻的智性眼光，把自然视为赤裸裸的理性的他者而去支配它或剖析它，以便迫使它屈服于分析知性范式的时候，我们才能恰当地认识自然。第二，我们知道自然，因为在一定程度上，我们与造就自然的事物、在自然中表现

---

　　①　Geoffrey H. Hartman, *Wordsworth Poetry—1787 – 1814*, New Haven and London: Yale University Press, 1964, p. 220.

　　②　Geoffrey H. Hartman, *A Scholar's Tale: Intellectual Journey of A Displaced Child of Europe*, New York: Fordham University Press, 2007, p. 26.

自身的精神相一致，"自然是看得见的精神，精神是看不见的自然"①。这表明，人既与自然一致，也与作为自然内在表现的精神相一致，这就决定了人与自然的最终统一将成为可能。尽管分享了对于人和自然、有限与无限的统一的渴望，但是在是否通过直观的方式达成统一的问题上黑格尔与浪漫派却产生了分歧。浪漫派认为，人通过直觉和直观、凭借信仰本身可以获得与自然以及表现为无限的自然的精神的统一，而黑格尔从绝对主体性或理性发展的必然性来看待这种统一，视之为否定之否定即扬弃的必然结果。从哈特曼对于华兹华斯意识发展过程的分析来看，他更倾向于黑格尔关于人与自然必然统一的阐释模式。

　　根据黑格尔的意识辩证运动，自我意识或自我确定性要达到的目标是圆满的、整体的实现，也就是他所谓的无限性概念。这种无限性虽然是一种主体不受任何外物束缚的状态，但并非指对外在现实的单纯清除工作。相反，它意味着将外在现实以及意识主体即我们都包容了进去，亦将任何异己之物都囊括了进去，因为它把包罗万象的宇宙不再看做一个限制、一个他者，并且，人务必依赖于这个包罗万象的宇宙才能得到充分表现。否则，他就绝不可能感到圆满，也绝不能实现自身。因此，精神必须被实体化，它必须融入它的他者，并且通过它的他者返回自身。

　　那么，由此看来，哈特曼的华兹华斯诗歌中想象从自然独立之后又回归自然的观点，在某种意义上，是黑格尔上述观点的转述或阐释。想象通过从与自然的原初的毫无意识的统一，到与自然脱离获得对自己的独立意识，再到克服自然对于自己的他者性

---

　　①　[加拿大]查尔斯·泰勒：《黑格尔》，张国清、朱进东译，译林出版社2002年版，第67页。

以及自己对于世界的他者性，与外界融合为一体。这种融合超越
了最初始阶段两者的混沌般的混合。因为，一方面，想象或自我
意识保持了自身作为主体的独立性和内在自由。另一方面，对于
自然来说，它并没有被想象排斥，而是作为想象的客体保持着自
己的中介地位，但它不再被看做一个与精神或心灵毫无关联的他
者或异己，想象从自然的生命和力量中认识了自己。自然在引导
诗人从自身走向想象（自我意识）的过程中通过否定之路超越
了自己纯粹的客观存在和异己身份，想象在克服自身的异化过程
中超越了与自然的原初的自为存在。因此，整个过程中实现了三
重超越：自然超越自身，想象超越自身，以及自然和想象的统一
超越原初的自在性而成为自为的融合。由此，诗人的自我意识得
以最终成熟，并因此实现了自身。

　　从主张纯粹意识和本质直观的胡塞尔现象学说，到主张意
识的辩证运动的黑格尔精神现象学说①，哈特曼在浪漫主义诗
歌尤其是华兹华斯诗歌研究中对两种哲学理论的借用（虽不
是直接挪用），无不在其诗歌阐释上打上了理性思辨的烙印，
表明了其文学批评的基本立场和独特内涵。正如韦勒克对施莱
尔马赫（Friedrich Schleiermacher）的评价，认为他"显然是尝
试用思辨力量来研究感受说、创造性活动说、表现说这样一种

---

　　①　关于两者之间的差别，国内学者论述较多，其中可参考贺麟先生在其为中文
版《精神现象学》所写的"译者导言"中所作的区分。他把黑格尔的精神现象学与
胡塞尔的现象学进行了比较，提出了三方面的差异：（1）胡塞尔现象学是主观唯心
主义，黑格尔的现象学是客观唯心主义；（2）胡塞尔现象学是先验的，黑格尔现象
学是经验的意识科学；（3）胡塞尔现象学是非历史的直观本质之学，黑格尔现象学
是历史主义的。参见黑格尔《精神现象学》，贺麟、王玖兴译，商务印书馆1979年
版，译者导言，第11—13页。另外，国内著名黑格尔研究学者张世英也对此做过专
文论述。参见张世英《现象学口号"面向事情本身"的源头——黑格尔的〈精神现
象学〉——胡塞尔与黑格尔的一点对照》，《江海学刊》2006年第2期。

美学的自我作古者"①，在某种意义上，哈特曼也可谓这样一种阐释的尝试者。他用哲学的思维和理论方式，尤其是胡塞尔和黑格尔的哲学，来看待华兹华斯成就其诗歌创作这一艰难历程，从而形成了其独特的具有哲学思辨性的浪漫主义诗歌阐释理论②。

　　这种理论解决了华兹华斯诗歌中自然与想象的对立问题，不但为研究其他浪漫主义诗人如布莱克、柯勒律治等提供了新的视角，更重要的是，哈特曼将黑格尔的哲学理论引入英美浪漫主义诗歌研究，使黑格尔思想在英美学界受到人们的重视。在 1970年，即《华兹华斯的诗歌》出版六年后，文学批评家莫尔斯·派克汉姆就认为，"所有研究浪漫主义的人都应该阅读黑格尔的《精神现象学》一书，而且应当不止一遍地阅读……没有人对危机产生如此完整的反应，没有人反应如此纯粹，如此与浪漫主义的概念相符"③。

　　所以，当索尔斯列夫断言，艾布拉姆斯以其 1973 年出版的《自然的超自然主义：浪漫主义文学传统和革命》（*Natural Supernaturalism: Tradition and Revolution in Romantic Poetry*）一书而成为"第一个将英国浪漫主义主要作品置于德国浪漫唯心主义

---

　　①　［美］雷纳·韦勒克：《近代文学批评史》第 2 卷，杨自伍译，上海译文出版社 1990 年版，第 372 页。

　　②　此外，哈特曼的犹太教思想对他阐释华兹华斯诗歌产生了一定的影响，如：在《未经调节的视像》一书中，他关于现代诗歌与现实具有直接性的观点，承袭了犹太教主张人与上帝之间除了圣经文本外没有中介、上帝与人之间是一种面对面的关系这一思想；在《华兹华斯的诗歌》一书中，对诗人"时间的地点"（the spots of time）的解释以及"地方灵魂"（the spirit of place）的解析在很大程度上也沿袭了犹太教中圣灵显现总与特定地方相关这一思想。但是，这种影响在哈特曼的华兹华斯研究中不占主要地位，所以本书没有就此进行阐述。

　　③　Morese Pechham, "On Romanticism: Introduction", *Studies in Romanticism*, Vol. 20, No. 9, 1970.

背景中"① 的时候，他忽略了这一事实，即哈特曼早在数年前就已经通过将华兹华斯的意识成长过程与黑格尔的精神现象学并置在一起，探讨了主体与客体、自我与非我、自我意识（想象）与自然之间的关系，具有开创性意义。

---

① Peter L. Thorslev, Jr. , "Romanticism and Literary Consciousness", *Journal of the History of Ideas*, Vol. 36, No. 3, 1975.

第四章　阐释自由与拯救文本：
超越形式主义

　　如果说除了对华兹华斯及其诗歌终其一生的情有独钟外，还有什么自始至终贯穿哈特曼长达五十余载的学术生涯的话，那就是他对阐释（interpretation）问题的格外关注了。应该说，在耶鲁大学攻读博士学位期间，哈特曼就已经对阐释问题产生了兴趣，经过 1953—1955 年两年的服役期后，他回到耶鲁大学开始自己的执教生涯。那时，他就已经萌生撰写一部阐释史的想法，因为他认为当时人们只将目光锁定在世俗的阐释方式上，而这种狭隘的阐释方式只是冰山之一角，阻止了现代思想者们挖掘埋藏在冰山下大部分更为丰富的无尽宝藏。哈特曼所强调并视之为宝藏的就是圣经解释传统，从最初时刻开始，他就把目光投向了这座宝藏，于他而言，"世俗的阐释方式不能完全满足自己"①。因此，可以说，哈特曼对阐释问题的关注，主要原因有二：其一在于对当时文学阐释现状的不满，其二肇始于他对拉比文献，尤其是犹太法学博士的圣经解释的兴趣，乃至于热情。而在某种程度上，第一个原因成为第二个原因的出发点和促动因素。

---

　　① Geoffrey H. Hartman, *A Critic's Journey: Literary Reflections, 1958 – 1998*, New Haven and London: Yale University Press, 1999, p. ix.

第一节　当代形式主义之争

继华兹华斯诗歌研究之后，哈特曼进而把目光转向了更为宽泛意义上的文学研究，虽然他并没有放弃对华兹华斯的关注。从20世纪70年代至80年代初，他出版了《超越形式主义》、《阅读的命运》、《拯救文本》和《荒野中的批评》等理论研究著作，集中表明了自己关于文学阐释问题的观点和主张，这些观点和主张在很大程度上缘于形式主义的当代之争。这场具有重大意义的形式论争围绕着文本、意义与阐释之间的关系这一当代文学研究领域中的基本问题展开，在美国引发了莫瑞·克里格所称的形式主义危机。本节将简要勾勒美国新批评关于文本、意义和阐释的形式主义要旨，以及在美国后新批评派对形式主义谬误的纠偏，以考察哈特曼提出自己的文学阐释论的批评背景以及独特贡献。但是，这种简要勾勒也许存在简单化约之嫌，因为在六七十年代，美国文学批评界各种流派和批评理论并存，如弗兰克·兰特里夏（Frank Lentricchia）所称，1957—1977年这二十年"是批评史上最丰富也令人最迷惑的时代"①。那么，任何想要以线性方式呈现这种复杂局面的企图注定会失败。所以，本书无意通盘考察各个流派，而是以新批评的两个谬误说为起点，以与这两个谬误说直接相对的三个理论学派的文本意义理论为参照和阐析对象，即以赫斯（Hirsch）为代表的传统阐释学派、以斯坦利·费希（Stanley Fish）为代表的读者反应理论流派以及以保罗·德曼为代表的解构批评学派，对哈特曼阐释理论的背景进行考察，研究他超越形式主义这一主张的独特意义所在。

---

① Frank Lentricchia, *After the New Criticism*, London: Methuen & Co. Ltd., 1983, p. xi.

一　文本与作者

如果说，阐释的根本目的在于揭示某种意义，那么就不妨说，文学阐释要解决的最基本的问题是意义的生成问题。具体而言，就是意义是如何产生的？或意义从阐释中如何得以构建？在美国文学批评界，这个问题成为自新批评以来文学阐释的一个焦点，在某种程度上，也可以说是新批评促成了该问题的形成，并以此拓宽了文学阐释的疆域。20世纪以前传统的文学阐释从社会、文化、历史、政治、作者心理或生平等作品之外的生活现实中寻找文学作品的意义，然而，到了20世纪三四十年代，人们审视意义形成的方式由外向内发生了根本的转变，而此改变的肇始任务无疑落在了新批评者身上。新批评者基于自身的文本自足论或语义自足论（semantic autonomy）立场，旨在建立一种剔除所有主观因素、能与自然科学并驾齐驱的科学化和规范化的阐释科学。他们对传统的意义产生机制提出了根本质疑，并斥之为"意图谬误"（intentional fallacy）和"情感谬误"（affective fallacy）。

谬误说的发起人维姆萨特和比尔兹利（Wimsatt and Beardsley）以文学文本与非文学文本之间的区别奠定了其谬误说的基础，这一点无疑受到 I. A. 瑞恰兹（I. A. Richard）陈述语言与伪陈述语言二分法的影响。他们认为，非文学文本与文学文本的意义产生模式存在着极大的差别。对于前者而言，出于其交际功能的需要，说话者的意图决定其言语的意义，即言语的指涉性，所说即为所图，意义与言语所指存在着一致对等性。因此，说话者意图就是话语的意义，也就理所当然成为理解的出发点和归宿。然而，对于后者而言，情形大异，文学作品因为其语言的修辞性和虚构性（figuraltivity and fictionality）而使作者的意图无可指涉，因而作者的意图根本不可获得，或不能作为判断文学艺术作品的标准。那么，文学文本（诗歌）的意义就是纯粹的文本意义，由文本的张力、悖论、反讽等自身的特点和属性决定。这些特点和属性构成了文本的结构，文本阐释就是寻求这种自在自足的文本结构及其所产生的文本意义而非作者意图。但是，维姆萨特和比尔兹利并没有决然否认和排斥作者意图的存在，只是认为作者的意图不是外在于文本。相反，它内在于文本，可以"在文本中找到，或从文本中推导出来"①。也就是说，作者的意图成为文本意义的有机组成部分，被客观地实现于文本意义之中，因此已经不属于作者本人了。

就"情感谬误"而言，维姆萨特和比尔兹利认为，文本的意义同样不在于读者或批评者，因为如果让读者成为文本意义的生产者，就会造成印象式批评或感想式批评（impressionism），该种批评方式在 19 世纪末由反理性主义的唯美主义大力倡导而盛极一时。然而，在新批评派看来，这种随感式批评"逃避比较困难与抽象的问题，对理性地分析诗歌的可能持怀疑态度，因而对方法论问题完全失于考虑"②。显而易见，印象式批评与新批评所主张的科学化和规范化批评背道而驰，无可辩驳地受到后者的排斥。

在新批评将文本从作者和读者的责任下解放出来之后，文本成为意义栖息的唯一场所，文学阐释的问题就集中在对文本的文体风格从微观层面以细读方式进行挖掘和探索的问题。然而，从"意图谬误说"和"情感谬误说"的发端之日始，便引发了来自美国批评界的众多讨伐之声，抑或说引发了一场旷日持久的、涉

---

① W. K. Wimsatt, *The Verbal Icon: Studies in the Meaning of Poetry*, Lexington: The University of Kentucky Press, 1954, p. 210.

② Ibid., p. 102.

及面较广的争论。争论各方都以新批评所大力彰显的观点为自己的理论生发点，以此形成自己的文学阐释理论立场。在 20 世纪六七十年代，这主要以 E. D. 赫斯、保罗·德曼、斯坦利·费希为代表。

与新批评排斥作者的"意图谬误说"相对，赫斯力图保卫作者的权威，认为作者的权威可以通过文本得以维护和持存。原因主要有以下几点。第一，作者的意思并非不可获得，通过语言这一公共媒介意思的可获得性正是其本质所在。第二，就作者意思的可变性而言，赫斯认为该问题是不存在的，因为发生变化的不是作者意思，而是"意思的意思"，即意义。第三，如果说连作者也常常不知道自己的意思，并非因为它不可企及，而是因为有意思是一回事，知道或不知道这种意思则是另一回事，两者之间不可混淆。所以，赫斯以意思（meaning）和意义（significance）之分提出了著名的文本阐释理论。在他看来，"一个文本具有特定的意思，它存在于作者用一系列符号所要表达的事物中，因此能被符号复现；而意义则是含义与某个人、某个系统、某个情境或与某个完全任意的事物之间的关系"①。此区分表明，新批评派所认为的就连作者本人也不可捉摸和把握的意图不是文本的意思，是文本外的任何事物与作品意思的关系，即意义本身，但这种关系的一个固定的、不会发生变化的极点就是文本的意思。赫斯试图以此简单的区分澄清他所认为的解释学理论的巨大混乱，并表明其根本观点，即绝对正确和标准的解释具有存在的可能。然而，区分绝非根本目的。赫斯由意思和意义之分推导出了阐释与批评之分。他认为，阐释与批评分属两种不同的活

---

① E. D. Hirsch, *Validity of Interpretation*, New Haven: Yale University Press, 1967, p. 8.

动，根本区别在于阐释是确定唯一的，而批评是不确定的、多样的。造成这种区别的根本原因则在于它们的对象不同。阐释的对象是文本的意思，意思又确定地存在于文本之中，因而阐释也应该是确定的。相反，批评的对象是意义，如前所述，意义呈现的是一种关系，这种关系随外部因素的变化而变化，具有不确定性特征，因而，批评也就具有了不确定性。

赫斯的文学阐释观源于胡塞尔现象学中的意向性概念，以及德国语言哲学家戈特洛布·弗雷格（Gottlob Frege）语言哲学中关于意思（Sinn）与意义（Bedeutung）的理论。根据胡塞尔意识的指向性观念，所有的精神或意识活动都有所指向的东西，这种目标指向性就是意向性。赫斯认为，意向性概念区分了精神活动或意向性活动和精神对象或意向性客体，且对于同一意向性客体，可以产生各不相同的意向性行为，即无数的意向性行为可以指向同一意向性客体。据此而论，文本作为语言符号的集合所表达的词义即为作者的意思，它也就能被无数不同的意向性行为获得，并且可以被复制出来，被众多人分享。从文本阐释的角度来看，便有了文本内意思和文本外意义之分。之后，赫斯又借助弗雷格对 Sinn 和 Bedeutung 的划分进一步确定了意思和意义之间的差别。根据弗雷格的观点，两个文本的意思可能完全不同，但它们的所指（reference）或事实价值可能完全一致，即 Sinn 不同，但 Bedeutung 一致。赫斯把保持不变的 Beteutung 置换为文本的意思，Sinn 置换为文本的意义，从而与胡塞尔的意向性客体和意向性行为相对应①，形成了自己的文本阐释说。

---

① 在这一点上，人们就弗雷格是否借鉴胡塞尔的现象学产生了争议，参见 J. N. Mohanty, "Husserl and Frege: A New Look at Their Relationship", *Research in Phenomenology*, Vol. 4, No. 1, 1974。

由上述观之，赫斯注重的阐释的有效性和正确性源于文本中作者意图的呈现，虽然这种呈现并非直接可见、轻易获得，但可以成为文本阐释的准绳。这显然直接驳斥了新批评的"意图谬误说"，显示了文本意义和文学阐释的传统的一面。而与新批评的"情感谬误说"直接相对的是斯坦利·费希的读者文本建构观。

二　文本与读者

与新批评对日常语言与文学语言的二元划分相对，费希反对此种二元划分。在费希看来，日常语言为了科学性放逐了人类价值，文学则成了这些价值判断的场所，亦即成了被日常语言放逐或排斥的一切东西的收容所，或成为所谓无价值之物的栖居地。正因为如此，文学语言并非与日常语言差异性地并驾齐驱，而是屈居于日常语言之下，成为一种寄生的、边缘性的存在体。换言之，语言被缩减为与人类目的和价值无关的一套形式体系，承载这些价值的文学领域则处于令人怀疑的尴尬处境。那么，文学应该如何走出这一困境？费希提出的解决方法是，如同语言学家否认文学语言的存在一样，人们也可同样拒绝日常语言的存在，即拒绝语言作为一套抽象的形式体系的单纯存在，将语言的特征和结构体现在人类交际的目的和需求中。如此的话，日常语言并非超然文学语言之上。相反，处于日常语言核心的是人们通常认为的文学语言所特有的人类价值、目的和意图。也就是说，日常语言与文学之间并不存在不可逾越的鸿沟，日常语言的形式特征也承载了人类的价值判断。

由此观之，费希一方面反对 20 世纪之前在西方一直占据着主导地位的语言再现观或模仿说，另一方面也驳斥 20 世纪以来形成并一度盛行的语言作为一个自足的形式体系论，把被形式主义者视为相对主义而摒弃的价值和意图论置于其思想的核心。因此，由语言构成的文本的意义既不在于对现实或客观世界的反映与再现，也不在于自身的形式特征；既与作者无涉，也与文本无关，而在于读者。在《读者的文学：情感文体学》（"Literature in the Reader：Affective Stylistics"）一文中，费希提出了他的根本观点。他把"这句话是什么意思？"置换为"这句话能够做什么？"，以此表明，句子或话语不是一个自在的客体，而是一个事件（event），一个发生在读者身上并由读者参与的事件，正是这个事件或事情构成了话语的意义（meaning as an event）①。因而，阅读成就了文本的意义，读者在逐字逐句间随时间流动展开的反应构成了一个历史性的经验事件。这种对历史性的理解，如伽达默尔所说，"其本性乃是一种效果历史事件"②。如果以这种视角透视文学的本质，那么文学就不是一种静态的、空间的、形式的存在，书页上的字词不是对意义解神秘化的一种透明媒质或手段，意义也不是被预先假设和设定。相反，文学应当是一种动态的、时间的艺术，它的存在和意义取决于对读者产生了什么样的效果，让他们获得了什么样的经验，如费希所称，"意义是所发生的经验，它有所为，让我们产生行动，甚至可以说与维姆萨特和比尔兹利的主张完全相反，意义在于它做了什么"③。

　　但是，追求一致性倾向一直是文学批评的惯例，这使既是读

---

①　Stanley Fish, "Literature in the Reader：Affective Stylistics", *New Literary History*, Vol. 2, No. 1, 1970.

②　[德] 伽达默尔：《真理与方法》，洪汉鼎译，商务印书馆 2007 年版，第 408 页。

③　Stanley Fish, *Is There a Text in This Class?：The Authority of Interpretative Communities*, Cambridge, Mass：Harvard University Press, 1980, pp. 308 – 309.

者又身为批评者的人往往忽略了自己的阅读经验而求诸普适性准则，从自己的理论立场出发掩藏自己的最初反应。所以费希要做的是揭示阐释性反思之前的直接阅读经验。之后，在其宣言性质的文章《读者中的文体学》（"Readers in Stylistics"）中，阐释的意义发生了变化，它不再是阻碍人们意识到自身直接阅读经验的第二层次的读者活动。相反，它本身就是那种直接经验——读者的阅读活动。因此，阐释和阅读同义，并包含两个取向：阐释建构文本特性，或文本特性居于阐释之前并为阐释提供线索。然而，在随后的《阐释集注本》（"Interpreting the Variorum"）中，费希的双重取向取消了，阐释成为建构文本、作者意图、文学类型等一切的源泉，正所谓阐释就是一切。

三　文本与意义

从作者意图无可辩驳地存于文本之中，到读者阅读或阐释经验至高无上，可以说赫斯和费希从对立的两极与新批评形成了对立之势。德曼则主要针对新批评引以为上的语言和文本自足论、有机整体观从中间发起了攻讦，试图抵制新批评派的语词崇拜①，阐发自己的语言观和文本意义阐释观。德曼早在 20 世纪 50 年代就对新批评的形式主义倾向提出了质疑，其成名作《盲点与洞见》就收集了他在 50 年代用法文撰写并由瓦特·戈德兹克（Wlad

---

①　德曼与新批评之间存在着错综复杂的关系。一方面，他承袭了新批评重视语言、重视文本阅读的立场，因而反对脱离文本阅读的批评方法，如他对费希所主张的阐释的任意性就持反对态度；另一方面，他又对新批评反对文本意向性、主张文本自足论和神秘的认识本体论取向给予了强烈驳斥。因此，有人称他是新批评的杀手，也有人称他为新批评的最后继承者，是由于新批评的影响才发展其文学批评思想的。本书此处就德曼对新批评的语言和文本观的质疑进行简要阐述，因为笔者认为对语言和文本的关注既是两者的共同点和理论出发点，但也成为两者阐述的根本分歧点和论争点，正是这种分歧造成了他们之间关于文本意义和阐释的理论差异。

Godzich）译成英文的《形式主义文学批评的终结》（"The Dead－End of Formalist Criticism"）。该篇文章与在 60 年代撰写的《美国新批评的形式和意向》（"Form and Intent in the American New Criticism"）一起，可算是对新批评本体论与有机整体观较为集中的批驳。德曼认为，维姆萨特和比尔兹利提出的意图谬误说是为了"界定美国新批评运作的空间"①，以此维护作品的自主性和整体性。然而，在德曼看来，这种对自主性和整体性的关注虽然没有问题，但是，新批评却犯了双重错误。第一，它保留了柯勒律治的有机形式论，将作品的有效整体性和独立自主性同自然客体等同起来，将两者视为本体论意义上具有一致性的等同物。这等于过分强调了语言的物质性，却忽略了语言的意向性，但"意向性概念从本质上讲，既非物质性亦非心理性，而是结构性的"②。亦即说，这种意向性与自然纯粹的物质属性根本不同，因为在观念层面上内在于语言本身，构成了文本的特性。第二，新批评之所以将语言的意向性排除在外，是因为"出自对意向性本质的误解"③，将它与作者的意图等同起来，一并加以去除，以此达到将文本既从作者的责任也从读者的责任中解放出来的目的，使文本成为一个独立存在的整体。但是，回避内在于语言结构的意向性，强调其自然物质性，这导致了将人类对文本的阐释方式无差别地等同于对自然的阐释方式这一结果，也就是将人同语言的关系转换为人与自然的直接关系。德曼正是用新批评这种关系替换来解释新批评的实践运作，认为新批评家的诗歌细读方式使得他们在实践中进入了一种阐释循环，并且将这种阐

---

① Paul De Man, *Blindness and Insight*, Minneapolis：University of Minnesota, 1983, p. 24.

② Ibid. , p. 25.

③ Ibid.

释循环与自然界中的有机循环等同起来。于德曼来说，这显然是错误的，因为诗歌的整体性并非与自然的有机性同日而语，在某种程度上，整体性是人们进行文本阐释时的一种需要和预设，因此阐释的循环所涉及的个别或局部与全体或整体的关系，也并非自然界中有机性的同一物。可见，德曼从其现象学立场出发，从语言的意向性这一特有本性出发，推翻了新批评的文本自足论和有机整体观。虽然对于这种超越主体性的、内在于语言形式中的意向性究竟为何物，德曼并没有加以说明，但他以这种姿态表明了与新批评文本观的分歧。

此外，德曼对 I. A. 瑞恰兹关于语言的可交际性观点也提出了质疑。瑞恰兹认为，语言的能指含义（significance）和意义（meaning）能够对作者的最初体验进行准确无误和一致性的传达，从而与读者产生交流。对于此，德曼在《形式主义文学批评的终结》一文提出了相对的观点。他认为，瑞恰兹的观点其实是一种本体论的预设，即任何语言都能够对任何经验进行言说，但这是不符合事实的。因为在德曼看来，语言与现实之间的关系并不是一种透明的指涉和简单的再现关系，而是一种重构关系。语言作为一种经验的建构形式，本身并不言说人类经验，不表现意义，而是建构经验世界，因此批评的问题就不是如何回到原初经验的问题，不是模仿现实世界的问题，也不是如何进行交流的问题，而是发现语言如何建构经验的问题。要解决这个问题，就要弄清语言的本质是什么。随后，德曼从语言的语法和修辞两者之间的张力关系出发阐释了其语言观。他认为语法系统是一个趋向于普遍性和具有朴素生成力的系统，它与逻辑的关系相对来说是没有疑问的，两者之间互相保持一种非颠覆性而是支持性的二分关系，但"修辞从根本上将逻辑悬置起来，并展示指称反常的变化莫测的可能性"①。从此种区分出发，德曼认定语言的本质特征即是它的修辞性，并且将文学与修辞等同起来，将语言的修辞的、比喻的潜在性视为文学本身。这种潜在的修辞性决定了阅读的寓言性，即阅读的不可能性，因为"只要叙述处理一个主题的话语，作家的使命，意识的构成，它（阅读）总是导致意义的对抗，按照真理和谬误来判断矛盾的意义是必然而又行不通的。如果其中的一种解读被宣布是正确的，那么利用另一种解读来消解它将永远是可能的；如果这种解读被判定是错误的，那么证明它表达了它的反常的真理将永远是可能的"②。修辞允许两种抑或是多种互不相容、互相矛盾乃至互相诋毁的观点并存，从而为阅读设置了难以逾越的障碍，成为能指不断转换的游戏：一方面，阅读阻碍对意义的理解，使意义逃遁得无迹可寻；另一方面，意义却可能永不停止地呼吁对它的理解。这样，阅读失去了该词所惯有的指称含义，本身成为一种修辞学，成为对无可追寻的意义的悖论式的追寻。因而，德曼认为，将词语知识应用于经验世界是不可能的。

从上述赫斯、费希和德曼对新批评进行直接批判和驳斥中，可以总结出三种不同的理论出发点和立场。赫斯从其传统阐释学的文本意义观出发，认为文本的意义在于作者的意图，且这种意义是稳固的、不变的、可以被传达和复制，故它提供了文本阐释的有效性标准和尺度。费希从读者的角度出发，认为阐释是自由的个体经验，甚至文本自身成为阐释的结果而非对象，所以文本的意义就是读者的经验，读者的经验又言人人殊，由此，意义亦

---

① ［美］保罗·德曼：《阅读的寓言》，沈勇译，天津人民出版社 2007 年版，第 8 页。

② 同上书，第 81 页。

非固定如初、一成不变。尽管费希以阐释策略和阐释群体来限定个体的主观性，但似乎并不奏效。德曼从语言的本质特性出发，认为语言因其意向性而不能被视为自然的客观等同物，因此就不具有自然的自足性和有机整体性。之后他又从语言的修辞性出发，将修辞性视为文学文本的内在属性，这种内在的修辞属性使文本阐释成为阅读，但阅读是一种寓言式的或不可能的阅读，它阻碍对意义的理解，但又一直在追寻着意义。因而，文本、意义和阐释（阅读）三者都成为修辞性结构和矛盾运作的结果。三位批评家以各自对新批评关于作者、读者和文本的观点的攻讦作为自己文学批评实践的出发点，结合自身的理论背景，形成了各具特色的文学批评理论，在 20 世纪六七十年代的美国批评界发挥了举足轻重的作用，并在某种意义上可以说是形成了鼎立之势。

与赫斯以作者意图说、费希以读者经验说以及德曼以语言修辞说对形式主义的对抗和批驳不同，对于这场形式主义危机，克里格以一位从新批评阵营内部偏离出来的修正主义者的姿态出发，选择了一条折中调和之路，提出了以拓展形式主义的概念范畴走出危机的解救之道。在他看来，以往的形式主义过于狭隘，将艺术客体与其创作者、读者（观众）和文化割裂开来，将文本视为一个外在于人及其话语的自足体，因而陷入一种以神秘化为基础的认识论假定。如果形式主义冲破这一局限性，在关注自身由语词构成的固定的空间结构的同时，不将自己本体化为静态的偶像的存在，而将自己凝结在人类的经验形式之中，那么，自身就会被拓展。因此，克里格主张在原初的形式主义概念中将以下几种形式包容进去，即："诗人心灵所窥、把握并投射的想象形式；其次是在读者经验过程中，所窥见、把握并投射的，既是历时性又是共时性的言语形式；最后是作为文化为社会把握自身意识所创造的形态之一的形式。"① 这种将作者、读者和文化全部包容进自身的形式主义观，无疑在某种程度上消解了新批评关于"形式"一词本身所具有的狭隘本体论限定，试图恢复形式在哲学意义上作为我们原初幻想的概念范畴，从而使形式不再是逃避现实的空洞之物，而是构成人类感知现实的力量。因此，克里格认为，由哲学上"形式"这一基本观念所派生出来的形式主义，从其最初诞生始，就不仅仅是审美的、无功利性的、封闭的有机体，同时也应是人类学的和现象学的，与世俗的人类经验具有相关指涉性。那么，诗本身既有空间形式上的自我封闭性，也有时间意义上的形式序列；既建构了自身独立的客体世界，又由其内在复杂性生发出自己的意义。这种意义与现实世界的矛盾和冲突一脉相承，因而诗歌可以成为烛照人类经验的一种洞察力。

第二节　形式主义的超越

如果说赫斯、费希和德曼对新批评的形式主义根本立场采取了直接对抗的形式，而克里格采取了将形式主义批评和主题批评进行调和的形式，那么，哈特曼则从其欧陆哲学和英美批评结合的立场，采取了一种通过回到形式主义而超越形式主义的途径。

一　大陆批评与形式批评：对形式的理论思考

哈特曼对艺术形式的思考基于对艺术本质的认识。首先，他反对将艺术视为一种媒介，即不能将麦克卢汉（Marshall Mcluhan）的媒介即信息类推为媒介即艺术。艺术以自身的形式起着

---

① ［美］莫瑞·克里格：《批评旅途：六十年代之后》，李自修等译，中国社会科学出版社 1998 年版，第 57 页。

一种调节作用，虽然这种调节并不稳定，但具有超越潜能。哈特曼将这种超越理解为艺术潜在地唤起某种被隐藏事物的感觉，正是这种感觉决定了艺术的阐释性。那么，艺术的阐释就遵循着从深奥到一般、从神圣到世俗这一运动轨迹，通过对语词结构的强调引导人们进入更大的想象结构。也就是说，艺术不是单纯的语言形式和结构，在某种意义上是混杂的。哈特曼借用卡夫卡关于豹子的寓言，即豹子闯进寺庙喝光用于祭祀的圣餐杯，这一行为重复发生后最终成为神圣仪式的一部分正是为了说明这一点。同样，他在《梭子的声音》（"The Voice of the Shuttle"）一文中也表明，如果菲洛用以纺织的梭子以及织锦相对于艺术作品的语词，那么梭子的声音以及织锦中隐藏的故事就相当于艺术所希冀唤起的那种被隐藏的东西，与人类及其生活密切相关的东西。

正是对艺术持这种观点，哈特曼对形式主义的界定也与之相关。在《超越形式主义》一文中，哈特曼首先否定了贝特森（F. W. Bateson）的观点。贝特森认为，形式主义就是把审美事实从其人性内容剥离出来的一种趋势，而哈特曼恰恰与其相反，认为形式主义就是"一种通过研究艺术的形式属性解释艺术人性内容的方法"[1]。哈特曼如此定义，其目的有二。第一，纠正英美新批评将形式置于中心的作品本体论假设。对于英美形式主义，哈特曼将它描述为"她是我们的娼妓或巴比伦，坐在批评的巨龙上，身穿学术长袍，从她书生气的杯子中分发着一种重复的、具有吸附作用的香膏"[2]，由此可见形式主义的巨大影响。但是，根据哈特曼的形式主义概念，既然主张艺术作品由形式和

---

[1] Geoffrey H. Hartman, *Beyond Formalism: Literary Essays 1958 – 1970*, New Haven and London: Yale University Press, 1970, p. 42.

[2] Ibid. , p. 56.

内容构成，且形式属性是通往内容的必经之道，那么，新批评派自称的形式主义就不是彻底的形式主义，或者说还不够形式主义。第二，纠正现象学批评置作品形式于不顾而只注重人类意识的去形式化批评。现象学批评忽视形式主义而注重我思、意识等有关人的内容。在哈特曼看来，这种批评没有将意识形式化，反而陷入更深的形式主义泥潭中，所以他们的反形式主义立场并不彻底，或者说他们并不是彻底的反形式主义者。以新批评与现象学批评这两种极端对立的理论为例，哈特曼意在说明，如果很难成为一个彻底的形式主义者，同样也很难成为一个真正的反形式主义者。

那么，批评应该是怎样的呢？哈特曼一方面保持着对大陆批评方式的忠诚，另一方面又强烈感受到形式本身的强大力量。在他看来，大陆批评与英美批评因强调的重点不同而形成对立的两极。首先，以哲学批评模式为主的大陆批评并不认为文学是一种与日常语言不同的特殊语言形式，因而并不将文学作品本身视为一个理想的统一体。相反，它强调文学艺术作品是主观意识或社会现象的反映。如此，文学形式就不应作为一种首要因素而被赋予显著的地位。其次，至于文学作品的客观性方面，大陆批评家认为这正是问题的症结所在。他们认为，令人担忧的不是主观性问题，而是人们对它的过度反应，正是这种反应产生那些既限制作品又限制人们自身的客观标准，因而试图将主观性从这种客观性的束缚中释放出来，将隐藏的或受到抑制的内容释放出来，将主观性彻底地释放出来，如现象学批评所主张的纯粹意识一般。哈特曼十分认同大陆批评对意识的关注，如其在华兹华斯诗歌研究中对意识的关注一样。与此同时，与上述批评家对新批评的论调相反，他并不反对英美批评的有机整体论，相反，他的观点是，新批评将文学形式看做有机统一的是因为采取了过于还原式或简约式（reductive）的做法。换言之，文学作品研究本身并非一种非此即彼的简单选择的结果，客观形式与主观精神，就正如济慈的"美就是真，真就是美"一样，不必以牺牲一方为代价来凸显另一方的价值。新批评正是由于过度的排斥性而将自己陷入褊狭的境地。因此，哈特曼所谓的超越形式主义，不是专门去研究作品的形式属性，或者专门研究形式以外的内容，而是在形式研究和批评的直觉之间达成一种平衡，即在字词与想象之间寻求结合点，使艺术品更具人性化。然而，与克里格不一样的是，他的敞开是对阐释想象的自由发挥，是文本想象的自由发挥，就如同拉比对圣经的阐释一样，"伟大的释经者，总是在某些时候转离文本的字面意义。文本，正如世界，成为拉比阐释者、教父阐释者或新柏拉图阐释者的监狱，但是他们的阐释行为使这个监狱通向了王宫宝殿，阐释者的依赖性和想象能力这两个极端得以同时并存"①。正是与这些阐释者相比，哈特曼感到，当代阐释者由于囿于文本的藩篱，使得文本想象力极度贫乏，阐释这一观念因此而衰退。所以，犹太拉比的圣经阐释成为哈特曼心目中理想的阐释模式（这将在下一节中加以论述）。

　　除了《超越形式主义》（"Beyond Formalism"）一文外，哈特曼对形式主义观念的理论思考还体现在 1966 年发表的两篇论文，即《结构主义：英美的冒险》（"Structuralism：The Anglo - American Adventure"）与《更可怕的分界：诺思洛普·弗莱的甜蜜科学》（"Ghostlier Demarcations：The Sweet Science of Northrop Frye"）（这三篇论文都收入《超越形式主义》一书中）。1966 年对于美国文学批评界来说，是具有非凡意义的一

---

①　Geoffrey H. Hartman, *Beyond Formalism：Literary Essays 1958 - 1970*, New Haven and London：Yale University Press, 1970, p. xiii.

年。20 世纪 60 年代，随着索绪尔、列维－斯特劳斯（Lévi－Strauss）、罗曼·雅克布森等一批结构主义思想理论家的崛起，结构主义的理论与方法也逐渐取代了原先那种历时的观察角度、实证论式的研究方式和注重务实的思维方式，转向一种共时的、相对的和整体的思维模式，而 1966 年的霍普金斯研讨大会使得欧陆这种结构主义思潮长驱直入地进入美国。尽管与结构主义思想同时登陆美国的还有德里达的解构主义哲学，这种哲学在 70 年代的美国校园形成了炙手的局面，但在会议后的最初几年间，结构主义的理论与方法仍然是人们的主要关注点，美国学者与欧陆结构主义思潮的主要代表之间进行了接触与交流①。结构主义出现后，人们便很自然地希望当时已经式微的美国形式主义批评或许能够从结构主义的理论和方法中找到一条出路。但是，正如乔纳森·卡勒（Janathan Culler）所言，"结构主义并不有助于形成一种阐释型的文学批评，它并不提供一种方法，这种方法一旦用于文学作品就能产生一种迄今未知的新意……与对单部作品的细读和讨论相对，文学研究试图探求那些使文学成为可能的惯例和规则"②。因此，如何将结构主义与英美本土批评结合起来，以寻求一种更为有效的文本阐释方式，便成为当时批评家们的焦点所在。正是在这种背景下，哈特曼以自己对结构主义理论的洞察和对形式主义的独特思考，考量结构主义对于美国文学批评的

①　See Jacques Ehrmann（ed.），*Structuralism*（Anchor Books，1970），Richard Macksey & Eugenio Gonato（eds.），*The Structural Controversy*：*The Language of Criticism and the Sciences of Man*（Baltimore and London：The Johns Hopkins University Press，1970），Claudio Guillén，*Literature as System*：*Essays toward the Theory of Literary History*（Princeton：Princeton University Press，1971），Rober Scholes，*Structuralism in Literature*：*An Introduction*（New Haven：Yale University Press，1974），etc.

②　Janathan Culler，*Structuralist*，*Linguistics*，*and the Study of Literature*，Ithaca：Cornell University Press，1975，p. viiii.

意义，以澄清人们认识上的混乱，试图找到一条从形式主义批评突围的道路。

在《结构主义：英美的冒险》一文中，哈特曼曾预言结构主义将会"盛行一时，且产生真正的、持久的影响"[1]，但这并不意味着他对结构主义全盘接受。相反，他做出这种预言，是出于他一以贯之的反科学分析和逻辑推演的人文立场，以及由此产生的对文学研究现状与前途的担忧，正如他之前对浪漫主义诗人与诗歌在现代科学分析精神笼罩下的悲观情怀如出一辙。因此，就结构主义对文学批评的意义而言，他表达了自己较为谨慎保守但否定的基本态度和看法。他认为，如果结构主义与文学批评相结合，将会构成一种"危险的同盟关系"[2]。结构主义把各种文化视为一个封闭的系统，认为可以按照系统各个成分之间的结构关系进行深层次分析，找出使这些关系得以存在的普遍法则和具体逻辑。虽然这种法则和逻辑很复杂，涉及面广，且不显在于社会结构之中，但正是它使文化意义得以产生。所以，结构主义怀着建立一个宏大的人文科学体系的雄心，意欲探寻一切文化现象和意义背后的深层结构和普遍逻辑，构建纯粹的、客观的意义秩序，如列维－斯特劳斯所称，"人文科学的目标不是建构人，而是消解人"[3]。由此带来的必然结果之一，便是将作为主体的人从这个体系里面驱逐了出去，一切与历史有关的起源、时间性，以及与人有关的人的意识、主体性等都被剥离殆尽，"人"在结构主义的科学分析下已消失得踪迹全无，形影皆散，剩下的只是

①　Geoffrey H. Hartman, *Beyond Formalism: Literary Essays 1958 - 1970*, New Haven and London: Yale University Press, 1970, p. 4.

②　Ibid.

③　Claude Lévi - Strauss, *The Savage Mind*, Chicago: University of Chicago Press, 1966, p. 28.

一个以空间关系为基本形式、以共时性存在为基本样态的纯粹的系统,哈特曼称之为"统一的场"① (unified field)。对于文学批评而言,要将其纳入这个作为纯粹客观存在的科学场域正是问题的症结所在。

因为结构主义的兴起与民间传说、宗教仪式与神话研究密不可分,因此哈特曼便首先从神话批评 (myth criticism) 这一与结构主义有着密切联系的批评形态的演变来看待英美批评与结构主义之间的关系。在哈特曼看来,文学理论一直以寻求艺术在人类生活的作用为目标。从柏拉图的理念说到亚里士多德的净化说,从朗吉弩斯的崇高理论到华兹华斯的情感流露说,莫不如此。然而,到了现代,随着自然科学的进步,技术的日臻完善,人的物化感和异化感却愈加强烈,人与人之间的隔阂日渐增大,原先的群体认同感丧失殆尽,人类精神的萎缩、人性的衰弱使人们不得不转向艺术这一较为自由的精神王国寻求人性的共同本质。那么,人们对艺术的期望值随着科学文明的进步而逐渐增大,甚而赋予其宗教般的拯人赎世的功能,以抵抗现代科学在使神话逐渐退隐归山之后独霸于世的局面。对于此,马修·阿诺德早有中肯论述。因而,哈特曼认为,在20世纪初此种背景下兴起的神话批评,与结构主义是没有任何关联的,因为对于神话批评,以及与神话有着千丝万缕联系的人类学研究而言,"其目的都在于从碎片化、专业化和意识形态之争中拯救人类的共同本性,而结构主义却不能达到此种目的,除非加强其自身的历史意识"②。但是,从吉尔伯特·马里

---

① Geoffrey H. Hartman, *Beyond Formalism: Literary Essays 1958 - 1970*, New Haven and London: Yale University Press, 1970, p. 5.

② Ibid. , p. 9.

（Gibert Murry）、简·哈里森到 G. 威尔逊·奈特（G. Wilson Knight）再到弗莱，神话批评经历了一个逐步将文学作品作为研究对象、从其历史语境中脱离出来而给予结构化、系统化和空间化的过程，这种系统化和空间化在弗莱的"总体形式"（total form）批评话语中达到了顶点。同时，这也意味着神话批评与结构主义的同盟关系得以成立。

对于弗莱在他被称为西方第一部结构主义文学批评专著的《批评的解剖》一书中的总体形式一说，哈特曼是颇有微词的。如艾略特在《批评的功能》一文中所言，作家不仅要描写自己生于其中的时代，还要意识到从荷马以来的整个欧洲文学以及他自己所在国家的整个文学两者之间具有共时性的存在和共时性秩序。同理，在弗莱看来，批评要求从整体上把握文学类型的共性和演变规律，强调对文学作品的分析研究应该关注其中相互关联的因素，研究西方整个文学系统的结构形式和观念框架，并对这些结构形式和框架进行多层面的分析，因此就不能将每部作品孤立起来，而是将它置于整个文学关系中，从宏观上将文学视为一个整体形式。弗莱这样做的目的是"发现批评的观念框架中具有哪些构成形式"，以便使"批评看来急需一个整合原则，即一种具有中心的假设，能够像生物学中的进化论一样，把自己所研究的现象都视为某个整体的一部分"①。在哈特曼看来，弗莱为了获得一种关于文学的、明确的知识结构，对整个文学采取了共时的、总体的研究，这一努力使得文学批评空间化了，忽视了时间这一内在感知维度。这种空间化与其说是为了将认识对象客观化，赋予其感官的、直接的、纯粹的形式，毋宁说是技术

① Northrop Frye, *Anatomy of Criticism*: *Four Essays*, Princeton: Princeton University Press, 1957, p. 16.

（technology）斩断了文学作品与其神圣起源（sacred origin）之间的时间性即历史性关联的结果，使文学作品得以大量复制和传播，从而丧失神圣性，沦变为一世俗的物体。正是在此意义上，哈特曼称弗莱的批评为"没有围墙的批评"（critcism without walls）。

二 没有围墙的批评：反弗莱立场

"没有围墙的批评"这一说法源自安德烈·马尔罗 ①（Andre Malraux）的"没有围墙的博物馆"（a museum without walls）② 一说。马尔罗站在自己的人文主义立场，认为文化不应该是一个自我持存或封闭的价值体系。相反，它应该是一个包容一切不同事物的、具有普适性的系统，现代的摄像博物馆最充分地表明了这一点。马尔罗称现代博物馆为"没有围墙的博物馆"，在这种博物馆中，各种风格的艺术品（复制品）无论其起源如何，都从自身的神圣起源中走了出来，集中在一起，不但拯救了那些古典的艺术珍品（特别指具有极大宗教意义的作品），且作品相互之间进行比较鉴赏，使艺术作品不再成为单纯的供人崇拜的对象，而是让每个人都可以接近和欣赏。在这里，传统艺术走出神秘的宗教和仪式圣坛，经过印刷术或复制技术的加工，成为现实生活中人们唾手可得的世俗消费品和展示品，并由此创建了一个艺术的自足世界，并显示了个人天才对于传统的创造和更新力量。

与马尔罗积极评价现代复制技术给艺术带来的影响相比，本雅明则没有那么乐观。本雅明认为，现代科技的高速发展导致艺

---

① 安德烈·马尔罗（1901—1976），法国当代著名小说家、评论家、文化人，曾任戴高乐时代法国文化部部长，且被提名诺贝尔文学奖候选人，所著《人的境遇》（*Man's Fate*）一书获 1933 年法国龚古尔文学奖。

② Geoffrey H. Hartman, *Andre Malraux*, London：Bowes & Bowes, 1955, p. 76.

术形式和社会环境发生变化，进而这种变化导致传统艺术神圣而独特的魅力丧失殆尽。在本雅明看来，艺术作品包蕴着一种韵味，即原真性，这种韵味来自艺术作品的时间性和空间性，即在问世地点的独一无二性，与原始的宗教仪式和图腾崇拜有关。但是随着现代机械复制技术的发展，特别是具有突破性意义的照相技术的发展，艺术品被大量和广泛地复制，结果便是其原始崇拜价值逐渐让位于展示价值，灵韵随之逐渐从艺术作品的外壳中被敲打出来并被摧毁，原真性受到影响，从而艺术作品失去了光晕，复制品的暂时性和可复制性代替了艺术客体的独特性和永久性，艺术客体也因此而失去了其神秘性、模糊性、独一无二性以及不可接近性。在这种意义上，"机械复制在世界历史上第一次把艺术作品从它对仪式的寄生式依赖中解放了出来"[1]。本雅明认为，当纯真的艺术观念形态被否定的神学解构之后，原真性的标准就不再适用于艺术生产，艺术的功能也就已经全部颠倒了，"它不再建立在仪式的基础上，而是开始建立在另一种实践——政治——的基础上"[2]。换言之，艺术作品光晕的黯淡与其说是艺术品被剥夺了意义，不如说是增加了意义，这种意义是由艺术作品获得的一种全新的社会功能实现的。因为，人们的愿望，即通过占有某个对象的相似物、摹本或者它的复制品来占有这个对象的愿望与日俱增，源于当代生活中民众不断增长的意识，这种意识就是世界万物皆平等的意识，人们甚至可以用复制的方式从独一无二的物体中获得这种意识或感觉，以把事物在空间上和时间上拉得更近，造成万物皆同的感觉。对于此，本雅明最初持一

---

① 〔德〕瓦尔特·本雅明：《机械复制时代的艺术》，李伟、郭东编译，重庆出版社 2006 年版，第 8 页。

② 同上。

种肯定和赞赏的立场。机械复制艺术更符合现代人的要求，它能够把摹本带到原作本身无法达到的地方，由此带来的不仅仅是艺术品的巨大数量，而且也是日常生活的变迁，"从而调整现实与大众以及大众与现实的关系"①，催生了新的艺术形式和审美观念（如电影）。但是，这种肯定的态度随后发生了变化。在《讲故事的人》（"The Story Teller"）一文中，本雅明表达了一种悲观情绪。在小说、新闻报道、电影等现代技术和社会发展带来的新的叙事形式的冲击下，故事讲述这一传统艺术形式已成为明日黄花，对于此，他无比哀叹，"活生生的、其声可闻、其容可睹的讲故事的人无论如何是踪影难觅了。他早已成为某种离我们遥远——而且是越来越远的东西了……讲故事这门艺术已是日薄西山。要碰到一个能很精彩地讲一则故事的人是难而又难了"②。因此，围绕在故事讲述者身上的那种无与伦比的光环，就如同艺术作品的灵韵在现代复制技术所带来的大量复制品的冲击下，已经消退殆尽了。

那么，在哈特曼看来，一方面，弗莱继承了马尔罗对于复制技术带来的文化革命的积极态度，只不过弗莱所指的技术革命更为宽泛，如其所言，"当代研究文学艺术的技术之发展，例如油画可以复制，音乐可以转录，以及图书馆的现代化，都构成文化革命的一部分，从而使人文学科和自然科学一样，充满了新的发展。因为革命不仅仅发生在技术领域，同样也出现在精神的生产力中。随着印刷术的发明，人文学科的传统本身也按现代的形式

---

① ［德］瓦尔特·本雅明：《机械复制时代的艺术》，李伟、郭东编译，重庆出版社2006年版，第6页。

② ［德］瓦尔特·本雅明：《本雅明文选》，陈永国、马海良译，中国社会科学出版社1999年版，第291页。

发展起来"①。另一方面，他提出了与本雅明的传统文化精英立场相左的观点。职是之故，哈特曼认为，弗莱试图建立一种"没有围墙的批评"，目的是在现代民主运动思潮影响下对文学批评去神秘化（demystification）。因而他称弗莱为"最激进的去神秘化者"②，而且将弗莱的批评视为一种积极肯定复制技术对文化，尤其是对艺术欣赏产生影响和作用的一种努力。其原因归于以下几个方面。第一，弗莱提出批评的系统化实则是一种批评的普及化和大众化。弗莱所指的系统有两层含义：一种是指批评犹如数学等自然科学一样，可以采用归纳的方法对其基本原则和程式进行总结。另一种是指批评犹如福音传教一样，批评者犹如教父，对任何想参与的人都可以进行教诲。不管是科学式还是福音式，弗莱建构批评系统的目的在于，批评可以通过言传身教成为人人手上的一本教科书。"对某个课题是否存在系统的了解，有一个证明的办法，即看我们能否编写出一部阐明其根本原理的基础教材。"③ 同时，弗莱认为，教师能直接教的是文学批评，而不是文学本身，因为艺术既不能进化也不能改善，仅仅生产经典或典范作品，提供研究对象。因而，在文学艺术中，能够不断改善的是对它们的理解，其结果可使社会完善起来。换言之，弗莱认为批评系统化的目的在于，所有的文学读者能够根据文学批评独有的观念框架，掌握文学批评的基本方法和原则，从而揭开缪斯神秘的面纱。第二，弗莱以批评总体形式提出的原型实则是

---

①　Notrhrop Frye, *Anatomy of Criticism*: *Four Essays*, Princeton: Princeton University Press, 1957, p. 344.

②　Geoffrey H. Hartman, *Beyond Formalism*: *Literary Essays 1958 - 1970*, New Haven and London: Yale University Press, 1970, p. 13.

③　Northrop Frye, *Anatomy of Criticism*: *Four Essays*, Princeton: Princeton University Press, 1957, p. 14.

一种由技术发展和进步带来的程度较高的归纳和类型化的结果，亦即特里·伊格尔顿称之为有效的科学分类。其间，对原型的分类分级并不是原始社会等级结构的呈现，而是阿诺德所称的无阶级社会的体现，它构成了一个人人可以参与其中的艺术世界。此外，弗莱的原型批评不具有荣格式的深度批评，而是一种平面化批评。这就使得艺术能够进入公众的视阈，原型或神话也就不再神秘，从而摆脱私人或精英模式，成为一种大众的、民主的参与形式。

但是，在哈特曼看来，弗莱这种原型的总体形式是一种以文学替代历史的方式。虽然在这种词语关系的系统里也包含着某种生活和现实，但它不与外部世界保持现实关系，因此它以一种历史所特具的全面性和集合性而逃避了历史。具体而言，他逃避了历史批评的两大主题：时间性和真实性。在这里，哈特曼之所以将历史批评作为话题引入，是想将时间性和真实性与文本中的字词密切联系起来，而对字词的关注为他一生所持重；弗莱正是关注了由字词组成的集合世界而忽略了字词本身这一组成因素。

三　作为艺术形式防御的文学史

20 世纪，随着文学研究本身作为一种独立的社会实践渐渐发展起来，文学史也得以构成一个特殊的知识活动领域，如人所言，"只有当'文学圈'、'文学界'以及'文学教学'这些概念存在，文学史才存在"①。然而，当"文学"与"历史"这两个词本身的意义都变得不确定的时候，或者说失去了以往既定意义的时候，文学史的可能性也就作为一个问题凸显了出来，引发

---

① 　Jean Starobinski & Bruno Braunrot, "The Meaning of Literary History", *New Literary History*, Vol. 7, No. 1, 1975.

了众多批评家对文学史编写现状的不满和担忧。

传统文学史研究的重心是作品渊源或者作品之间的影响，且多数文学史是以年代顺序排列的对具体作品的印象和评价。因而，在韦勒克和沃伦看来，传统的文学史替代社会史或思想史，将文学视为民族史或社会史的图解文献，或者将文学作品孤立起来，缺乏真正的历史进化的概念①。显而易见，他们的文学史就是要与社会史、作家传记及对个别作品的鉴赏区别开来，从文学的内部研究出发，通过对文学作品进行连贯和系统的分析，来探索作为艺术的文学的进化过程。

弗莱关注文学自身的演变规律，努力摒弃文学史编纂历来参照外在事物的方式，主张以一种历史的方法来研究文学。这种方法遵循文学内部自身的演变规律，寻求建构一部真正的、属于文学的历史。他把建构点最终归到了原型身上，如他所言，正是在建立真正的文学史这一点上，"我强烈地感到文学传统中的某些结构因素极其重要，例如常规、文类以及反复使用的某些意象或意象群，也就是我最终称之为原型的东西"②。

姚斯（Hans Robert Jauss）驱逐了文本中心论和作者中心论，将读者的审美经验作为文学史的构成性要素。他将文学史等同于效果史，通过"期待视野"这一概念将文学的读者之维与历史之维融合起来，最终把文学史研究作为一种双重史研究，即作品之间新旧形式交替历史的研究，以及作品的相关史研究。通过这种方式，姚斯旨在考察文学史与一般历史的独特关系，并希冀找到"一种如何理解文学作品的历史序列体现的就是文学史的连

---

① 参见［美］韦勒克、沃伦《文学理论》，刘象愚等译，生活·读书·新知三联书店 1984 年版，第 290—310 页。

② Northrop Frye, *The Critical Path: An Essay on the Social Context of Literary Criticism*, Bloomington: Indiana University Press, 1971, p. 23.

续性这一问题的良策"①。

里法代尔（Michael Riffaterre）从存在读者语码和文本语码预设出发认为，根据文本语码协议被编码的东西就是根据阅读语码被解码的东西，因此，历史问题就出现在这两种协议发生冲突的点上，处于历史维度中的批评的任务就是充当一种翻译代理，提供一种元代码。通过这种元代码，一种语码的编码被解读为另一种语码的解码。所以，在这个意义上，里法代尔将文学史等同于一种"字词的历史"②。

同时，在后结构主义试图推翻二元对立、要求打开经典的一片呼声中，人们从女性主义、种族主义、性属等视角出发，发现了文学史本身的建构性，质疑以欧洲白人男性的作品为主要入选对象的文学史经典中渗透的权力话语和意识形态机制。对于此，海登·怀特的论述更具针对性。因为文学史家没有绝对的标准判断什么是文学的和非文学的，就必须自己预设一个准则。如此一来，文学史编撰者笔下的历史就取决于他自己的选择，而这种选择无疑会预设或假定一个标准。在这个意义上，怀特认为编年史是虚构的，文学史也具有了想象性和建构性特征③。

在"耶鲁学派"中，德曼和布鲁姆也明确提出了自己的文学史观。德曼否认文学史与文学之间的必然联系，主张文学史就是文学阐释④。布鲁姆基于自己的诗歌误读和影响理论，提出文

---

① Hans Robert Jauss, "Literary History as a Challenge to Literary Theory", *New Literary History*, Vol. 2, No. 1, 1970.

② 转引自 Hayden White, "Literary History: The Point of It All ", *New Literary History*, Vol. 2, No. 1, 1970。

③ Hayden White, "The Problem of Change in Literary History", *New Literary History*, Vol. 7, No. 1, 1975.

④ See Paul De Man, "Literary History and Literary Modernity", *Daedalus*, Vol. 99, No. 2, 1970.

学史就是诗歌的误读史 ① 。

应该说，上述对传统文学史的修正主义观在 20 世纪都具有典型意义。韦勒克、弗莱、里法代尔虽然采取了不同的视角，在具体看法上各人之间存在着差异，但总体而言，代表了主张文学内部研究者的根本观点；姚斯、德曼与布鲁姆代表了从读者和阐释角度出发来看待文学史的批评家的根本观点；怀特则代表了主张文学外部研究者的根本观点。并且，如果加以细察，则不难发现，这些文学史观具有一个共同的特点，即它们都试图通过给文学史下定义的方式，即以追问"什么是文学史"的方式，来修正传统。

在修正传统文学史观方面，哈特曼采取了与上述不同的视角与方法。第一，他没有从文学本身、读者阐释、外在话语机制中选择任何一端作为自己的关注点，而从文学家自身关于作品形式的意识以及关于历史的意识两个方面来谈论文学史。第二，他从文学史的功能角度来探讨文学史。换言之，他提出的问题不是"什么是文学史？"而是"文学史意义何在？"，在此问题上，他将艺术的形式问题和形式的功能问题结合起来。第三，他也关注文学史的民族性问题，反对一种虚假的普遍性概念和精英观念。从这三个方面出发，哈特曼提出了一种诗性文学史观。

就第一点而言，哈特曼主张文学史的诗化性质。他强调诗人在文学史中的重要地位和作用。对于贝特森而言，文学与历史如果分开来看，在各自的实践领域都卓尔不群，但是从逻辑来看，文学代表一种思维模式，历史则代表另一种与之对立的思维模式，两种模式之间存在不可克服的逻辑矛盾，因而两者之间不应

---

① See Harold Bloom, *The Anxiety of Influence: A Theory of Poetry*, New York: Oxford University, Press 1973, pp. 94 – 95.

该相互渗透和影响。他得出的结论是，"文学史只是一种副产品，一种尽管不是完全没用但声名狼藉的副产品"[①]。与贝特森的观点完全相反，哈特曼对文学史极为重视，因为他认为文学史"缘于文学而非知识"[②]。亦即说，文学史不作为一门倡导知识的学科而存在，更多的是一门关于文学的艺术，因为与其他历史寻求实证式知识不一样，文学史的任务不是对过去知识之间的裂缝进行修修补补，也不是在它们之间牵拉撺掇。那么它的目的何在呢？哈特曼说："我关注人们赖以生存的历史的概念，尤其关注诗人们已经经历过的历史的概念。还没有人从诗人的角度，即从诗人对艺术的历史使命的意识内部来写一部历史。"[③] 这不妨可以理解为，哈特曼理想中的文学史就是关于文学对自身的意识的历史，亦即文学意识与历史意识的统一，而这种文学意识在很大程度上是指诗人对艺术的意识，历史意识是指诗人在艺术形式与社会之间进行调节的使命感的意识。这与哈特曼关于形式主义的观点一脉相承相关。既然没有绝对的形式主义者，也没有绝对的反形式主义者，那么文学就从来不会以自我为中心，也从不会以世界为中心，它永远处于形式与社会之间。因此，对艺术的防卫意味着既要保存艺术的形式，又要保留其人性内容。职是之故，哈特曼强调艺术家的历史意识。如果说从亚里士多德以来，对艺术的防卫更多是哲学的，那么哈特曼则要从历史的角度进行对艺术的防卫。

就第二点而言，哈特曼关注艺术的形式问题，重点在于关注

---

① F. W. Bateson, "Literary History: Non – Subject Par Excellence", *New Literary History*, Vol. 2, No. 1, 1970.

② Geoffrey H. Hartman, *Beyond Formalism: Literary Essays 1958 – 1970*, New Haven and London: Yale University Press, 1970, p. 358.

③ Ibid., p. 357.

形式的功能性问题。列维－斯特劳斯对神话的社会功能解释以及瑞恰兹对形式概念的功能性解释对哈特曼产生了影响。神话与仪式有关，而仪式在原始社会是执行某种功能的。文学形式在于和解张力，促进统一。从此功能性的形式概念出发，哈特曼认为，"文学形式是功能性的，其功能在于让我们发挥功能，帮助我们解决某些问题，将生活带进与自己的和谐之中"①。既然文学史寻求文学形式的历史意识和功能问题，那么真正的文学史就如同哈特曼对形式主义的定义，即通过形式的研究洞察其背后的人性内容。也在此种意义上，他赋予文学史一种诗性特质。

另外，将艺术的形式性与形式的历史性联系起来，强调其在文学史中的中心地位，是哈特曼文学史观的一大特点。他想做的是怎样将艺术置于历史之维但不否定它的独立性，因此，在将艺术形式与审美幻觉理解为一种意识形态而加以揭露和去神秘化的时代，哈特曼极力抵制这种对艺术的怀疑和诽谤，包括艺术家自身对艺术的不信任，以至于成为自己作品的最严厉的批评者，并在自我批评中反对自身。所以，如果文学史要提供对艺术的防御，那么它现在必须让艺术家在防御其他的恶意诽谤者的同时也防御自己，即他所称的文学史"必须有助于恢复艺术家对形式和自己历史天命的信念"②。哈特曼表明，根据这两方面写成的文学史，一方面有助于复活文学艺术，另一方面有助于促进艺术家与其社会角色的再度统一。

就第三点而言，哈特曼意以一种辩证的眼光看待艺术的民族性与艺术的普适性。一方面，他反对艺术因民族主义的立场而显

---

① Geoffrey H. Hartman, *Beyond Formalism: Literary Essays 1958–1970*, New Haven and London: Yale University Press, 1970, p. 366.

② Ibid., p. 358.

得过于净化。如果文学史为树立本土的影响，对艺术所持的本土意识过于强烈，势必会造成多元主义，而这是主张调和的哈特曼所不愿看到的。同时，这种观点也与他反对纳粹以种族净化为借口进行种族清洗有关。另一方面，他也反对主张一种共同语言或一种完美语言体制的艺术普世观，因为这种普世主义预设了一种一致性，而这种一致性忽视了时间或历史因素，以一种带有欺骗性的、超越的民族性抹杀了个体性和地方性，从而意味着历史的结束，建立在它之上的文学史也就失去了真正的意义。从中可以明显感受到奥尔巴赫《模仿》一书对哈特曼的影响，因为正是在此意义上，奥尔巴赫预见了西方历史的结束。但是，这更多地基于哈特曼对于艺术的一贯立场，即艺术一方面是不纯净的，另一方面也是调和的。如此看来，文学史也就与艺术一样了。

在对 20 世纪文学理论、文学批评的发展进行关注的同时，哈特曼也表现出对文学史的关注。虽然着墨不多，但他基于其文学形式的观点，尝试性地提出了一种独特的文学史建构途径，努力将日常实践的、具体的文学批评与抽象宏大的文学史结合起来，探讨两者之间的相关性，从而赋予文学史以诗性特质，以此作为防卫艺术的一种形式。

毋庸置疑，哈特曼虽然没有形成一种理论体系（这也是他不屑为之的），但他提出诗性文学史的努力可视为对当代文学阐释不满的一种反应，这种不满同时让他将目光转向了一种古老的传统——犹太拉比的圣经阐释。

第三节　犹太释经传统

对现代阐释现状的不满使哈特曼将目光转向了拉比的圣经文本阐释模式。在他看来，拉比们基于源文本之上的丰富的想象力是无与伦比的，他们对文本的超越是一种可以效仿的僭越，为在形式混乱中且被形式所困的现代阐释学提供了一种可资借鉴的理想模式和参照框架。因此，本节将考察哈特曼文学阐释思想与圣经注释传统之间的关系，重点探究他关于密德拉什与文学批评保持着一致性的主张①。

一　圣经注释传统

从诠释学的发展来看，圣经注释分属于古代解释学（Hermeneutics）的一种。根据帕尔默（R. E. Palmer）对诠释学在从古代到现代的历史发展过程中呈现出的六种性质和作用的历史规定的描述，圣经注释即解经（exegese）属最为古老的诠释学形式②，属于诠释学前史，即诠释学哲学转型前的古典诠释学。按照伽达默尔神学诠释学和语文诠释学的二分，圣经注释当属于前者。从当时的理解角度来看，《圣经》作为记载上帝言行的书，被信奉为上帝之道，具有自身解释自身的性质，即自明性，这种自明性基于一种信仰和信念。亦即说，《圣经》的信息源自上帝之口，因此是绝对无误的，圣经文本中的意义是早已固定和清楚明了的。但是，《圣经》必须依靠圣灵启示的记录者来传达意义。这些记录者是世俗之人，因而这种具有自明性的意义受到这些记录者文化水平高低的制约，如何消除误解、把握《圣经》作者原意，就理所当然成为圣经注释者的首要任务。所以，伽达

---

① 犹太法学博士的圣经注释与诠释学的早期发展相关，但本书无意也不必在此对诠释学的发展脉络进行细致梳理，只是出于相关性考虑，对圣经注释本身进行虽非全面但能观其大略的考察。

② 转引自洪汉鼎《诠释学：它的历史和当代发展》，人民出版社 2001 年版，第 21 页。根据《简明不列颠百科全书》的解释，exegesis 指的是对文本的考证性的注释（参见《简明不列颠百科全书》增补版第 11 卷，中国大百科全书出版社 1991 年版，第 138 页）。

默尔说，"神学解释学表示一种正确理解和解释《圣经》的技术"①。然而并非所有的人都有解经的权利，当时唯有教会享有对圣经注释的独断权。教会中有一批被称为教父的思想家和学者，他们专司对基督教信条进行系统化和理论化，并由此制定出一整套基本教义和神学理论，传播基督教教义和思想，他们实际上就是《圣经》最早的解释者。

犹太教拉比（Rabbi）就属于这些最早的圣经解释者。犹太教按照其发展史可以分为圣经犹太教（Biblical Judaism）、拉比犹太教（Rabbinic Judaism）和现代犹太教。圣经犹太教指的是圣经时代的犹太教，犹太史上的圣经时代，就是指犹太教诞生至公元70年耶路撒冷圣殿即第二圣殿被焚毁之前这一段时间，因犹太人主要以《圣经》为其经典，故称为圣经犹太教。公元70年，随着罗马军队的入侵，犹太人开始流散在世界五大洲，成为地地道道的流散民族，犹太人开始了长达1800多年的漫长的散居时代和宗教意义上的拉比时代②。拉比犹太教就是指公元1世纪到6世纪形成并直到19世纪犹太教改革之前的犹太教，它以拉比（Rabbi）为宗教领袖，并以拉比文献为经典。拉比文献是拉比犹太教在形成过程中对《圣经》的诠释，由拉比所作。在希伯来语中，拉比是"师傅"、"教师"的意思，此处主要指一批犹太学者，他们撰写了大量对法规、训诫、释义的讨论和疏义，以评注、法典和答问为主要形式，不仅篇幅巨大，而且观点各异，可谓异彩纷呈，蔚为大观。在某种意义上，拉比犹太教就是在对《圣经》进行解释从而形成拉比文献的过程中建立的，

① ［德］伽达默尔：《真理与方法》下卷，洪汉鼎译，上海译文出版社1999年版，第715页。

② 徐新：《犹太文化史》，北京大学出版社2006年版，第34页。

在长达一千多年的时间中，犹太人在文化方面取得的最重要的成就和最丰富的成果就体现在这些拉比文献上。因此，这些拉比文献在犹太教中占据了相当重要的位置。拉比文献不计其数，作者也数以千计，但影响最大的当属《塔木德》(Talmud)、《密德拉什》(Midrash) 和《托赛夫塔》(Tosefta)。其中，被称为犹太教第二经典的《塔木德》典籍，是拉比犹太教形成时期流传在以色列和巴比伦地区的犹太教口传律法及其解释的权威文献总汇。它的诞生标志着犹太教的释经传统达到了顶峰，把这一传统发挥到了极致①，而究其本质和重要性而言，"《塔木德》并不亚于拉比犹太教的核心和基石"②。

从国内外学者们的研究可以总结出③，这些拉比文献对《圣经》的解释具有以下几个方面的特点：

第一，尽管犹太教以对上帝的信仰为前提和基础，拉比们释经时仍以宗教为中心，以犹太教所关注的问题为主要内容，但是，由于受到古希腊哲学的影响，他们采取了理性的逻辑思维，

---

① 傅有德：《犹太释经传统及思维方式探究》，《文史哲》2007 年第 6 期。

② James L. Kugel, "Two Introductions of Midrash", in Geoffrey Hartman & Sanford Budick (eds.), *Midrash and Literature*, New Haven and London: Yale University Press, 1986, p. 92.

③ 国内外学者对拉比文献研究非常少，此处主要参考了上述傅有德一文。国外资料方面，主要参考了 Susan A. Handelman, *The Slayers of Moses: The Emergence of Rabbinic Interpretation in Modern Literary Theory* (Albany: State University of New York Press, 1982), Geoffrey Hartman & Sanford Budick (eds.), *Midrash and Literature* (New Haven and London: Yale University Press, 1986), Michael Fishbanc (ed.), *The Midrashic Imagination: Jewish Exegesis, Thought, and History* (Albany: State University of New York Press, 1993), Michael Fishbance, *The Exegetical Imagination: On Jewish Thought and Theology* (Harvard University Press, 1998), David Stern, *Parables in Midrash: Narrative and Exegesis in Rabbinic Literature* (Harvard University Press, 1991), David Stern, *Midrash and Theory: Ancient Jewish Exegesis and Contemporary Literary Studies* (Evanston: Northwestern University Press, 1996)。

自觉地遵循了逻辑的规则。当然，他们如此做的目的并非建立一个概念的逻辑体系，而是合理地解释某段具体的经文，或引发出指导实际生活的律法和道德训诫，解决生活中遭遇到的实际问题，如精神困惑等。如迈克尔·费希贝恩（Michael Fishbane）所言，"由于某种危机才产生了释经的需要，比如字词或法则难以理解，或契约传统不能吸引其听众"①。

第二，尽管注释时采用了理性的逻辑思维方式，但是，在阐释宗教观时，拉比们并不崇尚抽象和普遍原则，进行枯燥抽象的道德说教，而是以一系列优美的故事、传说为载体，运用了大量的比喻、格言、古代传说和民间故事，因为拉比们主要以口传的形式在犹太教会堂（synagogue）进行圣经讲解或布道，而听众的知性水平参差不齐，这种风格使得它比那些相对严肃的律法书更加引人入胜，更具文学魅力。亦即说，这些解释方式已经被赋予了一种文学性，具有丰富的文学艺术价值。

第三，与第二个特点密切相关的是，拉比们注重解释的开放性、多样性和无穷性。他们对同一问题各抒己见，见仁见智，而不拘泥于某一答案和评论，甚或对一个问题可以衍生出各不相同的答案，且都可以为真，无对错之分，各具其价值，犹可谓多元共存。这本身与圣经文本内在的歧义性有关，"正是这种歧义性使得解释的单一明确性无效"②。因而，不同意见和对立观点的存在，对于犹太圣经注释者来说，是一种司空见惯的事情。因

---

① Michael Fishbane, "Inner Biblical Exegesis: Types and Strategies of Interpretation in Ancient Israel", in Geoffrey Hartman & Sanford Budick (eds.), *Midrash and Literature*, New Haven and London: Yale University Press, 1986, p. 34.

② Myrna Solotorevsky, "The Model of Midrash and Borge's Interpretative Tales and Essays", in Geoffrey Hartman & Sanford Budick (eds.), *Midrash and Literature*, New Haven and London: Yale University Press, 1986, p. 255.

此，素有"三个犹太人四种想法"之说。

第四，拉比文献是对《圣经》这一作为源文本的经文的注释，在拉比的注释文本中，既保留了圣经原文，又保留了注释者自己的注释以及对其前注释的修正。这样，每一种解释被其后的解释者修正，但并不被抹去，而是多种解释文本同时并存，既相互指涉，又相互独立。如此，《圣经》作为源文本的权威得到了维护，一种传统得以一代又一代地传承下来，解释的想象得以沿着历史之轴推进。同时，又给予了个人发挥其文本想象的巨大空间，原有的注释得以再度语境化，注释之间相互指涉，相互修正，打破了注释文本之间的界限。因此，拉比的释经文本既尊重了源文本或传统的权威性，又充分发挥了注释文本的自由性。"在传统的自由流动性和创造力量的自主性之间的微妙横流，消解了传统和个人创新之间的差别对立，犹太圣贤并不逃避传统，即使在解释的自由尺度从一部诗篇跨越到另一部诗篇，即跨度非常大的时候，也尽然如此。"① 圣经注释在限制与自由、传统权威与个人才能、总体意义与解释有效性之间达成了平衡，使这些相互对立的因素取得了协调一致。

第五，作为口传律法的拉比文献，如《密德拉什》，一方面是不同时代以及不同的人对《圣经》的注释集结而成，是解释的结果，亦即解释文本，尽管这种文本永远保持着其解释的开放性以及由此而及的丰富性，而这种丰富性隐含了上帝之言不可企及这一神学意义。在另一方面，正如"midrash"一词在希伯来语中意指"追寻"、"寻求"一样，就其本质来说，它也代表了一种文本解读方式和活动，一种涉及从音、字、词、句到篇章各个层次上的解释。尽管这种活动并不带来如期而至的意义的确定

---

① Judah Goldin, "The Freedom and Restrain", in Geoffrey Hartman & Sanford Budick (eds.), *Midrash and Literature*, New Haven and London: Yale University Press, 1986, p. 64.

性和单一性，但正是它使传统以集体想象的方式不断延伸和演绎，从而保持了其经久不衰的活力。

毋庸置疑，由于笔者智识和资料的局限，上述五个方面并未穷尽拉比文献的文本特点，但也可以借之一窥犹太释经传统与当代文学研究之间的亲缘性。希伯来传统对西方文明发展的贡献众人尽知，而作为该传统重要组成部分的释经传统却历来处于无人知晓之境。大约在19世纪的欧洲，曾有人呼吁过重视《密德拉什》对于现代文化的重要性①，给予其应有的地位。但是，那些专业权威的阐释者（包括教会和文学批评者）并没有把它作为研究主题对待，反而误解乃至误用这种释经传统。随着时间的推移，对《密德拉什》体制化的阻力慢慢消退于幕后，人们逐渐认识到这种传统所代表的解释或阅读方式对于当代文学阐释的意义和价值。追根溯源，它实际上是某些阐释方式的开山鼻祖。渐行渐近地，《密德拉什》的研究逐渐成为一个有着独特价值的学术课题，参与到与其他文学批评方式的同台竞技之中。这种研究的成果之一，便是揭示了犹太释经传统并非如明日黄花，青春不再。恰恰相反，这种传统对于当代文学和文学研究仍然具有鲜活的生命力，虽两者之间横亘着上千年的岁月，却两相补益，相得益彰，因此犹太释经传统在当代语境下的意义得以凸显。正如有学者所言，"细察《密德拉什》的本质特点以及含义，

---

① 作为拉比文献的一种形式，《密德拉什》的文学色彩较其他口传法典更浓。《密德拉什》是在公元3世纪到6世纪期间形成的，以它命名的著作首先是《圣经》诠释的汇集，并收入了历代先贤和著名拉比在各种场合的布道和说教。它包含两大系列：第一系列为《大密德拉什》（*Midrash Rabbah*），即对《摩西五经》和《圣著》的解释；第二系列是《塔尔玛密德拉什》，该系列包含了大量关于弥赛亚的思考，突出了圣堂布道的特点。因为其浓厚的文学色彩，受到文学研究者的更多关注。参见傅有德《犹太释经传统及思维方式探究》，《文史哲》2007年第6期。

不止为一件有趣之事，而且也成为当务之急"①。

如果说在 20 世纪 80 年代人们才意识到犹太释经传统对于当代文学研究的迫切性，那么，哈特曼在促成这种认识的过程中起到了不可替代的作用，因为早在此三十余年前，他就已经对犹太释经传统对于文学研究的意义给予了密切关注，且在自己的文学批评中躬身践行着这种传统。

二 密德拉什与文学批评

密德拉什是拉比文献的一种，是一个复杂的概念。20 世纪较早研究密德拉什的所罗门·茨特林（Solomon Zeitlin）认为，"Midrash"一词源自希伯来文"rntr"，意思是"询问"（inquire）②。在第一圣殿时代，如果遇到任何有关个人生活或整个国家命运的问题，人们就去咨询先知或预言家。这些先知或预言家将会以神的名义做出解答，并将这些询问以及自己对问题的解答记录下来。这些记录的文献就成为密德拉什。斯特拉克（H. L. Strack）、斯特尔伯格（Gunter Stemberger）以及霍尔兹（Barry Holtz）认为，拉比对希伯来《圣经》中形成的问题以及回答这一行为就是密德拉什，意思是"寻求"或"询问"③。除此之外，麦茨格（David Metzger）和卡茨（Steven B. Katz）认为，"密德拉什"一词也用以表示保存和传承拉比阐释行为的口头或

① Geoffrey H. Hartman & Sanford Budick（eds.），*Midrash and Literature*，New Haven and London：Yale University Press，1986，Introduction，p. ix.

② See Solomon Zeitlin，"Midrash：A Historical Study"，*The Jewish Quarterly Review*，Vol. 9，No. 1，1953.

③ See H. L. Strack and Gunter Stemberger，"Introduction to the Talmud and Midrash"，trans. and ed. Markus Bockmuehl，Minneapolis：Fortress Press，1996，p. 234；Barry Holtz，*Back to the Sources：Reading the Classic Jewish Texts*，New York：Simon and Schuster，1984，p. 178.

书面文本集。而且，当作为拉比阐释经典的文本发展成为其他文本时，对这些文本的阐释（如《塔木德》）也被称为密德拉什[①]。切瑞（Shai Cherry）认为，密德拉什就是"被融进圣经文本的思想"[②]。由著名犹太学专家纽斯纳（Jacob Neusner）等编辑并在 2005 年出版的《密德拉什百科全书：犹太教形成中的〈圣经〉阐释》（*Encyclopaedia of Midrash: Biblical Interpretation in Formative Judaism*）一书，囊括了一批从事犹太教研究以及早期基督教研究的国际知名学者对密德拉什的研究成果。其中，对于何为密德拉什，这些学者并没有就具体的内容达成定论。但大多数学者都一致认为，密德拉什既是一种方法，也指拉比阐释形成的产物。

通常意义上，密德拉什分为两类。一类是"Halakhic"，主要是关于上帝要求人们必须遵循的行为准则和法律，另一类是"Aggadic"，一种较为广泛的类别，包括拉比的叙述、格言警句以及寓言等[③]。怀特（Addison G. Wright）视为"一种文学类别的密德拉什"[④]以及汉德尔曼（Susan A. Handelman）所称的"具有浓厚文学色彩的密德拉什"[⑤]当属后者，因为按照海勒曼（Joseph Heinemaan）的说法，"Halakhic"是"固定的、可以信赖的，就一般的规则和特殊的问题达成清楚明白的决定"，而

---

① See David Metzger and Steven B. Katz, "The 'Place' of Rhetoric in Aggadic Midrash", *College English*, Vol. 8, No. 6, 2010.

② Shai Cherry, *Torah Through Time: Understanding Bible Commentary from the Rabbinic Period to Modern Times*, Philadelphia: The Jewish Publication Society, 2007, p. 194.

③ 当然，也有学者将其分为三类。雅克·纽斯纳就将密德拉什分为预言、意译和寓言三种。See Jacob Neusner, *What is Midrash*, Philadephia: Fortress Press, 1987, p. xi.

④ Addison G. Wright, *Midrash: A Literary Genre*, Staten Island (N. Y.): Alba House, 1968, p. 58.

⑤ Susan A. Handelman, *The Slayer of Moses: The Emergence of Rabbinic Interpretation in Modern Literary Theory*, Albany: State University of New York Press, 1982, p. 145.

"Aggadah 作为一种思维方式，是流动的，开放的，其创新的活力以及独立创造性精神从未被阻挡"①。换言之，密德拉什从本质上便与文学具有一种亲缘性。

但这种亲缘性到了 20 世纪下半叶才开始受到人们的关注。虽然希伯来传统对西方文明发展的贡献众人皆知，但作为该传统重要组成部分的释经传统却历来处于无人知晓之境。大约在 19 世纪的欧洲，曾有人呼吁过重视密德拉什对于现代文化的重要性，给予其应有的地位，但是，那些专业权威的阐释者（主要指教会）并没有把它作为研究主题对待。到了 20 世纪，尤其是下半叶，学科体制界限被打破，理论资源得以大力发掘，密德拉什与文学理论成为相互关联的事物，而促进这种关联的原动力主要来自文学理论。

确切地说，现代关于密德拉什与文学理论之间关联性的研究起于 20 世纪 70 年代和 80 年代初。这种研究根据研究者的情况又分为以下两种：

一是犹太学研究者的研究。受到学术界方法论潮流的影响，拉比文献研究者也参与了与文学理论的跨学科对话。他们从拉比的叙事中探索其中的文学母题、主题、语言特性以及结构等②。

---

① Joseph Heinmaan, "The Nature of the Aggadah", in Geoffrey H. Hartman & Sandford Budick (eds.), *Midrash and Literature*, New Haven and London: Yale University Press, 1986, p. 53.

② See also Jacob Neusner, *Development of a Legend* (Leiden: E. J. Brill, 1970) and *The Rabbinic Traditions about the Pharisees Before 70* (Leiden: E. J. Brill, 1971), Eliezer Ben Hyrcanus, *The Tradition and the Man* (Leiden: E. J. Brill, 1973), Susan Handelmann, *The Slayers of Moses: The Emergence of Rabbinic Interpretation in Modern Literary Theory* (Albany: State University of New York Press, 1982), D. Stern, *Midrash and Theory: Ancient Jewish Exegesis and Contemporary Literary Studies* (Northwestern University Press, 1996), Daniel Boyarin, *Intertextuality and the Reading of Midrash* (Bloomington: Indiana University Press 1990) and *Parables in Midrash: Narratives and Exegesis in Rabbinic Literature* (Cambridge, Mass.: Harvard University Press, 1994).

尽管在接纳文学批评术语和方法的程度上表现出差异，这些密德拉什研究者从当代文学批评和理论的视角出发来看待拉比对《圣经》的阐释，为研究拉比文献增添了一种当代视角，表明了古老的《圣经》阐释所具有的现代性乃至后现代性。毋庸置疑，他们的立足点和侧重点在密德拉什本身，如斯特恩（David Stern）所言，自己的目的是"追问当代理论对于密德拉什的意义，而非相反"①。

反之，另一种研究则旨在追问密德拉什对于当代文学理论的意义，此种研究的从事者主要是一些专业的文学批评家。与犹太学研究者以当代文学理论来看待密德拉什从而赋予密德拉什以后现代性不同，这些文学批评家逐渐意识到，随着文学批评理论意识的拓展和深化，密德拉什不仅指犹太法学博士所著的一批具有宗教意义的《圣经》注释文献，而且也代表了一种文本解读传统，这种传统所代表的解释或阅读方式为当代日渐枯竭的文学批评注入了一种活力。于是，密德拉什就成了一些注重阐释的文学研究学者的关注点。从 20 世纪 70 年代开始，到 80 年代以及 90 年代，对密德拉什的研究逐渐成为文学理论界一个有着独特价值的学术课题，在当代语境下的意义得以凸显。但是，研究密德拉什与当代文学思想关系的人甚为寥落。应该说，杰弗里·哈特曼是较早的发起者，他在 20 世纪 50 年代就已经将目光转向了密德拉什②。此后，他一直保持着这种关注，并声称"自己被拉比

---

①　David Stern, *Midrash and Theory*: *Ancient Jewish Exegesis and Contemporary Literary Studies*, Evanston: Northwestern University Press, 1996, p. 1.

②　哈特曼在 1957 年就参加了纽约的犹太神学研讨班，1958 年在耶路撒冷的希伯来大学教授英国浪漫主义课程期间，参加了尼哈马·莱布维兹（Nehama Leibowitz）开设的圣经注释课程，随后在犹大·戈尔丁（Judah Goldin）到耶鲁大学讲学期间，受惠于其犹太圣经注释课程。同时，他也阅读了大量有关犹太法典以及圣经注释的书籍，如《塔木德》、《密德拉什》和《托塞夫塔》等。

的圣经文本阐释及其方式完全迷住了"①。在 1985 年，他发表了
《论犹太的想象》一文，之后于 1986 年与人合编并出版了《密
德拉什与文学》（*Midrash and Literature*）一书，其中收录了自己
《为文本而挣扎》一文（"The Struggle for the Text"）。该书受到
人们的极大关注。在 1996 年，哈特曼又撰文《作为法律和文学
的密德拉什》（"Midrash as Law and Literature"），表达自己对文
学批评的看法。2011 年，年事已高的哈特曼再度执笔，撰写出
版了《第三根柱：犹太研究论文集》（*The Third Pillar：Essays in
Judaic Studies*），作为自己多年来对犹太学及密德拉什关注的总
结，以此表达自己对文学批评的反思。除上述著述外，哈特曼也
时常在其他著述中提及密德拉什。可以说，与对华兹华斯及其诗
歌保持的终生不变情愫一样，密德拉什也成为哈特曼念兹在兹的
对象，成为他文学批评生涯中的另一大支柱。

三 哈特曼与密德拉什

（一）对密德拉什的关注

前述 1954 年的第一部著作《未经调节的视像》中就已经体
现了这种释经传统对于哈特曼文学研究的影响。其一，哈特曼在
该书的铭文页上引述了《申命记》（*Deuteronomy*）第五章《神在
何烈山上与以色列人立约》中摩西对以色列人说的一段话："耶
和华在山上，从火中，面对面地与你们说话。那时，我站在耶和
华和你们中间，要把耶和华的话告诉你们；你们因为惧怕那火，
所以没有上到山上来。"在犹太教中，上帝不具有希腊宗教或基
督教中上帝那种直接的和感性直观的形式，他本身是无形无相无
体的，因而也不能被世人看到和经验到，他的所言只能通过先知

---

① Geoffrey H. Hartman, *A Scholar's Tale：Intellectual Journey of A Displaced Child of Europe*, New York：Fordham University Press, 2007, p. 4.

传达给世人。这种口传律法使得每个人都在直接通向上帝的道路上，在人与上帝之间没有中介人，即上帝与人之间是一种面对面的关系，通向真理之路不经任何东西的调节。正是在这种意义上，哈特曼也从犹太教想象的角度间接涉及了其"现代性文学是未调节性文学"这一基本主张，但著作并没有对这一点浓墨重述。其二，该书最先表达了哈特曼对文学阐释问题的关注，这种关注又集中表现了作者以下两个观点。首先，阐释根植于人类调和过去与现在、自我与他者、物质与精神的需要。如果说现代文学因为其无中介性而反对这种调和，那么是否就意味着现代文学反对阐释呢？非也。哈特曼认为，诗歌并不抵制阐释，"因为它自身就是一种世俗经文"①。其次，对众人而言，单一文本绝非只预设一种阐释方法，而是包含着各异其趣的阐释途径，这些多重的阐释途径都通向一个阐释者自己认为可以达到的真理。因此，如果将文学视为一种有着其自身法则的道德力量和独立的知识形式的话，那么，哈特曼意欲探索一种能够通达这种知识的普遍的、穷尽一切的阐释途径，即统一性与多重性兼备的阐释方式，如同拉比对《圣经》文本的阐释。

究其渊源，犹太释经传统对一直关注着阐释问题的哈特曼产生了强烈的吸引力，如他所称，"自己被拉比的圣经文本阐释及其方式完全迷住了"，认为这种阐释即使在具有严格限制的法学问题的框架下，仍以其卓越的"丰富性、胆识以及违背常理性"②而独具一格，成为一种自由的阐释形式。他因此阅读了大量的有关犹太法典以及圣经注释的书籍，如《塔木德》、《密德拉什》和《托

---

① Geoffrey H. Hartman, *The Unmediated Vision*, New Haven and London: Yale University Press, 1954, p. ix.

② Geoffrey H. Hartman, *A Scholar's Tale: Intellectual Journey of A Displaced Child of Europe*, New York: Fordham University Press, 2007, p. 4.

塞夫塔》，借以充实自己的犹太文化知识。此外，还于 1957 年参加了纽约的犹太神学研讨班，1958 年在耶路撒冷的希伯来大学教授英国浪漫主义课程期间，参加了尼哈马·莱布维兹（Nehama Leibowitz）①开设的圣经注释课程，随后在犹大·戈尔丁（Judah Godin）②到耶鲁大学讲学期间，受惠于其犹太圣经注释课程。另外，到了 60 年代，人们对犹太人的态度不再如以前那样强烈排斥，这使得许多犹太学者有更多的机会在大学谋取教职。渐渐地，与犹太相关的主题及文学受到更多的重视和研究，这种兴趣逐渐汇集而成为一种新兴的研究，即犹太研究③。这主要在大学里较为盛行，是一种学者行为。最初，犹太研究虽然没有作为一个独立的院系学科得以纳入学制，但是，来自不同院系的学者们对于犹太文化和文学主题的探讨和研究，无疑加深了哈特曼对犹太教的关注，扩大了其研究视野。但是，哈特曼并非把自己作为一个"放逐者"来研究与犹太文化相关的知识，也并非以一个流浪者的身份试图寻求自身的身份认同，正如其所称："我并不感觉像一个放逐者，我是一个非放逐者（unexile）。"④

　　因此，在某种程度上，可以较为肯定地说，哈特曼早期对于犹太教的关注，目的在于寻求一种他认为早已丧失了的阅读模式以及阐释传统，并试图恢复这种被当代非宗教阐释模式忽略了的

---

　　①　德国著名圣经研究学者，后移民至巴勒斯坦，并在世界各地讲学，对激发圣经研究产生了很大影响。

　　②　美国现代著名的犹太研究学者，先后在杜克大学、爱荷华大学、耶鲁大学以及宾夕法尼亚大学执教，对美国的犹太教研究做出了开创性的工作。

　　③　See Jeffrey Rubin‑Dorsky and Shelley Fisher Fishkin（eds.），*People of the Book*：*Thirty Scholars Reflect on Their Jewish Identity*，Madison：University of Wisconsin Press，1996.

　　④　Geoffrey H. Hartman，"A Displaced Scholar's Tale：The Jewish Factor"，in Alvin H. Rosenreld（ed.），*The Writer Uprooted*：*Contemporary Jewish Exile Literature*，Bloomington：Indiana University Press，2008，p. 137.

资源。出于世俗生活所需，拉比对《圣经》的阐释充满了无限的开放性和可能性，充分发挥了个人的才能和创造性，赋予经文以无限的活力。这为哈特曼主张批评的形式统一性和批评的创造性提供了可资借鉴的阐释模式。

（二）字词游戏与形式统一

在 20 世纪下半叶，文学批评界存在着一场关于形式主义的论争。这一场具有重大意义的论争围绕着文本、意义与阐释之间的关系这一当代文学研究领域中的基本问题展开，在美国引发了莫瑞·克里格（Murry Krieger）所称的形式主义危机。克里格认为，无论是俄国形式主义或芝加哥学派的新亚里士多德学说，还是新批评的批评实践，形式主义者都把形式狭隘地限定在唯物主义范畴，即"一方面把艺术客体与世界割裂开来，另一方面讨论它作为人工制品的匠艺性质"①，由此导致了后新批评派对于这种狭隘的形式主义进行反抗和驳斥的运动。

在美国，赫斯（E. D. Hirsch）、费希（Stanley Fish）以及德曼（Paul de Man）成为这场反抗运动中的显赫人物。三位批评家结合自身的理论背景，以对新批评关于作者、读者和文本的观点进行攻讦作为自己文学批评实践的出发点。赫斯从其传统阐释学的文本意义观出发，认为文本的意义在于作者的意图，且这种意义是稳固的、不变的，可以被传达和复制，故它提供了文本阐释的有效性标准和尺度。费希从读者的角度出发，认为阐释是自由的个体经验，甚至文本自身成为阐释的结果而非对象，所以文本的意义就是读者的经验，读者的经验又言人人殊。由此，意义亦非固定如初、一成不变。尽管费希以阐释策略和阐释群体来限

① ［美］莫瑞·克里格：《批评旅途：六十年代之后》，李自修等译，中国社会科学出版社 1998 年版，第 56 页。

定个体的主观性，但似乎并不奏效。德曼从语言的修辞性出发，将修辞性视为文学文本的内在属性，这种内在的修辞属性使文本阐释成为阅读，但阅读是一种寓言式的或不可能的阅读，它阻碍对意义的理解。因而，文本、意义和阐释（阅读）三者都成为修辞性结构和矛盾运作的结果。

与赫斯以作者意图说、费希以读者经验说以及德曼以语言修辞说对形式主义的批驳不同，哈特曼从何为统一性概念出发对形式主义进行了修正，而这种统一性概念得自他对密德拉什的思考。"一个《圣经》句子可能携带多种意义"①表明了《圣经》文本本身的多义性，这也就决定了作为《圣经》阐释者的拉比们在面对源文本时，必须对其中的每个词语仔细审视，以设法探索这些词句所有的或隐或显的意义。哈特曼称这种对字词意义的挖掘为"字词游戏"（wordplay）。这种字词游戏主要出现在一些文本缝隙或者文本意义模糊不清的地方，正是这些缝隙或含混不清提供了字词被篡改获得新的意义的机会。游戏技巧包括打破固有的语法规则，拆分单词或诗句，重新标注标点或元音等。总之，它以一种违背常规语法的手段让字母在词汇和句子的语法层面上产生新的联想意义，也就是哈特曼所称的"能指与所指之间建立的固有联系被启发式地修正"②。

但是，在哈特曼看来，正是这种字词游戏赋予密德拉什以惊人的新的活力。③他之所以这样声称，主要是因为在拉比阐释中，字词游戏本身不是目的，而是一种丰富意义的过程。拉比们一致

---

① E. E. Urbach, *The Sages: Their Concepts and Beliefs*, trans. Israel Abrahams, Jerusalem: Magnes, 1975, p. 682.

② Geoffrey H. Hartman, "Midrash as Law and Literature", *The Journal of Religion*, No. 3, 1994.

③ Ibid., p. 349.

认为，尽管《圣经》主要传达道德和宗教教条，但其目的在于教人们怎么生活，而不是提供枯燥的事实和信息。因此，《圣经》中那些即使最为枯燥的表示地理或谱系的字词在拉比眼中却具有巨大的阐释空间。这样一来，拉比的阐释面临双重任务。一方面，《圣经》字词的意义是多方面的，因此他们有必要努力挖掘所有隐含的全部意义。这导致他们对《圣经》中每个词语进行阐释，甚至常常不顾其在语境中的意义。另一方面，当拉比们回头探索《圣经》字词的潜在意义时，同时也将目光锁定在现在和将来，以期通过阐释为自己同时代的人解决生活或者信仰问题，引导他们走出精神危机。职是之故，密德拉什就具有双层含义：一是公开的，主要针对《圣经》文本阐明有关叙事的问题；另一个是隐含的，主要以更微妙的方式针对同时代那些困扰说教者以及听众的问题。因而，产生了哈特曼所称的那种熟悉的语言意义但却成为谜语般解读①的双重运动。

　　从历史的角度考察，这种字词游戏也有其深刻的原因。在某种程度上，密德拉什体现了以色列人在一千多年间面对多社会变迁的一种反应。他们试图通过发展释经方式来满足在危机和冲突时期产生新的理解《圣经》的需要。耶路撒冷及其圣殿的毁灭、政治独立的完全丧失、外来文化的压迫性影响、党派纷争的内在困扰等历史事件带来的危机要求人们采取新的立场适应眼前的需要。在这种情况下，作为一个《圣经》的民族，犹太人必须通过《托拉》生存下来。为达到此目的，他们就有必要让《托拉》保持一种活力。而拉比使之保持活力的方式，就是向各种阐释开放，向各种具有极大差异的情境开放。这样使得拉比们创造性地

---

　　① Geoffrey H. Hartman, "Midrash as Law and Literature", *The Journal of Religion*, No. 3, 1994.

发现，《圣经》已经提供了为解决现实中各种变迁引起的问题的答案的可能性。因此，早期的拉比们通过密德拉什发展并创建了一种超越时间、空间、历史和文化的想象，以帮助以色列人从圣殿的毁灭、流散的考验以及回归家园时面临的挑战中幸存下来。正是在此意义上，哈特曼称："为评论的缘故而拆解《圣经》，可能产生了可以记忆的断片，以至于这些片断作为谚语流传开来，或更全面地进入日常生活，得到普通者的理解。"①

那么，密德拉什基于文本又超越文本，通过对语词结构的强调引导人们进入更大的想象结构，从而维护了形式的统一，富于极大活力。哈特曼对这种生命力给予了极高的评价："伟大的释经者，总是在某些时候转离文本的字面意义。文本，正如世界，成为拉比阐释者、教父阐释者或新柏拉图阐释者的监狱，但是他们的阐释行为使这个监狱通向了王宫宝殿，阐释者的依赖性和想象能力这两个极端得以同时并存。"② 哈特曼在《梭子的声音》（"The Voice of the Shuttle"）一文中表明了这一点。如果菲洛用以纺织的梭子以及织锦相当于艺术作品的语词，那么梭子的声音以及织锦中隐藏的故事就相当于艺术所希冀唤起的那种被隐藏的东西，即与人类及其生活密切相关的东西。换言之，艺术包含一种潜在地唤起某种被隐藏事物的感觉，正是这种感觉决定了艺术的阐释性，如同密德拉什。

基于此，哈特曼认为密德拉什为处于形式混乱中且被形式所困的现代阐释学提供了一种可资借鉴的理想模式和参照框架。在《超越形式主义》（"Beyond Formalism"）一文中，他首先对贝特

①　Geoffrey H. Hartman, "Midrash as Law and Literature", *The Journal of Religion*, No. 3, 1994, p. 346.

②　Geoffrey H. Hartman, *Beyond Formalism: Literary Essays 1958 – 1970*, New Haven and London: Yale University Press, 1970, p. xiii.

森（F. W. Bateson）的观点给予了否定。贝特森认为，形式主义就是把审美事实从其人性内容剥离出来的一种趋势，而哈特曼恰恰与其相反，认为形式主义就是"一种通过研究艺术的形式属性解释艺术人性内容的方法"[①]。哈特曼如此定义，目的有二。其一在于纠正英美新批评将形式置于中心的作品本体论假设。根据哈特曼的形式主义概念，既然主张艺术作品由形式和内容构成，且形式属性是通往内容的必经之道，那么，新批评派自称的形式主义就不是彻底的形式主义，或者说还不够形式主义。其二在于纠正现象学批评置作品形式于不顾而只注重人类意识的去形式化批评。现象学批评忽视形式而注重我思、意识等有关人的内容。这种批评没有将意识形式化，反而陷入更深的形式主义泥潭中，所以他们的反形式主义立场并不彻底，或者说他们并不是彻底的反形式主义者。以新批评与现象学批评这两种极端对立的理论为例，哈特曼意在说明，如果很难成为一个彻底的形式主义者，同样也很难成为一个真正的反形式主义者。

那么，怎样才能避免成为一个彻底的形式主义者或反形式主义者呢？哈特曼提出的答案在于建立恰当的统一性概念。哈特曼并不反对英美批评的有机整体论。相反，他的观点是，新批评将文学形式作为有机统一观是因为采取了过于还原或简约的做法。换言之，文学作品研究本身并非一种非此即彼的简单选择的结果，客观形式与主观精神可以不必以牺牲一方为代价来凸显另一方的价值。新批评正是由于过度的排斥性而将自己陷入褊狭的境地。因此，哈特曼所谓的超越形式主义，不是专门去研究作品的形式属性，或者专门研究形式以外的内容，而是在形式研究和批评的直觉之间达成一种平衡，即在字词与想象之间通过联想流寻求结

---

① Geoffrey H. Hartman, *Beyond Formalism: Literary Essays 1958 – 1970*, New Haven and London: Yale University Press, 1970, p. 42.

合点，使艺术品更具人性化。在批评实践中，哈特曼丰富的联想流常常导致意义深远的典故和引言。例如，在 1987 年的一篇文章《华兹华斯的触摸冲动》（"Wordsworth's Touching Compulsion"）中，他对华兹华斯诗歌中的"bare markers"进行阐释时写道，"作为大地书写的一部分，一种未被解码的地理或几何"，然后又转向荷马，甚至米尔恰·伊利亚德（Mircea Eliade）："人们可以称这些标记为表示界限的意象或肚脐（宇宙的中心）———一个由伊利亚德从荷马处借来并改编的字眼，他们将诗歌的和几何的绝对性连接在一起。"①哈特曼的联想流从伊利亚德那里拿来"肚脐"这一字眼，然后通过双关语的形式从"几何"流向"Geomatry"，最后绕圈回到华兹华斯这个中心点，即华兹华斯意图通过这个意象召唤一种自然中的母亲，一种无懈可击的事物的守护者。这种事物或指母子关系本身，或指一种精神理想②。

密德拉什提供的模式与框架对于修正解构主义同样有效。哈特曼认为，解构主义因为与密德拉什在许多方面的相似性而应该受到关注。毋庸置疑，两者在对字词的探究性、文本开放性以及文本依赖性方面等存在相似特征，如埃兹拉希（Sidra DeKoven Ezrahi）的总结："作为一种解读方式，密德拉什对语言的关注类似于后结构主义批评。它对语言意义的流动以及沉浸于游戏的《圣经》的修辞特征极为敏锐。它成功地使用极端的双关语、意义转变、非语境性解读、意义的倒置以及自由联想等手段。"③正因为如此，虽然没有公开声明，但哈特曼所称的"新的密德拉什"

---

① Geoffrey H. Hartman, *A Critic's Journey : Literary Reflections*, *1958 - 1998*, New Haven : Yale University Press, 1999, p. 141.

② 此种例子在哈特曼的著述中数不胜数，限于篇幅，在此不便多举。在某种程度上，正是这种联想流使得他的论著读起来较为吃力。

③ Sidra DeKoven Ezrahi, *Modernism and Postmodernism in the Contemporary Hebrew Narrative*, Hebrew University of Jerusalem, Press 1994, p. 234.

或者"密德拉什的世俗模式"在很大程度上就是注重文本细读的解构批评。对于文化转向带来的对解构主义的抨击，哈特曼进行了抵制，驳斥那种认为解构主义最终归于神秘化或个人主义的观点。当然，他此举的目的不在于为解构主义从来源上和实践上进行合理性和有效性双重辩护，而是提倡密德拉什对于解构批评的可借鉴性，亦即他所称的"不是追问解构主义可以为密德拉什做什么，而是追问密德拉什可以为解构做什么"①。这种借鉴性就在于密德拉什的统一性。解构主义因为过于强调拼贴、延宕、游戏、互文性、开放性和碎片性而失去了统一性和完整性。这在布莱希特（Maurice Blanchot）看来，是一种"书写的灾难"，因为，"如果引用以碎片的力量事先破坏文本，引用文本不仅是从文本中被拉扯出来，而且被提升到一种除了这种被硬性拉走外什么都不是的程度上，那么，没有文本或语境的碎片从根本上讲就不可引用"②。相反，密德拉什通过字词游戏等一种极端的断片化悖论式地证明了自己的统一性：碎片化将短语和字词分散，但同时通过忠实于文本的碎片的阐释学将统一性概念拯救出来。尽管有些段落会被陌生化，被从直接的文本语境中拿出来，通过双关语等字词游戏等方式得以互文性地结合，但这种阐释的"无限性"并未因陷入神秘而抛弃其日常的生活意义。这也正是哈特曼所说的"密德拉什以可理解的甚至亲密的话语与《圣经》或上帝说话，但同时将那种最令人陌生的奇怪的经历置于可以到达的范围内"③ 的

---

① Geoffrey H. Hartman, "Midrash as Law and Literature", *The Journal of Religion*, No. 3, 1994.

② Maurice Blanchot, *The Writing of the Disaster*, trans. Anne Smock, Lincoln: University of Nebraska Press, 1986, p. 37.

③ Geoffrey H. Hartman, "Midrash as Law and Literature", *The Journal of Religion*, No. 3, 1994.

意义所在。密德拉什虽然在源文本面前也显得不那么顺从，但它通过将一种文本与另一种文本结合起来的精湛技艺拯救了整体，拯救了《圣经》的完整性。那么，相对于以文本分析为工具、挥动颠覆大旗以拆解传统中心为己任而最终导致虚无主义的解构批评，密德拉什提供了一种极佳的修正范式。这也是哈特曼在《字词与伤害》（"Words and Wounds"）一文中对德里达提出反对声明（counterstatement）的原因所在，"我们必须学会不仅在字面上阅读，而且也要听到言语，听到在词句中的言语，亦即听到它所暗示的愿望的意象"①。

　　因此，在这场关于形式主义的论争中，哈特曼借密德拉什回答了"批评何所是？"这一常论常新的理论问题。它既不单纯地追求文本层面上的字词，只见可见之物，无视字词发出的声音，也不片面地求解作者意图或唯读者经验是瞻，仅专注于不可见之物，忽略字词固有的调节性。同时，它也不是一味地将修辞性奉为圭臬，将能指的无边游移与滑动视为意义之所在。如同密德拉什，批评应将批评者、字词、声音、文本、听者及其日常生活意义在多样性与差异性的基础上统一为一个整体：字词在文本之中而非文本之外向听者发出自己的声音，批评者将这种声音传达给听者，并以此引导听者寻觅隐藏于生活中的意义。这在某种意义上拓展并丰富了传统的形式与内容统一观，并由此弱化了这两个概念范畴之间的二分，化解了苏珊·桑塔格（Susan Sontag）在《反对阐释》（"Against Interpretation"）一文中所称的现代阐释关于"艺术之所谓"与"艺术之所是"之间的两难②。

---

①　Geoffrey H. Hartman, *Saving the Text: Literature/Derrida/Philosophy*, Baltimore and London: The Johns Hopkins University Press, 1981, p. 128.

②　Susan Sontag, *A Susan Sontag Reader*, New York: Farrar, Straus and Girous, Inc., 1982, pp. 95 – 104.

（三）批评的创造与想象

批评与文学的主次地位之争在 20 世纪尤为突出。在哈特曼之前，阿诺德（Matthew Arnold）、王尔德（Oscar Wilde）、艾略特（T. S. Eliot）等几位批评家就批评的创造性问题都进行过重要论述。阿诺德认为批评与其他知识领域一样，目的在于探寻事物的本来面目。为了达到这一目的，批评就必须具有一种创造力。但是，与文学的创造力相比，批评却居于其次。与阿诺德相反，王尔德将批评的创造性置于首要地位，认为批评本身体现了创造精神的实质，从其最高含义上讲，"批评就是创造性的"[①]。在主张艺术自律和自足的艾略特那里，批评被界定为"对艺术品的书面评论和说明"[②]，因而失去了这种创造性。除阿诺德、王尔德和艾略特外，以乔治·布莱（George Poulet）为首的日内瓦学派也主张批评的创造性。不过，他们将批评者发现作者"我思"的意识认同行为等同于创造性行为，如里夏尔（J. P. Richard）所称，批评家"依仗诗人的接引，在自我的深处找到深藏其中的形象，这不再是参与他人的诗，而是为了自己而诗化。于是批评家变成了诗人"[③]。

哈特曼也强调批评的创造性，但他既反对阿诺德和艾略特等贬低或否定批评创造性的思想，又反对王尔德将批评的创造性与文学创造性对立起来的观点，也与日内瓦学派主张由意识认同体现的创造性大异其趣。与德曼从批评的修辞性、米勒从批评的寄

　　① ［英］王尔德：《王尔德全集：评论随笔卷》，杨东霞等译，中国文学出版社 2000 年版，第 410 页。

　　② ［英］托斯·艾略特：《艾略特文学论文集》，李赋宁译注，百花洲文艺出版社 1994 年版，第 65 页。

　　③ ［比］乔治·布莱：《批评意识》，郭宏安译，广西师范大学出版社 2002 年版，第 191 页。

主性和布鲁姆从批评的误读背景来说明批评与文学之间的关系不同，哈特曼对两者之间关系的言说受启于密德拉什这一阐释模式。

如果说字词游戏体现了密德拉什在文本层面或阐释层面上的戏谑似的创造性，是一种创造性的语言学，那么，这种创造性还体现在意义的创造性层面上。后者超越了文本阐释层面，成为一种脱离语境以适应新的情境需要的意义的更新。这样，密德拉什作为一种阐释就享有对被阐释文本的极大权利。其实，虽然是对《圣经》进行阐释，密德拉什却极少地传达关于《圣经》本身的价值观，倒是拉比们以《圣经》阐释作为介质传达自己对生活的观点和思想，展示自己的内心世界。以拉比对《旧约·创世记》第 27 章第 30 节到第 34 节"以撒祝福雅格"的故事为例。《圣经》中写道：

> 以撒祝福完雅格。当雅格刚从他父亲以撒的面前离开，他的哥哥以扫就从外面打猎回来。他也准备了可口的食物给他的父亲，说："让我的父亲起来，吃他儿子的野味，然后可以赐福于我。"他的父亲以撒对他说："你是谁？"以扫回答说："我是你的儿子，你的长子以扫。"然后以撒感到一阵颤抖，说："那么，那个把猎物给我、在你来之前我全吃了，已经给予祝福的人是谁？是的，他将被祝福。"当以扫听到父亲这些话，大声地、极度伤心地哭起来，对他的父亲说："哦，父亲，也赐福给我吧！"①

---

① *The Holy Bible*, New York: American Bible Society, 1816, p. 26. 译文为作者自译。

在《圣经》的描述中，以扫因为自己的长子权被雅格以卑鄙的方式窃取而被给予了极大的同情。但以下拉比的阐释则正好相反：

最后以扫进了房间，粗鲁地对他的父亲大喊："让我的父亲起来，吃他儿子打的鹿肉。"但雅格没有这样粗鲁，只是说："起来，我为你祈祷，坐着吃——""我为你祈祷"以及三个动词表明了雅格对父亲极为尊重的恳求、谦卑以及服从。

那时，以撒听出了以扫的声音，感到一阵恐惧，问以扫："你是谁？"因为当雅格进来的时候，带来一股伊甸园的芳香，一股甜美的香味，以撒感到精神为之一振，大声说道："看，我儿子的香味就如同田野（伊甸园）的味道，受到主的赐福。"接着便祝福他。但是，当以扫进来的时候，地狱在以撒面前洞开，所以"以撒感到一阵恐惧"，心里感到一阵不安，心想："我看见地狱，以扫的尸体在那儿燃烧。"①

显而易见，拉比们的阐释与《圣经》原文的意义相差甚远。应当指出，从语言角度讲，这段密德拉什也毫无理据。以扫"让我的父亲起来"吃实际上比雅格的"起来，我为你祷告，坐着吃"② 更带有敬意。而且，《圣经》中第25章第28节中已经说明，以撒更亲近以扫，常吃他打的野味，利百加（雅格和以

---

① *Midrash Tanhuma*, trans. John T. Towsend, New York: Ktav, 2003, p. 98. 译文为作者自译。

② *The Holy Bible*, p. 26. 这是《圣经·创世记》第27章第19节中，雅格假装以扫从外打野味回来，把野味拿给以撒吃的时候说的话。

扫的母亲）更亲近雅格。但是拉比们并没有遵照《圣经》原意，而是根据自己的看法进行了篡改，也许他们认为雅格作为以色列的祖先应该是好人，而他的对立者应该是坏人，不值得同情。所以，他们把自己的喜恶之情创造性地融入圣经文本，以满足自己当下的需要，如博雅恩（Daniel Boyarin）所说，"拉比不是从《圣经》中读出意义，而是将自己的思想融入《圣经》，不是追问《托拉》意味着什么，而是《托拉》对现在的我意味着什么"①。

哈特曼将这种创造性视为密德拉什想象性的一种体现，亦即他所称的犹太性想象。但是，与费希本（M. Fishbane）将这种创造性视为神话缔造（mythmaking）和斯特恩将创造性视为寓言（parable）不同，哈特曼主要将这种想象视为一种文本的想象或曰阐释的想象。虽然他并没有在《论犹太的想象》一文中明确地提出来，但是，他将犹太人对于文本的重视和依赖放在第一位无不说明了这一点②。在哈特曼看来，犹太民族是一个依靠《圣经》生存的民族，这就意味着《圣经》以及对《圣经》的阐释对于他们是何等重要。《圣经》作为被阐释文本的权威地位自不必说，而密德拉什本身没有限制在上帝之言的框架内，出于世俗生活所需，仍以其卓越的丰富性、胆识以及违背常理性的阐释方式呈现出创造性特质，在原文中寻求超越原文的东西，在字词中寻求更多的故事和更多的话语。

因此，密德拉什不能被简化为拉比对《圣经》的注释，因为面对原初的、主要的文本，它们进行了拓展，或者完全发挥自己

---

① Daniel Boyarin, *Intertextuality and the Reading of Midrash*, Bloomington：Indiana University Press, 1990, p. 19.

② Geoffrey H. Hartman, "On the Jewish Imagination", *Prooftexts*, No. 3, 1985.

的想象力。尽管这些评论或评注又进入了其他文本，一再被重新阐释，但仍然保持着自己的力量，没有消失在文本中。在这样无穷尽的阐释与被阐释中，密德拉什发挥了在极度自由与互相对立间保持平衡的一种能力，反而呈现出巨大的包容性、想象性和丰富性。从此视角来看待文学批评，那么批评本身则应该具有密德拉什般的丰富性和创造性。在1976年发表于《比较文学》杂志上的《越界：作为文学的文学评论》（"Crossing Over：Literary Commentary as Literature"）一文中，哈特曼首次较为明确地提出了批评的创造性观点。在当代，随着阅读理论的繁殖，以及打开经典后共享伟大的作品要求的增加，哈特曼担心批评会承担一种补偿性的或还原性的使命，从而失去其创造性。因此，他不是寻求密德拉什本身，而是寻求一种对文学批评领域的丰富或重构。

借着这种丰富和重构，哈特曼意在质疑英美批评传统中文学与批评的二元划分。正是这种二元划分使得批评沦为一种从属的、寄生的、居于次要地位的附属者，且以客观的、系统化的方式呈现自身，本身具有的创造力和想象力凋零萎缩，失去了其应有的活力。从此观点出发，哈特曼实则就两种批评提出了质疑，因为它们都无益于创造一种如密德拉什般具有连续性、累积性和开放性的批评传统。一种是规范化的学术批评。此类批评从内容上和结构上要求完整性、系统性、清晰性以及逻辑性，目的在于寻找一种正确的、最终的阐释作品的答案和方式，如加斯（William H. Gass）的描述："它必须显示自己是完整的、直接的、有脚注的、有用的、确定的……它伪称一切都清晰无误，其论点无懈可击，无要害处可寻，参考合乎规范，连接遵循常规；它的方式刻板乏味，就如同在什么场合应该穿什么衣服……"①因此，

----

①　William Gass, *Habitations of the Word：Essays*, New York：Simon, 1985, pp. 25 – 26.

批评家在强调确定性及一致性的过程中压抑自己，表现得理性冷静，极尽所能去追求文本的完整性和批评的客观性，但将想象力弃之身后，使得自己对文学作品俯首顺从，批评受到约束而了无生气。另一种是酒吧间闲谈式批评。哈特曼在《茶和总体性》（"Tea and Totaling"）一文中，批评了 18 世纪形成于英国并流传下来的批评传统。当时，印刷业的兴起促进了报纸、杂志等的发展。因此，像《旁观者》（Spectator）一类的杂志为新闻的传播提供了有效渠道，加之辉格党和托利党之间的争斗引起的政治争论吸引了大量社会中的上层人物。当时有教养的文人在咖啡馆就社会上的事情进行闲聊。虽然以一种愉悦的方式论及所有的事情，但这些事情也只是作为谈资被略微提及。换言之，这种闲聊相当于没有论及任何事情，即哈特曼所说的"似乎没有一个主题，因而也没有主题"①。

如果说上述两种既谈不上超越也称不上介入的批评模式都是哈特曼所极力反对的，他心目中的理想批评模式是怎样的呢？在《理解批评》（"Understanding Criticism"）一文中，哈特曼言明了批评者应有的姿态："批评者的思想被误导，被迷惑，被置于对文本的某种狂野的假设中，挣扎着不断调整，这种景象难道不是批评写作为我们提供的有趣的事情之一吗？"②亦即说，批评家要为文本而挣扎，这也是哈特曼《为文本而挣扎》一文的主旨所在。在该文中，哈特曼将自己视为一个对"雅格与天使摔跤"这一《圣经》文本进行阐释的现代拉比。通过对源文本中的缝隙以及不连贯的地方进行解读，哈特曼意欲表明，作为现代

---

① Geoffrey H. Hartman, *Minor Prophecies: The Literary Essay in the Culture Wars*, Harvard University Press, 1991, p. 79.

② Geoffrey H. Hartman, *Criticism in the Wilderness: The Study of Literature Today*, p. 20.

拉比的文学批评家们应当充分发挥自己文学般的想象，使自己的阐释充满一种异质性，以保持被再度阐释的空间，如同《圣经》不断增长的叙事需要"世代阐释者们持续的、不确定的介入"，同时他们"不但必须保持信仰，也必须忠实于字词"①，当代的批评家们也应当在文本想象中创造一种可持续的、开放的批评传统。

阿诺德曾就希腊文化和希伯来文化的差异进行过阐述。虽然两者根本目标一致，在于寻求人类的完善或者救赎，但存在本质上的区别。希腊文化的核心是意识的自发性，强调对世界的认知，以追求真理与美为人类本性的表现，而希伯来文化的核心是道德的严格性，强调法律、品行与服从。因此，在人类发展史上，希腊文化和希伯来文化总是呈现一种对立状态，且从未达成平衡，即在某个历史时期总是其中一占上风②。哈特曼强调借鉴密德拉什的创造性，一方面旨在修正阿诺德的观点，表明希伯来文化并非总是以自我约束和道德严格性为主导因素。虽然面对同一至高无上的《圣经》文本，世世代代的拉比们却做出了极富想象力和创造性的阐释，形成了极富活力的阐释传统，创造了独具特色的文本文化。另一方面，哈特曼认为英美批评由于追求一种绝对形式化而使得阐释观念正在逐渐衰退，阿诺德所称的希腊文化中意识的自发性正在逐渐萎靡。因此，以密德拉什般的创造性融入英美批评，就可使之成为一种可应答的批评。在对文本隐藏而非神秘的意义的探索中，文学批评家或者广义上的艺术家则成为当代的拉比。他们一方面维护着传统和现实经验的统一性和

---

① Geoffrey H. Hartman, *The Third Pillar: Essays in Judaic Studies*, Philadelphia: University of Pennsylvania Press, 2011, p. 18.

② See Matthew Arnold, "Hebraism and Hellenism", in Lionel Trilling (ed.), *The Portable Matthew Arnold*, New York: Viking, 1949, pp. 557 – 573.

完整性，另一方面又以批评的创造性和想象力激发人们的思想，创造一种具有活力的、持续的与开放的批评传统。

近年来，除文学研究外，密德拉什也以其丰厚的历史、宗教、文化底蕴逐渐渗透到其他领域，特别是文化和历史研究领域，为当代学者提供了新的视角和方法，正如萨拉松（Richard Sarason）所述，密德拉什作为一种意蕴深厚的、层次丰富的、形式多样的、意义多重的文本隐含了一种复杂的、动态的文化，而作为一种阐释则又生产了这种文化，这一切都为当代学者的研究提供了卓有成效的透视①。以密德拉什为代表的犹太文化正以一种与希腊文化、基督教文化并行的姿态进入人们的视野。

哈特曼将对文学批评的希望投向遥远的密德拉什传统，其旨趣不在于寻求多数具有犹太身份的人忙于追求的身份认同，也不在于在后现代思想裹挟下寻求一种超越现实的乌托邦式的阐释自由，而是解决他在《密德拉什与文学》一书的序言中开篇提出的文学研究中的急切需要。那么，这种需要是什么呢？简言之，就是将希伯来文化引入希腊文化，以消除阿诺德所称的两者之间的永恒对立、互不兼容状态，促进两者的融合。具体而言，在考量"批评何所是？"或"批评当何为？"的当代意义时，英美批评应该以密德拉什为借鉴，将密德拉什般的统一性概念和创造性概念融入其中，增强自身对于现实世界的回应性。

然而，密德拉什本身作为一种具有浓厚宗教意义、独特民族色彩与悠久历史传统的阐释方式，其在当代的世俗化过程并非能够一蹴而就。反过来说，当代文学批评要借鉴这种方式，本身是否会陷入一种去语境化的窘境，反而失去所期望的密德拉什带来

---

① See Richard Sarason, "Introduction", in Kraus (ed.), *How Should Rabbinic Literature Be Read in the Modern World?*, Piscataway, NJ: Gorgias Press, 2006, p. 9.

的范式启示作用？因此，如何将密德拉什既历史化又语境化，成为当代文学理论有效借鉴密德拉什的前提条件，也是哈特曼所称的荒野中的希望之前提所在。

第五章　作为文学的批评

　　如第一章所述，现代随着英语研究作为学科的合法性得以确立，理论自觉意识的加强，文学研究的学院化和体制化得以形成和巩固，批评的独立性问题和创造性问题凸显出来，批评家的创造性工作受到了前所未有的重视，人们开始有意识地对批评之于文学的关系进行理论层面上的思考。思考的重要结果之一便是，批评本身作为研究对象被赋予了本体论的合法地位，而这种合法地位的表现在于它与自己的对象文学拥有了平起平坐的权利。对此，大多批评家从语言本身的特性以及由此而及的文学性来思考与论证，而哈特曼对两者之间关系的言说却基于更深远的理论背景和批评传统。这主要基于以下两点：

　　第一，哲学与文学之争。从柏拉图以来就存在的哲学与文学之间的对抗关系，使得长期以来文学将哲学作为对自身的一种压抑和约束力量，亦即说，文学最初是作为哲学的反省对象而确立其合法地位的。然而，这种看哲学脸面行事的地位在现代得到了修正。在浪漫派诗哲对统一性的建构中，哲学与文学之间的区分已经不那么明显，而在浪漫主义诗人那儿，哲学与文学的结合已经初见端倪。在哈特曼看来，华兹华斯诗歌就是这种结合的典范，所以他称华兹华斯为一个哲性诗人（a philosophical poet）。其后，历经尼采、海德格尔，再到德里达，自亚里士多德以来被强调的逻辑优先于修辞的论断得到重新审视。德里达强调修辞的主动权，并力图将这种主动权扩展到逻辑学的领域。那么，以逻辑严密自居的哲学也就从高高在上的位置上被拉下来，如果不能声称文学被提升到与哲学并肩齐居的高度的话。这显然给一直为英美批评排斥哲学和理论而感到不满的哈特曼带来了契机。

第二，批评与文学之争。新批评传统强调文学文本的主体地位和作家的创造性，将批评置于为文学服务的地位，将批评家列于作家之后，认为就创造性而言，批评家远远逊色于作家。哈特曼认为，这种观点是新批评派对阿诺德关于批评思想的一种误读和误解，因而他努力要做的就是修正新批评派的看法，为批评的创造性正名。

哈特曼最终又将批评与哲学、批评与文学之争集中归结为批评文体这一重要问题上，这令他在此方面的理论建树独树一帜，因为他通过对文体问题的关注，将文学研究领域中文学理论、文学批评和文学史三大问题联结了起来：一种恰当的批评文体既要体现大陆哲学的理论思辨色彩以及对术语的创造性运用，在理论与传统之间架起一座桥梁，又要体现如同文学一般的创造性，使得批评著作如同文学作品一样、批评家如同作家一样进入文学史的大门，同时还应具有其本身作为一种思维模式的批判精神。所以，哈特曼将随笔作为批评文体，绝非单纯倡导这种文体形式体现的极度自由和主体性，因为他本身是极力反对走极端的。反之，他看重的是这种文体具有的一种调和性。毋庸置疑，所谓调和，不是简单将两者混在一起，而是在融合基础上寻求一种新的生长物。这种生长物既吸纳了两者的特质，又具有自己本身的特征，可以说是一种融合基础上的超越。

第一节　批评与文学的同一

后结构主义语境中探讨文学批评与文学之间关系较多的是耶鲁批评家，他们从不同视点对批评与文学、批评与哲学之间的关系进行集中阐发的理论话语成为后现代理论中的一道独特风景。得益于新批评的细读技巧在他们手中既适用于诗歌，也适用于作为阅读的批评，且在后者身上得以完善。同时，耶鲁批评家自身的语文学和语言修养使他们熟谙大陆哲学，这让他们在接触这些哲学理论并引为己用的过程中占尽先机。在 20 世纪 60 年代末 70 年代初，当耶鲁批评家已经在撰书论述胡塞尔、布朗肖（Blanchot）、安德烈·马尔罗等欧陆哲学家思想的时候，对于大多数美国学者而言，这些哲学家也仅仅是一个名字而已。对这些理论的抢先占用为耶鲁批评家洞察美国批评传统与欧陆哲学批评传统之间的差异提供了机会。

但是，与德曼从批评的修辞性、米勒从批评的寄主性和布鲁姆从批评的误读背景来说明批评与文学之间的关系不同，哈特曼从他惯有的大陆哲学与英美批评相结合的立场出发，吸纳了德里达关于哲学与文学之间界限消解的观点，认为这种观点为当时已经步入尴尬境地的美国实用批评，或他称为"不成熟"的新批评带来了生机，为欧陆批评传统和美国批评传统的结合带来了契机。正是哲学与文学之间界限的消解，批评与文学之间的界限也不再如以前那样泾渭分明。阿诺德眼中只能在荒野从远处向文学招手致意的文学批评也终于能够跻身于文学之列，成为一种文类。因而，哈特曼着眼于文学批评，视之为一种融合了哲学的理论性和文学的创造性的独特文体。虽不能贸然将它归为三位一体，但是，哈特曼的确将哲学、文学、批评视为一个不可分割的整体，以期为英美文学批评走出狭隘的实用主义提供一种更佳选择。

一　创造性：批评与文学的跨界

与德曼从批评的修辞性、米勒从批评的寄主性和布鲁姆从批评的误读背景来说明批评与文学之间的关系不同，哈特曼对两者之间关系的言说立足于批评应当同文学一样具有创造性这一立场，旨在修正从阿诺德以降至艾略特以来关于批评次于文学的理论话语。在哈特曼之前，阿诺德、王尔德、艾略特等几位批评家就批评的创造性问题都进行过重要论述，因而有必要对此进行简要论述。

阿诺德认为批评与其他知识领域一样，目的在于探寻事物的本来面目。为了达到这一目的，批评就必须具有一种创造力，因为人的创造力和精神的自由活动，是人类达至幸福状态的必要条件。而人类的创造力除了体现在文学或艺术中以外，还有其他多种途径，批评就是其中一种。但是，批评的创造力与文学的创造力相比，却处于低人一等的位置。虽然，阿诺德也承认批评具有文学难以具备甚或不能具备的创造力产生的要素：思想。因为文学家的任务在于直觉地表现其时代所流行的最好思想，使自己处于此思想秩序中，才能自由地创造。但对于批评家而言，他则是这种思想秩序的创造者，且能够将这种思想置于一种优先地位。结果便是这些思想"延伸进入社会，因其探寻到事物真相而影响了人们的生活，于是到处都充满了激动和成长，文学的创造时代便随着这种激动和增长来临了"[1]。显而易见，阿诺德将批评

---

[1]　Matthew Arnold, *Lectures and Essays in Criticis*, ed. R. H. Super, The University of Michigan Press, 1990, p. 261.

创造力视为文学创造力的一个必备要素，虽然重要但与后者不能相提并论。

其实，在阿诺德关于批评的思想中，批评的创造力也被置于批评的理性与批评的无偏执性之后。在阿诺德看来，英国文学从来不缺乏想象和创造性能量，但是，这种想象的力量过于囿于个体的幻想和随意性，因而缺乏一种只言及事物本身的理性即批评。所以，阿诺德希望通过唤起人们对于批评的意识来提高整个国家的文学判断和评价能力。主张批评的理性和思想力量的同时，阿诺德也主张批评的客观性，即他所谓的无偏执性。一个批评家最高的职责是"确定一个文学时代的主流，使之区别于其他次要潮流"，而正是在履行此天职的过程中他将表现出"自己在何种程度上拥有公正精神———一种批评家必不可少的素质"①。换言之，批评的创造性在于它必须在一种理性或精神的氛围中创造一种思想秩序，并使这些最佳思想盛行起来，触及社会，触及真理，触及生活，引起激动，引起发展，这样才能产生文学的创造性时代。因此，阿诺德笔下的批评并非指批评本身具有像文学创作一样的创造性和想象性，而是指文学家在创作作品之前应该对生活、世界具有敏锐的判断力，将时代的思想秩序融进自己的创作中，从而使自己的作品成为一种生活的批评。在这种意义上，思想成为文学创作的必备素材，批评因其思想性和理性成为文学创作的必要前提，批评的逻辑与艺术自身的逻辑之间具有连续性，但是就创造性而言，批评却不能与文学相比，"批评的力量居于创造力量之下"②，也就是说，批评并不能妄称自己具有

---

① Matthew Arnold, *Lectures and Essays in Criticis*, ed. R. H. Super, The University of Michigan Press, 1990, p. 102.

② Ibid. , p. 3.

创造性和独立性，它依然附属于文学的创造力。

阿诺德提倡批评的思想性与独立性的同时，仍然承认文学创作力对于批评创造力的优势，艺术创造应当蕴含批评才能。在这一点上，王尔德颠倒了过来，认为批评意识中蕴含着创造才能，因而在处理批评与文学的关系上似乎比阿诺德走得更远。他认为，是艺术批评精神成就了艺术创造，而非相反，"没有自觉的意识就没有优秀的艺术，自觉的意识和批评的精神是相生相随的"①。这种产生了艺术创造的批评有何特征呢？王尔德将批评的创造性置于首要地位，认为批评本身体现了创造精神的实质，从其最高含义上讲，"批评就是创造性的"②。从这种意义上讲，批评本身就是一门艺术，而且是创造的创造，因为文学作品并不是批评的限制，反而成为批评家创造的一个新的起点，"艺术家的作品价值只不过是在启发批评家的新思想和感情状态点"③。持有个性的批评家以自己特有的方式同艺术家一样富于创造性，运用与艺术家同样的或许更大的客观形式把它表现出来，并且通过使用新的表达手段使它呈现得异常完美，"批评家应能把他得自美的作品的印象用另一种样式或新的材料表达出来"④。

但是，王尔德认为，我们可以说作为艺术家的批评家，却不能说作为批评家的艺术家。因为伟大的艺术家由于专注于自己的作品、追寻自己的目标，鉴赏能力受到了限制，所以他绝不可能评判别人的作品，实际上也几乎不可能评论自己的作品。那么，

---

① ［英］王尔德：《王尔德全集：评论随笔卷》，杨东霞等译，中国文学出版社2000年版，第400页。

② 同上书，第410页。

③ 同上书，第453页。

④ ［英］王尔德：《道连·葛雷的画像》，荣如德译，山东文艺出版社1999年版，自序，第1页。

这种在创造中受到限制的鉴赏力就只能通过批评得以扩展，批评家在鉴赏中获得了自己的创造力，培养了自己的特殊气质和情感。与在可支配的题材范围和种类方面受到限制的文学创作相比，批评的主题却与日俱增，新的思想和观点层出不穷，是批评创造了时代的理性氛围。因而，王尔德认为，对于缺乏理性思维和沉思的英国人来说，批评比任何时代都更显得必要，"作为思想的工具，英国人的大脑是粗糙而欠发达的，唯一能使之纯洁起来的方法就是让批评的本能不断增长"①。由此可见，王尔德的理论公式是：批评对于文学创造非常重要，艺术的提高需要批评的提高；同时，批评因其创造性成为文学中独立的一支，有自己的程序，因此批评无须依赖文学而存在。相反，文学却要依靠批评而持存。作为艺术家的批评家的含义是：批评家不但应该具有艺术家的气质和素养，而且也应该在实践中走向创作。与其唯美主义的艺术思想一脉相承，对于王尔德而言，批评是个人主义的，不应受禁于世俗的观念，批评家亦不必以公正、真诚、理性的决判者姿态呈现自身。相反，他应该是一个充满感性、有着自己特殊敏感气质的创造者，虽似付诸阙如，却无为而治，为拯救艺术和拯救自身开辟新的疆域。

如果说"为艺术而艺术"的主张成就了王尔德"为批评而批评"的思想，预设了批评的主体地位，那么，在主张艺术自律和自足的艾略特那里，批评却失去了这种地位。艾略特将批评界定为"对艺术品的书面评论和说明"②，由此认为批评的功能在于对艺术品的解释和鉴赏趣味的纠正，否定了批评是以自身为

---

① ［英］王尔德：《道连·葛雷的画像》，荣如德译，山东文艺出版社1999年版，第454页。

② ［英］托斯·艾略特：《艾略特文学论文集》，李赋宁译注，百花洲文艺出版社1994年版，第65页。

目的的一种活动。相对于马修·阿诺德和王尔德强调批评的创造性和独立性而言，艾略特更注重创作本身所包含的批评及其重要性。换言之，文学创作本身就包含了批评性的劳动，它既是创造性的，也是批评性的。但是，创作活动本身蕴含了批评活动，这并不意味着批评著作中也包含了创造性，批评性的创作与创造性的批评不能等同，根本原因就在于艺术以自身为目的，而批评却是以它自身以外的东西为目的，因而，批评可以融化于创作之中，而创作却不能融化于批评之中，以艾略特的语言描述，就是"在一种与创作活动相结合的情况下，批评活动才能获得它的最高的、它的真正的实现"①。在艾略特的批评观下，批评家必须努力克服自身的个人偏见和嗜好，努力使自己的不同点和大多数人的判断协调一致，必须具有高度的事实感，使得读者掌握他们在其他情况下容易忽视的事实，以起到纠正读者鉴赏力的作用。如此一来，比较和分析而非创造成为批评家的主要工具。

除阿诺德、王尔德和艾略特外，以乔治·布莱为首的日内瓦学派也主张批评的创造性，不过，他们所提倡的创造性有了不同的含义。基于胡塞尔的现象学思想，日内瓦学派倾向于认为，批评不是一种居高临下的裁判，也不是一种科学的认识客体行为，而是一种批评的认同，这种认同实则是一种创造性行为。因为，在现象学批评家看来，批评就是在自我的内心深处重新开始一位作家的"我思"，发现作家们的"我思"就等于在同样的条件下，几乎使用同样的词语再造每一位作家经验过的"我思"，即作家的纯粹意识。如此，批评就是关于意识的意识，批评家应该再现和思考别人已经体验过的经验和思考过的观念，并以此来表

---

① ［英］托斯·艾略特：《艾略特文学论文集》，李赋宁译注，百花洲文艺出版社 1994 年版，第 73 页。

达自己对世界和人生的感受和认识。这在两层意义上产生了一种诗化的批评或创造性的批评。一方面，批评通过再次体现作者的感性世界，把他人的思想感觉转移到自己的思想中去，这意味着他对原生作品的一种完善，批评的语言成为诗的语言。另一方面，如果说一切文学活动的目的是调和表面上不可调和的诸多倾向，那么，在批评者那里比在创造者那里有更多的调和的机会。如里夏尔所称，批评家的介入拯救了作家散乱不堪的作品，他重建、延伸作品，最后给予其统一性，因此，批评家"依仗诗人的接引，在自我的深处找到深藏其中的形象，这不再是参与他人的诗，而是为了自己而诗化。于是批评家变成了诗人"①。于是，在批评与文学之间，一切差别消失了，批评家在追寻作者的"我思"中，也在用同样的词语表达着自己的人生感悟和意识，批评成为一种创造。

那么，作为创造性批评的极力提倡者，哈特曼理论话语的独特性何在呢？从其哲学渊源来看，主要有二。一是与德里达对各项二元对立中对立项之间主次关系的重新审视有关。德里达以拆解人们思维定式中的二元对立为策略，对以逻各斯主义为中心的西方哲学进行质疑，这种拆解使得那些被人们毫不怀疑地认为占据优先地位的概念从高高在上的位置跌落下来，或者说，使得那些一直被压在下方、处于劣势的概念翻了个身，获得了同等重要的地位。批判之于文学便是如此。长期以来，人们将文学置于批评之上，这主要基于以下两个方面的原因：第一，文学先于批评而产生，从发生学意义上批评落后于文学，属于后来者；第二，批评是关于文学的，外在于文学，即批评的来源是文学，文学作

---

① ［比］乔治·布莱：《批评意识》，郭宏安译，广西师范大学出版社 2002 年版，第 191 页。

品不存在，批评也就不存在，因而从重要性来看，批评依赖于文学，属于非主体的事物。如前所述，德曼、米勒和布鲁姆从不同角度对文学与批评之间的二元对立进行了拆解，将批评与文学等同了起来。在这种思想背景下，哈特曼不可避免地受到了影响，对这种对立关系也进行了审视。但与其说他意在拆解文学与批评之间的关系，毋宁说他试图在两者之间找到一个共同点，使之成为促进批评与创作融合的促动因素，从而拓展英美实用主义文学批评的视野。职是之故，哈特曼笔下批评的创造性便被赋予了新的含义。

　　二是德国浪漫派的诗化哲学思想对哈特曼也产生了较大的影响。德国浪漫诗哲们强调主体审美感性作为同一性的中介功能，认为诗歌和艺术是使无限与有限、自我与非我、经验与超验、感性与理性、个别与绝对等普遍分裂趋达同一的中介，因而审美是通达自由和绝对的必然和理想途径，"理性的最高方式是审美的最高方式，它涵盖所有的理念……哲学家必须像诗人那样具有更多的审美的力量"①。由此让哲学进入诗歌，诗歌成为哲学，诗歌与哲学合一，成为德国浪漫哲学的愿望和抱负，弗里德里希·施莱格尔、谢林、诺瓦利斯、尼采及海德格尔无不对未来的哲学做出了这一设想。因此，在哈特曼看来，德国浪漫哲学既克服了传统经验主义只重视主体经验感性这一局限，又克服了唯心主义专注于绝对、超验的缺陷，把理智直观作为沟通审美感性和先验意识的桥梁，这与他早期的思想不谋而合：现实并非单纯地由"非此即彼"这一简单或然逻辑构成，而是由相互对立着的矛盾双方以"既/又"这一内在逻辑存在着。所以，哈特曼认为，纯

---

　　①　转引自刘小枫《诗化哲学——德国浪漫美学传统》，山东文艺出版社1986年版，第35页。

粹的直观或感觉虽不无价值，但是其自身并非目的，他试图把感觉与理性联系、结合起来，努力寻求一种感性与智性的统一，即他所谓的"智性情感"（intellectual emotion）①。对于批评与文学两者而言，它们之间也并非仅仅外与内、后与先、思想与想象、阐释与被阐释等多重区分关系。相反，两者完全可能在某一个点上交叉融合起来，互相补益，互为拓展。

除了上述两个主要哲学渊源外，哈特曼主张批评的创造性也与抵制文学批评的科学化和方法论崇拜有关。20 世纪文学批评自我意识大大增强，表现之一便是逐渐将自己理论化、学科化、系统化以及教育化，以便能获得与其他学科甚至自然科学同等的合法地位，尤以形式主义批评者为甚。与此相应的是，专业的文学研究者和专家逐渐增多，批评书籍成批量地被生产出来。在哈特曼看来，表面上批评家的地位似乎大大改善了，但实则不然。批评一方面必不可少，而另一方面又寂然无效。因此，那些大批量增加的著述无非就是一些在前人书堆上的增加物而已，而很多批评家则"成为炼金术士，他们对着每一件艺术作品都吹口气，似乎它们都是潜在的宝石"，有些批评家"试图寻求哲学的（或科学的）试金石，希冀着通过改变我们的观点和以社会或符号学的方式重构艺术，来获取对批评的救赎"，还有一些人则"以课堂上的实用测试来判断一切事物的合理性，似乎整个世界都得通过那个针眼儿，或者说似乎只有适应于某一特定群体压力的教育才是我们可以希冀的最好的教育"②。显而易见，哈特曼认为：一方面，人们要拓展文学研究领域，但同时又不应以科学真理、

---

① Geoffrey H. Hartman, *A Scholar's Tale: Intellectual Journey of A Displaced Child of Europe*, New York: Fordham University Press, 2007, p. 15.

② Geoffrey H. Hartman, *The Fate of Reading and Other Essays*, Chicago and London: University of Chicago Press, 1975, p. viii.

社会生产性、教育等任何理由或借口将文学置之脑后；另一方面，在将文学研究视为一门学科时，不应将它与其他学科加以比较，应将眼光向内看，着眼于文学研究本身的特性，即对文本的阅读。换言之，批评仍然处于文学之内，而非文学之外。

由上述可见，在主张批评与文学同一的立场上，哈特曼由于其哲学渊源和反批评科学化趋势而超出了德曼、米勒、布鲁姆的单一视角，既挑战了一种等级的思维方式，又挑战了一种内外的思维方式。在提倡批评的创造性这一点上，他既反对阿诺德和艾略特等贬低或否定批评创造性的思想，也反对王尔德将批评的创造性与文学的创造性对立起来的观点，也与日内瓦学派主张由意识认同体现的创造性大异其趣。哈特曼所提倡的批评的创造性表现在：

第一，既然批评本身超越不了语言，所以它也摆脱不了语言的修辞性，因而批评语言也就成为文学语言，批评也就成了文学，对批评的解读就是一种文学的解读，正如哈特曼所言："我阅读不是为了发现文章如何说明论点或主题的。对我来说阅读文学意味着一种故意的盲目性。我在字词的世界里到处摸索，有时感到这种摸索很快乐。我让自己受到感觉或感情的伏击，忘记了向一个单一的、战胜一切的真理前行。"①

第二，批评本身具有密德拉什般的未确定性和丰富性。在1976 年发表于《比较文学》杂志上的《越界：作为文学的文学评论》（"Crossing Over：Literary Commentary as Literature"）一文中，哈特曼首次较为明确地提出了批评即文学这一观点，该文以《作为文学的文学批评》（"Literary Criticism as Literature"）为题收录于《荒野中的批评》一书。从"文学评论"到"文学批

---

① Geoffrey H. Hartman, *Minor Prophecies：The Literary Essay in the Culture Wars*, Harvard University Press, 1991, p. 207.

评"的变化，与其说是哈特曼的一种修正，毋宁说在哈特曼眼中，两者是同位的，"批评"一词完全可以由"评论"替代。之所以如此说，是因为哈特曼对于密德拉什的极力推崇，以至于将它视为丰富当代文学批评的一种宝贵资源。在他的眼中，密德拉什不能被简化为拉比对《圣经》的注释，面对原初的、主要的文本，它们进行了拓展，或者完全发挥自己的想象力。尽管这些评论或评注又进入了其他文本，一再被重新阐释，但仍然保持着自己的力量，没有消失在文本中。在这样无穷尽的阐释与被阐释中，密德拉什发挥了在极度自由与互相对立中保持平衡的一种能力，反而呈现出巨大的包容性、想象性和丰富性。因此，随着阅读理论的繁殖，以及打开经典后共享伟大的作品要求的增加，哈特曼担心批评会承担一种补偿性的或还原性的使命，从而失去其创造性，所以，他将目光投向犹太释经传统："拉比的阅读模式仍然被世俗批评家忽视，我不是寻求密德拉什本身，而是寻求一种对文学批评领域的丰富或重构……密德拉什对于文学批评比文学视角对于密德拉什更为重要。"①

第三，批评的创造性还体现在对专业术语与概念的创造性使用。哈特曼并不反对哲学批评或者理论，实际上，他对英美批评中对概念或专业术语的排斥耿耿于怀，认为这种排斥使得实用主义批评沉迷于目空一切的对词汇的探求中，从而成为一种不成熟的批评。正如柯勒律治强调通过眼睛而不是用眼睛看一样，哈特曼强调通过理论而不是用理论，"从哲学中拿回属于自己的东西"②。当然，这并非意味着哈特曼主张将哲学思想嫁接到文学

---

① Geoffrey H. Hartman, *Minor Prophecies: The Literary Essay in the Culture Wars*, Harvard University Press, 1991, p. 168.

② Ibid., p. 72.

中，因为这样依然存在哲学与文学的内外之分。在这方面，哈特曼认为肯尼斯·伯克为一大典范。伯克对专业术语进行了饶有趣味的、创新性的发展，他那种混合专业性和口语性的理论模式为英美批评创造性利用哲学与理论提供了一种模式。

综上所述，哈特曼通过对创造性的特殊阐释，意在将一种充满活力的、具有丰富想象性特质的批评引入文学研究，使得批评在自我意识增强的同时不被科学化、体制化和商品化，始终保持着如密德拉什般阐释与被阐释的弹性与活力，在人文学科中发挥自己的能量。当然，对于从不走极端的哈特曼而言，批评的创造性并不意味着它就要排斥理论。相反，文学与哲学的关系决定了批评与哲学的关系。

二　批评：文学与哲学的调和

由实用批评发展而来的英美新批评对理论的排斥和抵制也是根深蒂固的，这种抵制使得实用批评最终陷入了过于狭小的理论视阈，成为实用批评在 20 世纪 70 年代可能失败的原因之一[①]。对"实用"一词的狭隘理解导致新批评者们对诗歌游离于作者意图、读者情感及世俗主题之外而自成一体的推崇，无疑割断了统一情感和思想的自我意识链条，且认为哲学理论上的探讨无助于弥补这种统一。加之为了证明自身并不是非科学的，而是一个连贯的、有认识力的知识分支，有权成为大学文科的基础课程之一，且在其中占领一席之地，以一门学科的身份幸存下来，新批评逐渐经历了一个体制化和职业化过程。如此一来，它用过于狭隘的看法将文学研究封闭在自制的精致的瓮内，与其他人文学科

---

① Geoffrey H. Hartman, *Criticism in the Wilderness: The Study of Literature Today*, New Haven and London: Yale University Press, 1980, p. 286.

失去了必要的结合。由于主张文学研究是一种经验科学，文学是一种用语言加强的思维形式，因此它回避理论在文学领域中的作用。这种对理论的抵制就必然包含着对从其他国家或领域特别是社会科学领域引进和吸收观念的抵制。英美人素有对理论的偏见，他们对于欧陆理论和哲学传统常常加以拒斥，以英国人尤甚，如赫尔曼·凯瑟琳（Hermann Keyserling）在其《欧洲》（Europe）一书中的叙述，英国人的生活并不适合深刻地、清晰地阐释的思想框架，而据称导致英国改革、主张个人独立思想的德国精神，在伊丽莎白时代却成为英国人心目中令人恐惧的恶鬼，甚至知性也被认为是德国造的不良产品①。在哈特曼眼中，英国人对理论的排斥态度尤甚，他以自己关于华兹华斯的第一部著作在英国遭到的冷遇说明了这一点，并将英国人的这种特点称为"英国人的英国性"（Englishness of the English）②。

德里达关于哲学与文学之间界限消解的观点无疑加强了哈特曼关于批评等同于文学的立场，为他进行欧陆批评传统和美国批评传统的结合带来了契机。哲学与文学的对抗在西方早已有之，如德里达所言，"哲学在其历史上曾经是作为诗学开端的某种反省而被确立的"③。言下之意，作为对文学的一种理性反应，哲学是一种与文学截然不同甚至对立的写作与思维模式，文学最初是以哲学来作为自身的一种压抑和约束力量的。形象而言，柏拉图最想将荷马从其上帝般的位置拉下来，而荷马要想得以幸存，

---

① 转引自 Geoffrey H. Hartman, *Criticism in the Wilderness*：*The Study of Literature Today*, New Haven and London：Yale University Press, 1980, pp. 4 - 5。

② Geoffrey H. Hartman, *A Scholar's Tale*：*Intellectual Journey of A Displaced Child of Europe*, New York：Fordham University Press, 2007, p. 17。

③ ［法］雅克·德里达：《书写与差异》，张宁译，生活·读书·新知三联书店2001 年版，第 47 页。

还得看居于最高位的作为哲学家的柏拉图的脸面行事。柏拉图将诗人的欺骗性、煽情性视为对生活的普遍真理、理性原则的一种背叛和挑战，而且认为诗歌在认识论上的不可靠性容易让人误入歧途，因此，他以诗人无助于培养健全的灵魂和理性的公民为由将他们驱出理想的乌托邦王国。柏拉图实行了阿瑟·丹托（Arthur Danto）所说的"哲学对艺术权利的剥夺"（the philosophical disenfranchisement of art）。一方面，柏拉图认为艺术是模仿的模仿，远离真理，因而在认识论上是软弱无能的；但另一方面，他又将艺术视为至高无上的理性的大敌，因而是危险的。因此，丹纳认为，哲学自柏拉图取得具有深远意义的胜利之后，便对艺术采取了两种做法，"要么对艺术进行分析，试图以此萎缩艺术的生命并减缓艺术的威胁，要么视艺术与哲学做着相同之事，但方式却比哲学笨拙，以此承认艺术在一定程度上的有效性"①。换言之，对艺术进行分析就是用哲学的固定术语和概念范畴对诗歌进行去粗取精般的提炼和分析，使艺术成为抽象的哲学概念的文本注脚，而将艺术本身视为哲学来获得自身存在的有效性，则意味着剥夺艺术的独特性，使之成为对哲学的拙劣的模仿。无论哪种做法，都凸显了艺术在哲学面前的一种从属地位。此后，无论是康德"无目的的合目的性"的艺术自律主张，还是黑格尔艺术、哲学与宗教的三阶段学说，无论是浪漫诗哲们对诗化哲学的渴望，还是尼采、海德格尔的诗思，都使艺术最终无法逃脱哲学以认识论优越的姿态对自己的俯视之眼。

但在德里达对在场的不懈攻击中，哲学在认识论上与真理、终极意义接近的神话及权威被打破击碎了。为了揭示形而上哲学

---

① Mark Edmundson, *Literature against Philosophy*: *Plato to Derrida*: *A Defense of Poetry*, New York: Cambridge University Press, 1995, p. 7.

所谓的理性、逻辑、真理等的在场都是虚假的、不可能的梦想，德里达通过采用逐一颠倒等级的方法，把那些按照理性设计、逻辑规范、概念推演建立起来的意义秩序以及按照该意义秩序确定的优先项目进行瓦解。因此，在德里达的解读中，哲学文本所呈现的概念与概念之间的推演也只不过是隐喻之间的替换而已，是一种充满了修辞策略的表述，其间充满了符号能指的自由滑动和游玩嬉戏。由此，哲学文本与文学虚构文本并没有本质区别。在这种意义上，诗歌与系统思想之间的冲突就不复存在，因为如果说吟诵诉诸记忆的荷马诗歌意味着吟诵者迷失在当下而不能做出哲学思考，亦即注重焕发激情的文学作品缺乏引人进入哲学般冷静思考的要素，那么哲学文本也同样如此，它不再指向任何终极真理或稳定的中心意义。在此，文学与哲学似乎都因具有了同样的文本性，已经不再像以前那样形同水火、一争高下，在与哲学进行的多年对抗中，文学取得了全盘胜利，以诗性为利剑侵入了以系统思想和理性思辨著称的哲学领地，使哲学脱去了加于其上的真理的外衣，露出本身能指滑动无定的痕迹，文学语言被成功地持续转化为其他知识领域内的更普遍的术语。人们豁然醒悟，原来文学与哲学情同姐妹、亲如手足。

　　然则，事情并非如此乐观。对于这场自古以来就拉开的论争持悲观论者如马克·埃德蒙森（Mark Edmunson）则认为，实际上，在哲学之后，文学批评展开的不是对诗歌的维护，而是以哲学的替代者身份履行着对文学的统治，"文学批评已经被确定为文学的哲学"①，也就是说，在文学向其他知识领域殖民时，一种反殖民运动正在出现。文学批评从分析性学科包括实证科学中接受的术语数不

---

①　Mark Edmundson, *Literature against Philosophy*: *Plato to Derrida*: *A Defense of Poetry*, New York: Cambridge University Press, 1995, p. 47.

胜数，使得其语言与诗歌和小说的语言渐行渐远，如卡勒所称的理论中的文学性已经面目全非了，而这种批评的理论化倾向无疑使推崇概念统治和规范论述的哲学获得了额外的力量，后者趁机而入，且不再只是在文学旁边驻足思考或评头论足的警示者或劝导者，也不是驾驭其上作种种俯视的观者，而是径直闯入文学研究领域，将自己的概念和逻辑直接推演到了以感性直觉和自由想象为主要的文学疆域，哲学借文学批评完成了自己对文学的统治。所以，埃德蒙森不得不哀叹，不要自以为是地认为哲学与诗之间的斗争在我们这个时代已经结束了，哲学依旧剥夺着艺术的权利，只不过"如今文学的哲学批评占尽优势，在文学批评的领域，柏拉图的后裔显然获胜了"①。埃德蒙森的意思是批评家已经与哲学家而不是诗人站到一起，在概念及术语的怂恿下，以一套自认为所向披靡的知识范畴或体系占领着文学研究的地盘，参与哲学对艺术权利的剥夺。

　　然而，尽管有悲观者如埃德蒙森对文学的哲学批评持抵制态度，并希冀文学能够最终坚守住自己的阵地，同时，也有人对此持积极态度，主张文学批评与哲学批评进行融合，哈特曼便是其中之一。对于哈特曼而言，批评不应该受一种新古典主义的得体原则的影响，柯勒律治的离题的论文、卡莱尔和尼采的奇特的文体、本雅明的散文、布鲁姆和伯克的光彩照人的词句、德里达的言语表达和术语以及弗莱的分类学方面的创造性，无不表明现代批评的一种语言演变。在瑞恰兹之后，信仰或者真实的问题在文学思考中被分裂出去，文学的陈述成为伪陈述（pseudo‑statement），文学的要素被作为不同于哲学或批评的要素而加以甄别，实用批评与哲学批评之间一直进行着旷日持久的战争，且在

_____

① Mark Edmundson, *Literature against Philosophy*：*Plato to Derrida*：*A Defense of Poetry*, New York：Cambridge University Press, 1995, p. 2.

60 年代后由于批评的理论化倾向日益得到了加强。实用批评对思想、哲学或理论等的顽固成见使得它过于排斥从其他学科中引进概念或术语，因而是一种显得不成熟的批评方式，"实用批评从未达至成熟"①。在这里，哈特曼将实用批评对理论的抵制称为一种不成熟的表现，可以看出他受柯勒律治的影响较大。柯勒律治受德国思想的影响颇深，对康德、谢林、费希特、施莱格尔等哲学家的著作的阅读使他对哲学产生了兴趣，并且这种兴趣在他的文学批评中得到了深刻体现。他在《文学传记》（*Biographia Literaria*）一书的首页上说明，该书的主要目标之一是把从哲学原理中推导出来的原理运用于诗歌和批评。此外，按照韦勒克的看法，柯勒律治与他之前的英国作家的不同之处在于，他在对认识论和形而上学的寻求中提出并发展了其美学及文学理论与批评原则。因此，他在文学批评中采用哲学的方法便不足为怪了。《文学传记》为描述和评估诗歌提出了一套系统方法，并创造出诸如幻想、想象、象征等一套术语，试图让这套术语范畴具有超越特定时间与特定情境的普适性，适用于任何文学艺术作品及其代表的经验范畴。瓦尔特·佩特称之为柯勒律治的艺术或想象性产品的哲学，并将其本质概括为把艺术世界恢复为井然有序的世界的一种尝试，以便表明，天才的创造活动与思想的最简单的活动不过是一种普遍逻辑的诸种法则所导致的产品。换言之，柯勒律治将诗歌同化到系统思想之中，把艺术升华为一种更高的力量。他的著述鼓励人们对所阅读的作品进行认识论意义上的追问，以及对方法和体系的热爱，以至于有人将他称为现代排他性职业批评的真正父亲。当然，所谓排他性的职业批评在很大程度

---

① Geoffrey H. Hartman, *Criticism in the Wilderness: The Study of Literature Toda*, New Haven and London: Yale University Press, 1980, p. 287.

上指坚持文学有机统一体说的英美形式主义批评。但在哈特曼看来，柯勒律治作为真正的父亲还有另外一层含义，即他将哲学的、文学的和批评的文本有机地统一在自己的文本中，为英美批评提供了一种成熟的批评风范，而实用批评的所谓实用教条却压制了这一点。他们满足于不需要任何哲学，除非是洛克的经验主义哲学，或者借鉴柯勒律治思想体系说的一种粗陋的有机主义，因此没有从真正意义上继承柯勒律治的批评精髓。

这样看来，柯勒律治的哲学批评如果代表一种成熟的形式，那么排斥哲学的实用批评就相当于不具丰富判断力的孩子，是一种未成熟的批评形式了，这便是哈特曼何以《在实用批评简史》（"A Short History of Practical Criticism"）一文中两次称说实用批评从未达至成熟的原因，也是在《文学批评和它的不满》（"Literary Criticism and It's Discontent"）一文①中将新批评家以及继承者称为"天真的读者"的原因。哲人与孩子，成熟与幼稚，思想与艺术，自古便存在着对立。柏拉图在《理想国》（The Republic）的第十卷中声称，诗歌刺激孩子气的情感，依赖孩子气的轻信，所以让哲学家远离孩子（包括女人），亦即说，诗人及其诗歌是幼稚的，而哲学家及其哲学应该是成熟的，哲学家对诗人的训斥是要长大成人。阿诺德以单纯的、孩子似的字眼来讨论浪漫主义者，认为浪漫主义的价值在于它们的创造力量，而非学问或理性，因为学问或理性正是浪漫主义者所缺乏的。卢梭、华

---

① 该文原载 1976 年的《批评探索》第 3 辑，后以《过去与现在》（"Past and Present"）为名收入《荒野中的批评》一书。华莱士·马丁（Wallace Martin）在次年即 1977 年的《批评探索》第 4 辑上刊发了《文学批评家和他们的不满：对杰弗里·哈特曼的回应》（"Literary Critics and Their Discontents：A Response to Geoffrey Hartman"），而就在同一期，哈特曼撰文《批评的认识情境》（"The Recognition Scene of Criticism"）作为对马丁的一个答复，该文也以原题目收录在《荒野中的批评》一书中。

兹华斯等通过肯定孩子的形象来反对哲学对成熟的固守，也从反面证明了这一点。于哈特曼而言，实用批评如同孩子般不成熟，源于它把哲学领域或者富有理性的评论排除在文学领域之外，如华莱士·马丁（Wallace Martin）所言，"大多数新批评家都是诗人，他们没有妄想成为欧洲意义上的学者"。也许美国诗人威廉·卡洛·威廉斯（William Carlo Williams）的声言能证明这一点。威廉斯在 20 世纪 20 年代宣称，事物除了本身以外，根本就不存在什么观念，因而诗歌除了排列着的词以外，不附带任何思想或理论的附属物，居于最高地位的就是那些被凸显出来的词语本身，诗歌以此来保证自己的整洁和纯净。威廉斯对诗歌无瑕的宣称与他把美国诗歌从欧洲思想的影响下解放出来的立场有关。当然，马丁是在为新批评派们辩护，指责哈特曼过多地沉溺于一种含有德国或大陆思想遗风的智力游戏。然而，哈特曼却认为实用批评本身就暗示了理论是某种不实用的、深奥的东西，因此他们的有机体说成为一种"有条理的天真"（organized innocence），新批评家进而成为"天真的读者"。在哈特曼眼中，欧洲人把理论作为一种活生生的和描述性的模式加以把握，他们的观念并非一种分离出来的单独的实体，如马克思、胡塞尔、海德格尔等伟大思想家的作品其实是最富有试验性的虚构，每一位思想家都凭借并依次产生着他自己的一种文本背景。这种文本背景不只是理解这些思想的素材，而是一种在批评的、哲学的和文学的文本主体中理解自身。但是，由于某种原因，柯勒律治终究没有将自己的哲学批评在英国发扬光大。那么，哈特曼极力主张将大陆哲学批评引入英美批评，以弥补英美实用批评传统在理论上的不足或缺陷，在某种意义上，可以说是在步柯氏后尘，继续着其未竟事业。

第二节　作为批评文体的随笔

哈特曼寻求一种将哲学批评与实用批评结合起来的批评模式，目的在于使美国批评摆脱英国批评的规范和文本规则，寻求一种具有美国特色的文学批评。柯勒律治的文学形式的哲学虽然给予了他极大的启示，使他意识到美国实用批评在 70 年代由于其狭隘性陷入危机后转向欧洲大陆寻求借鉴的必然性和必要性。一方面，这是哈特曼对当时文学批评理论化倾向做出的一个积极反应，也是批评的职业化和体制化倾向所引发的一个必然结果。另一方面，哈特曼并没有仅仅停留在批评的理论层面。与文学批评的哲理化即文学与哲学之间的关系一同被思考的，还有批评与文学本身的关系。后者对于哈特曼来说，无疑是一个更具有当代意义的问题，因为文学性疆界的无边流动给文学概念本身带来极具丰富意义的变化，如何来界定与文学有着密切联系的文学批评就显得急迫而必需了。

与德曼、布鲁姆和米勒就批评之于文学的关系进行的逻辑演绎和阐述不同，哈特曼没有将任何理论或思想体系作为自己的出发点。他在《荒野中的批评》一书中的开篇之言便表明了这一点："本书与其说是对于文学研究的一个系统的辩护，还不如说是一本关于经验之谈的书。为文学批评所作的最好的辩护就是开展这种批评……随之而来的是我把对批评的理解与对文学作品的理解结合在一起的尝试：事实上，应当把批评看做是在文学之内，而不是在文学之外。"① 这往往让人感到迷惑。先且不论其观点如何，哈特曼一方面将新批评家们贬斥为害怕理论的洛克经

---

① Geoffrey H. Hartman, "Introduction" to *Crticism in the Wilderness*: *The Study of Literature Today*, New Haven and London: Yale University Press, 1980, p. 1.

验主义哲学者，声称将以系统思想与概念范畴为特征的哲学批评与实用批评结合起来，建立一种不拒斥理论但又不过高估计理论的批评，但自己却又从经验的而非系统思考的角度出发来进行批评，而且还是一种尝试，亦即自己所践行的并非一种成熟意义上的批评。如果说哲学批评意味着信赖形式范畴，致使人们像形而上学哲学家对待整个经验那样来对待文学经验，即把它置于概念的控制之下，继而想象出某种上帝般的超然和权力，这才是一种成熟的批评，那么，既然哈特曼自己尚处于一种尝试的、经验的而非系统的立场，缘何还要指责新批评的不成熟呢？这岂不是言行不一而自相矛盾？如果真是这样，如何去理解哈特曼所积极倡导的那种理性的、哲性的批评呢？他又如何通过自己的批评实践来弥补哲学批评与实用批评之间存在的鸿沟呢？

一　纯净的危险

其实，这主要归于哈特曼在批评文体这一问题上的立场。对于哈特曼而言，文体的问题就是方法的问题，因为批评的语言是在一种被采用的文体中被处理的，如何寻求一种应答性文体即可以进行理性传达的文体，成为哈特曼在哲学批评和实用批评之间进行调解的一种努力。在此方面，哈特曼特别推崇英国 19 世纪维多利亚时代散文家、历史学家托马斯·卡莱尔（Thomas Car-lyle），将其视为哲学批评家们的先驱。他将卡莱尔的《旧衣新裁》（*Sartor Resartus*）①一书的文体称为一种"古怪的、模仿鸟"

---

① 英文名为 *The Tailor Retailored*，中文译作《拼凑的裁缝》，写于 1832 年。由于该书的写作风格在当时看来很怪异，出版商拒绝出版，所以 1833—1834 年在伦敦《弗雷泽》（*Frasier*）杂志上分期发表。随后影响力逐渐增大，引起广泛的注意。1836 年于波士顿正式出版，爱默生为书作了序。小说的英文版在 1838 年出版，在欧美引起了强烈反响。

式的文体，因为该书的写作风格很难归类。它借一位虚构的德国哲学家托尔夫斯德吕克先生（Diogenes Teufelsdröckh）的生平故事及其有关衣服哲学的奇谈怪论，展现了卡莱尔丰富深邃的思想和奇崛超凡的想象。但是，其间虚构与事实交错呈现，讽刺与严肃互渗并存，思辨与历史层叠并置，所以既非严格意义上的哲学论著，也非纯然的情节虚构小说，更不是单纯记录生平思想的传记。或者反过来说，它既是充满思辨哲思的小说，也是小说笔法的哲学著作，等等，不一而足。且文本中断片式的叙述、引语以及残章断节从形式上消解了评论与小说之间的界限和差别。哈特曼认为，正是从这种独特的文体视角，卡莱尔提供了 19 世纪中晚期英国思想界与欧洲大陆思辨哲学的微妙关系，因为它将德意志气质、斯威夫特式的趣味和英格兰朴实的古语法三者杂糅一起，充满了一种日耳曼式的传统，一种被德语污染的丰富而粗糙的英语①。也就是说，卡莱尔文体是一种混杂的文体。在哈特曼看来，正是这种混杂文体促进了一种不同的批评习语，一种狂热的批评类型取代了一种英国的类型。无可置疑，这种英国类型是指阿诺德所主张的那种古典的、得体的、有所抑制的英国文体类型。因为语言与社会中的每一方面都产生接触，语言的得体、理性就与资产阶级的社会的和政治的抱负相联系。当处于升势中的中产阶级想通过文学这一所有被说和被想的事物中最美好的东西来提高人们的鉴赏力，培养人们的价值判断力，以巩固自己的统治地位时，清晰、明白、恰当的意义便成为可理解性的标准，也成为更具有决定性的文体类型了。但是，这种得体的原则受到了卡莱尔的强烈攻击。他对于新古典文体原则的攻击，对一直关注

---

① See Geoffrey H. Hartman, *Crticism in the Wilderness: The Study of Literature Today*, New Haven and London: Yale University Press, 1980, pp. 49 – 50.

狭隘的英美批评的哈特曼而言，与其说意味着对英国功利主义的商业文化道德的批评，毋宁说更多地意味着对哲学批评的引进，或者说对英国知识分子狭隘的生活的批评。《旧衣新裁》向得体原则提出了挑战，意味着对纯净和纯正的英美文学和对话式的文学批评提出挑战。

换言之，文体的问题与净化问题密切相关，或更确切地说，不存在纯正的文体一说。哈特曼不承认文体之间的确切界限，认为确立一种文体的确切界限是不必要的。他曾把这种文体的确切界限称为恐怖行为。一种理想的文体就如温克尔曼所提倡的"高贵的单纯和静穆的伟大"的理想美一样，是古希腊艺术感性的和精神的、想象的和理智的平衡，这种平衡在一种静穆形式的范围内、在非凡的人类的躯体中被把握。相反，对于文体的纯正的追求会适得其反，往往使人们对被排除在纯正以外的即所谓那些不纯的东西更感兴趣，而这些不纯的要素恰好是要被删除、取消、掩盖、否定、抑制的。哈特曼对于纯净或净化的问题一直持反对态度，且对之心有余悸，因为纳粹分子以种族净化为借口所带来的血腥屠杀一直是其心中挥之不去的一团阴霾，使他认为任何对于纯净或者恢复原状的要求都是危险的。而且，人类社会中存在着诸多关于纯正的理想——人类学的、宗教的、人种的、科学的、文学的，这些关于纯正的理想倾向于互相交叉，并创造出一种不可能完全被理清的复杂的纯正。但无论寻求纯正的动机是什么，除了宗教是它的主要战场之外，语言也被牵涉其中。因此，在哈特曼看来，对于英美诗人来说，他们相信净化语言能够消解一种历史的和科学的观念，也就是说，他们对于一种精神的或者理智的额外负担持有一种不信任感，所以通过参与语言的纯净化来施行对理性的变革。他们对于象征的青睐以及对想象的诗歌的抑制无不证明了这一点。由此，艾略特等现代主义者把诗人的批评和理智的能力当作纯洁化的能力，当作在尚未被润饰为诗歌语言的纯粹概念或术语中间进行渗透的能力。

　　如果说卡莱尔文体是从一个文学家的身份对纯粹小说文体提出的一个挑战，那么，在哈特曼看来，德里达《丧钟》（Glas）一书则是在更广泛的意义上对哲学的、文学的以及批评的文体进行混杂的一个卓尔有效的大胆尝试。在这本被哈特曼称为"非书"（nonbook）的、反百科全书式的著作中，与其说是德里达通过将黑格尔《精神现象学》的哲学文本与热奈特《小偷日记》的小说文本并置起来相互阐释参照，来对自己关于书写、延宕、散播、自由嬉戏、嫁接、文本性等概念进行一种有效的文本阐释，毋宁说是德里达将不同题材的东西给予蒙太奇般混合在一起，通过这种方式对一种得体的、纯净的文体提出挑战，无论是哲学的、文学的或是批评的。因为既然所有的学科都无法逃逸出语言设置的藩篱，且最终都归结为语言问题，语言本身又是一系列能指链条无限滑动、无止境替换和自由游戏的结果，并不指涉任何外在意义，也不标明某种意义的在场。作为西方整个形而上哲学的母题和全部意义所在，在场孕育了起源、终极目的、本质、主体、意识、上帝、先验性等概念，预设了原则、中心、基础的实存。当这些概念和实存从语言中被掏空，语言只留下一堆漂浮不定的、以差异限定自身存在的能指的符号时，语言问题本身得以凸显和前景化，以前受到束缚的所有概念、原则、意义等皆隐身后退为背景性存在。在此种意义上，只有文本以及文本之间的互动。因此，无论哲学的还是非哲学的，文学的还是批评的，"一切不同学科的性质都归结于相同的语言问题"①。甚至整

---

　　① Geoffrey H. Hartman, *Saving the Text*: *Literature/Derrida/Philosophy*, Baltimore and London: The Johns Hopkins University Press, 1981, p. 23.

个人类的生存境况都同属于语言问题。语言由于其修辞性在本质上并非透明，具有内在不确定性，如哈特曼称之为"自决的不确定性"（self‐determined indetermination），那么表现为语言问题的文体问题便可显而易见了。

德里达对语言的独特理解以及对文体的大胆尝试，无疑对文学及文学批评带来极大的冲击力。"如果德里达对法国和英语国家中文学专业的学生产生影响力的话，那么，毫无疑问，这一定是因为他那种对文体的完全非神秘的、专业化的理解，即文体是个人对语言这个非个人中介的随意挪用，以及语言对企图或目的的净化方式以及凸显语词控制力的方式。"① 这正是哈特曼对德里达《丧钟》一书的文体加以关注的原因，因为哈特曼身为一个文学批评家，自然而然地从文学的角度而非哲学的角度来研究德里达，试图发现他对于文学思想的价值和意义。将哲学视为充满多重引语的文本（包括小说文本）间的相互评论和嫁接，这种消解文类界限的做法无疑对净化或纯正问题持攻讦态度的哈特曼产生不小的吸引力，也正契合了他打算将美国的实用批评与欧洲大陆哲学思想合而为之的初衷。可见，哈特曼对《丧钟》一书文体情有独钟便事出有因了。

二 作为应答文体的随笔

如果说卡莱尔的《旧衣新裁》代表的是一种文学文体，德里达的《丧钟》代表的是一种哲学文体，那么文学批评应该采用一种什么样的文体呢？尽管哈特曼主张消除文学与批评之间的寄主与寄生、主要与次要之分，但是仍然认为两者之间存在文类

---

① Geoffrey H. Hartman, *Saving the Text*: *Literature/Derrida/Philosophy*, Baltimore and London: The Johns Hopkins University Press, 1981, p. xxv.

的区分，就正如人与人之间终究会有性别差异一般。因此，他对那种"男女不分"即与文学形式混淆不清的批评写作表示不满，因为这种形式以类似文学虚构的技巧为自身增添了趣味，但却削弱了解释的力量，毕竟批评家写出来的是批评而非虚构小说，他不能将自己的主观想象强加于艺术品，并以此来破坏艺术品本身。另外，由于主张批评的诗性和创造性特质，哈特曼对于那种采用普通文体、在方法上就显出自己略逊一筹和谦卑地位的批评家或解释者同样给予非难。在他看来，此类批评家在对作家或作品的评论中压抑自己，但却极尽自己情感之能事去追求文本的完整性，以此来显示自己批评的客观性、主题与文体的一致性。这类批评家的文章（article）在低迷的学术期刊市场上进行销售，严格遵守学术文章的冰冷规则和要素，它们表现出理性冷静，显示出批评者的读写能力，遵循原文字面意思，见解锋利敏锐，但同时却将想象力弃之身后，使得自己对文学作品俯首顺从，使批评受到约束而了无生气。

　　规范化的学术文章一直是职业化批评写作的标准模式，而哈特曼何以对批评论文或学术文章加以如此非难呢？在学术批评中，学术性文章之所以受到重视，是因为它们从内容上和结构上体现了学术写作要求的完整性、系统性、理论性及其普适性、清晰性、逻辑性，目的在于寻找一种正确的、最终的阐释作品的答案和方式，如沃尔特·佩特所评价的那样，专题论文实质上是以公理或定义开始，成为独断哲学的一种工具，因此，从写作手法上是一种"主题式的、短暂的、新闻式的或技术性的"①，或者如克里斯·安德森（Chris Anderson）所称，学术论文是"排斥

---

① Marie Hamilton Law, *The English Familiar Essay in the Early Nineteenth Century*, New York, 1934, p. 7.

非专业读者"①的一种技术性的、专业化的和深奥的写作。对于学术文章的特点，也许加斯（William H. Gass）的描述更为全面。加斯认为，为了给人以严肃认真的印象，学术文章以牺牲魅力、优雅或雅致为代价，努力使自身成为惹眼的、独创的、有价值的，"它必须显示自己是完整的、直接的、有脚注的、有用的、确定的……它伪称一切都清晰无误，其论点无懈可击，无要害处可寻，参考合乎规范，连接遵循常规；它的方式刻板乏味，就如同在什么场合应该穿什么衣服；它知道……用什么词语，采用什么形式，尊重哪些权威；它是专业人士精心打造的产品……是为了能迅速葬于期刊而生……是学术努力的结果"②。所以，在认为"批评的天敌是新闻工作者"③的哈特曼看来，这种强调客观、确定及一致的批评文体理应受到极力排斥。安德森、加斯最终也倡导抛弃限于学术规范和进行学术维护的论文，而像爱默生那样撰写极具个人色彩和开放性的随笔。不过，与他们不同的是，哈特曼在20世纪70年代就已经认识到这一点，比他们早了十余年。

批评家既不能像王尔德所倡导的那样全凭主观个人感觉行事，亦非如艾略特所主张的那样逃避个人情感，"扔弃自己的个性，但绝非无所保留，保存精确无误的分量，以满足使自己的批评充满生气的需求"④。对于文体问题关心甚笃的哈特曼而言，墨守成规的论文（article）不是在"艺术与批评之间制造合适有

①　Chris Anderson, "Essay: Hearsay Evidence and Second - Class Citizenship", *College English*, Vol. 50, No. 3, 1988.

②　William Gass, *Habitations of the Word: Essays*, New York: Simon, 1985, pp. 25 - 26.

③　Geoffrey H. Hartman, *Criticism in the Wilderness: The Study of Literature Today*, New Haven and London: Yale University Press, 1980, p. 257.

④　Geoffrey H. Hartman, *The Fate of Reading and Other Essays*, Chicago: University of Chicago Press, 1975, p. 268.

用的距离"，而是在两者中"制造分裂"，在"艺术家和裁决者之间划定界限，使两者各自拥有自己的特权而禁止僭越"①。在哈特曼看来，这种界限的划定和等级的设置体现了对艺术和批评采用官僚政治与管理式的解决方式，是一种粗暴强制的方式。但将艺术与批评混为一体或者将批评家的想象力强加于艺术作品之上，也是不可取之道。那么，是什么样的批评文体既能体现批评的哲理性，又能体现批评的创造性，同时又能淋漓发挥解释的力量呢？是什么样的文体既能将批评从文学中分离出来，以改变批评与文学混淆不清的状况，同时又能使自身保持在文学之内而不失去文学的特性呢？哈特曼理想中的这种文体便是随笔（essay）了。在《阅读的命运》一书中，哈特曼就对随笔这一形式给予了积极的肯定，认为"我们再不能回到佩特或罗斯金，或最优秀的赫兹里特和柯勒律治那儿去了，因为我们被期望承载的历史实证知识量过于庞大，但是他们赋予了随笔一种尊严，而在自己更专业化和更沉重的形式中，随笔不必丧失这种尊严"②。毫无疑问，哈特曼所强力维持的随笔的尊严，意指在将批评科学化、系统化、专业化、学术化、职业化的新批评家、结构主义批评家等所做出的一系列努力中，随笔作为一种批评话语不应被置于无权言说的边缘地位，这种"尝试性的、常常自反的、有结构的但非正式的"文体能够与"评价性或历史的批评赋予其主体的严格性"③进行调和，成为一种新的、富有生命力的、带领批评家走出荒野的希望。随后在 1976 年的论文《跨界：作为文学的文学评论》（"Crossing Over：Literary Commentary as Literature"）

---

① Geoffrey H. Hartman, *The Fate of Reading and Other Essays*, Chicago：University of Chicago Press, 1975, p. 269.

② Ibid., p. 270.

③ Ibid., pp. 268 - 269.

以及 1980 年出版的《荒野中的批评》一书中，哈特曼更将随笔作为批评的文体加以高度重视。那么，哈特曼为何将随笔与当代批评联系起来并赋予其如此重要的地位？

在汉语中"随笔"一词最早出现在南宋文人洪迈的《容斋随笔》中。之所以称自己所作之文为随笔，洪迈称是因为"予习懒，读书不多，意之所之，随即记录，因其后先，无复诠次"①之故。可见，洪迈手中的"随笔"一词表示一种对杂感心得零碎的、不成系统的记录，含有随时、随地、随意而为的意思，有一种信手拈来的意思，是一种极具个人色彩的写作，但并没有成为一种文体化的散文体裁，它真正作为文体意义的随笔文体是五四前后从西方引进的。在西方，essay 一词最早的英文拼写是 assay，意指"测试"、"尝试"、"试验"，后通过法语词 essai 而具有了现在的拼写形式。从词源上看，它融合了拉丁词 exagium 和希腊语 krinein，前者表示标准的重量或衡量的意思（与 examine 的拉丁词根一样），表明对某一事物从各个方面、不同的角度进行尝试、探索、试验，但不是以一种系统和详尽的方式，因此也就有了一种不确定的特性；后者表示区别、洞察的意思，与 criticism 的词根相同，可见 essay 一词本身就包含了 criticism 的最初含义。在近两百年后，约翰逊博士（Dr. Samuel Johnson）在其词典中将 essay 定义为"思想的轻松远足，无章可循的杂然篇章，无规范组织的写作"②。虽然随笔形式古已有之，如西塞罗（Cicero）、普鲁特拉克（Plutarch）等的书信作品等，但 essay 作为现代随笔的指称却滥觞于 16 世纪的法国，由当时的人文主

---

① （宋）洪迈：《容斋随笔》，岳麓书社 1994 年版，第 1 页。

② E. L. McAdam and George Milne（eds.），*Johnson's Dictionary: A Modern Selection*, London: Pantheon Books, 1963, p. 167.

义思想家蒙田（Michel Eyquem de Montaigne）所创，其《蒙田随笔全集》（*Essais*）堪称哲学随笔的典范，汇集了对 16 世纪各种思潮和知识的分析，开创了随笔式作品的先河。其中，既有对日常生活、传统习俗的风味趣谈，也有对人生哲理、世事百态的冷观沉思；既有对自己的分析与剖解，也有对古人如柏拉图、荷马、薄伽丘、拉伯雷、维吉尔、卢克莱修、贺拉斯等的睿智评述，旁征博引，娓娓而谈；既使作品的文学趣味陡增，也给人以智性沉思之感。

那么，作为一种文体，与洪迈所述的随笔相似，与约翰逊博士的定义相仿，蒙田的随笔也带有随机而为的性质，它是一种高度个人化和自由的写作方式，也就是哈特曼所称的非正式特点，法国的文艺复兴研究学者弗洛伊德·格雷（Floyd Gray）称之为一种"轻松的、非教条式的写作"①。这可从蒙田谈论自己文集的结构布局中看出。他说："我安排自己的论点也是随心所欲没有章法的。随着联翩浮想堆砌而成；这些想法有时蜂拥而来，有时循序渐进。我愿意走正常自然的步伐，尽管有点凌乱。当时如何心情也就如何去写"②。换言之，这种文体因其随意性和尝试性，不具备普通文体进路的线性特征和结构的统一完整性，也缺乏严格意义上的逻辑推演，而是一种断片式的、并列式的以及开放式的写作方式。然而，就是以这种灵活而非正式的文体，蒙田随心如意地表达了对自己乃至整个人类经验的思考和看法，也以这种尝试而无定论的文体，表达了"我知道什么？"的怀疑主义

---

① Floyd Gray, "The Essay as Criticism", in Glyn P. Norton (ed.), *The Cambridge History of Literary Criticism* (Volume Ⅲ), Cambridge: Cambridge University Press, 1999, p. 272.

② ［法］蒙田：《蒙田随笔全集》中卷，潘丽珍等译，译林出版社 1996 年版，第 82 页。

精神。因此，蒙田的随笔是一种具有高度自反性的文体，具有强烈的主体色彩。蒙田在随笔集开篇中就指出"我自己就是这部书的题材"。换言之，随笔在强调对世界的具体感知、对现实世界的纷乱和杂乱无章进行解释的同时，同时也是向内的，它趋向于自我的内在空间，注重内心活动的真实体验。这就意味着自我意识的觉醒和展现。

同时，随笔本身展示了一种与读者或听者的关系，是一种个人对个人的直接交流。因此，随笔一半是说者的，一半是听者的，如斯塔罗宾斯基（Jean Starobinsky）的评价："写作，对于蒙田来说，就是带着永远年轻的力量、在永远新鲜直接的冲动中，击中读者的痛处，促使他思考和更加激烈地感受。有时也是突然抓住他，让他恼怒，激励他进行反驳。"① 由此，随笔的自由不仅意味着作者或说话者的自由，也意味着读者或听话者的自由，因为随笔提供的并不是一套确定无疑的话语，并将这套话语强加在读者或听话者身上，以限制或禁锢他们的反应。相反，它呈现在读者面前的是多样性事件以及充满矛盾的、没有定论的思想，如蒙田所称："我不能让我的主题固定下来，只能让它如醉酒般踉跄而行"②，以此来激发读者的想象力，使"一个有能力的读者在别人的作品中除了发现那些作者明显置于文中的精髓外，还可以发现别的思想，并且赋予这些思想更为丰富的含义和意义"③，因而使他们能够成为主动的探索者而非被动的受训者。在哈特曼看来，这就是一种能引起反应的（responsive）或

---

① 转引自郭宏安《文学随笔：一种自由的批评》，《外国文学评论》2004 年第 4 期。

② Michel de Montaigne, *The Essays of Michel de Montaigne*, trans. and ed. M. A. Screech, London: Penguin, 1991, p. 907.

③ Ibid. , p. 144.

可应答的（answerable）文体①，也正是文学批评本身所强烈要求的。蒙田的随笔集第一次出版于 1580 年，1603 年被翻译成英文在英国出版，esssi 一词也随之流行开来，特别是在英美国家，对弗兰西斯·培根（Francois Bacon）、洛克、赫兹里特（William Hazlitt）、爱默生（Ralph Waldo Emerson）、托马斯·曼（Thomas Mann）博尔赫斯（Jorge Luis Borges）德·昆西（Thomas de Quincey）以及兰姆（Charles Lamb）等文人产生了尤甚的影响。诺思洛普·弗莱在 1957 年出版的《批评的解剖》一书的书名上也加上了"四篇随笔"字样（*Anatomy of Criticism*：*Four Essays*），也在该书导言的开篇之首中对随笔做了一番解释："本书由四篇试图从宏观的角度探索关于文学批评的范围、理论、原则与技巧等问题的随笔组成，而'随笔'一词在原初意义上就是指尝试性的或尚未形成定论的努力。"②

可见，哈特曼对随笔的青睐源于随笔作为一种文体所具有的丰富特征，它对现实生活给予关注的同时，张扬个性和自由，关注自我意识，激发读者意识，追求未确定性。也正是因其内容的丰富性，随笔的形式也就具有了多样性，或者说因没有了固定的形式而成为一种无形式性的形式。那么，对随笔究竟属于什么类别也从无定论，众说纷纭，比如有哲学随笔，文学随笔，历史随笔，政治随笔，等等。

如前所述，学术论文满足学术系统性、客观性、完整性和理论性等的要求，成为批评专业人士的宠臣。而如洪迈所称的"意之所之，随即记录"的随笔则因直觉随意、充满修辞、旁征

---

① 国内有学者翻译为"负责任的"，本书作者认为，哈特曼强调批评更多地作为一种对文本的反应和想象，翻译成"可应答的"或"可引起反应的"更为贴切。

② Northrop Frye, *Anatomy of Criticism*：*Four Essays*, Princeton, New Jersey：Princeton University Press, 1957, p. 3.

博引等个性化的表达手法，理所当然地被排斥在学术批评的考虑
之外。但是，自现代随笔诞生以来，批评随笔不计其数，如阿诺
德的著名随笔集《文学随笔和批评随笔》（*Essays：Literary and
Critical*）。直到 20 世纪初，在唯美主义思潮的影响下，随笔才作
为一种独立的艺术形式得到一批思想家的重视。

　　20 世纪对随笔的研究较为突出和较有影响的应该是乔治·
卢卡奇（Ceorg Lukács）和阿多诺（Theodor Wiesengrund Ador-
no），前者对哈特曼影响非常大，就正如他自己所称，自己"被
卢卡奇论述随笔的论文深深地吸引了"①。那么，卢卡奇对哈特
曼的吸引力何在呢？这主要在于卢卡奇将一种独立的地位和存在
价值赋予了随笔，这也正是极力维护文学批评的独立性的哈特曼
所追求的。卢卡奇在 1910 年发表的《论随笔的本质和形式》
（"On the Nature and Form of the Essay"）②其实就是对"什么是随
笔"这一问题进行回答的一篇论文。

　　卢卡奇从三个互为逻辑关联的方面阐述了随笔的现代特性。
第一，随笔是一种艺术形式。第二，随笔是适用于批评模式的唯
一艺术形式。第三，随笔作为批评模式并不仅仅作为后来者解释
或阐发作品，其本身也具有创造性。卢卡奇认为，随笔这一形式
因与科学、伦理学和艺术处于一种原始的、未分化状态而一直身
份不明，从未真正踏上独立之路。所以，他致力于赋予随笔一种
自身的形式和尊严，避免将随笔与科学混为一谈，从而使之成为

---

①　Geoffrey H. Hartman, *Criticism in the Wilderness：The Study of Literature Today*,
New Haven and London：Yale University Press, 1980, p. 195.

②　该文的德文题目是"Uber Wesen und Form des Essays：Din Brief an Leo Pop-
per"，最初被收录进卢卡奇 1911 年出版的文学理论论文集 *Die Seele und die Formen*，
后由波斯托克（Anna Bostock）翻译为《心灵与形式》（*Soul and Form*），表现了在唯
美主义影响下卢卡奇为艺术形式的独立进行辩护的立场。

一种艺术类型，即"随笔是一种艺术形式"①。卢卡奇并未就此停止，接着，他将这种艺术形式转向了批评。受沃尔特·佩特《柏拉图和柏拉图主义》（*Plato and Platonism*）一书中观点的影响，卢卡奇认为随笔本身呈现了一种对话或者辩证关系，具有自身的形式，而"形式就是批评家写作中的现实，是批评家对生活发出问题的声音"②。也就是说，随笔是作者为了表达自己对生活的批评利用书写事件的结果，即书写只是作者表达自己思想的一个起点，一个跳板。因此，随笔作为由蒙田开拓出来的一种文类，理应成为唯一恰当的批评模式。同时，与诗歌给人一种个人生活的幻觉不同，随笔揭示的是生活的理想及理想的实现，它经历了"内在与外在、心灵与形式统一起来的神秘时刻"③，并因此创造了区别于自然的自身的形式。因此，在卢卡奇的论述中，随笔作者集批评家以及创造者身份于一体。

显而易见，卢卡奇的观点契合了哈特曼关于创造性批评的设想。把批评活动从自身附属的评论功能中释放出来，关注其反省的、自我批评的内在倾向。当然，哈特曼关注的不是作为纯粹文学形态的随笔，因为这种随笔虽然注重直接的感受经验和鉴赏式的批评方法，凸显一种充满层次感、力度感和生活感的个性语言，关注文学本体，但是，它却排斥注重自身的理念形态，这对致力于融合哲学批评和实用批评的哈特曼来说并非最佳选择。在这种意义上，哈特曼借用 A. W. 施莱格尔的术语"理性诗"（intellectual poem）来称呼随笔。它"将自己界定于理性生活之中，但同时又体现如此众多的鲜活思想，以至于将它较为狭隘的

---

① George Lukács, *Soul and Form*, trans. Anna Bodtock, Cambridge, Massachusetts: The Mit Press, 1974, p. 18.

② Ibid., p. 13.

③ Ibid., p. 8.

评判功能扩展到了诗歌的形式中"①。换言之，随笔以诗歌（广
义上）的形式来表达一种对生活的理性和哲性沉思，既发挥着
自身的批评功能，又与生活保持着联系，将阿诺德意义上由文学
实现的对生活的批评转移到批评领域，从而将批评与文学等同起
来，实现创造性批评而非学术性批评的理想。之所以说是理想，
是因为哈特曼认为作为理性诗的随笔很少存在于文学批评或文化
批评领域。对于大多数批评而言，它们仅仅是关于文学的，没有
自身成为文学的抱负。或如前面所述，它们常以专题论文的形式
出现，服从于评论或参考的功能，成为某种事物的一种附录。但
作为片断的、非连续性的随笔却能够在文本概念盛行的时代中，
成为拯救文本的希望所在，因为随笔这一批评文体使得主体得以
复活，成为一种富有生命力的能量。这也是他在《拯救文本》
一书的最后一章《字词与伤害》（"Words and Wounds"）中对德
里达提出反对声明（counterstatement）的原因所在。在德里达对
黑格尔和热奈特的文本的阐释中，主体的问题被悬置起来，连
"黑格尔"的名字"Hegel"也被德里达加以戏说（aigle，一种
鹰）。与之相对，哈特曼认为，"我们必须学会不仅在字面上阅
读，而且也要听到言语，听到在词句中的言语，亦即听到它所暗
示的愿望的意象"②。

卢卡奇将随笔作家称为先驱者、批评家以及创作者，阿诺德
在《当代批评的功能》一文末尾将批评家称为仅仅向文学这一
希望之地远远致敬的人。两者相比，哈特曼更倾向于前者。阿诺
德强调批评的功能，但是在哈特曼看来，这种功能只是通过激起

---

① Geoffrey H. Hartman, *Criticism in the Wilderness*: *The Study of Literature Today*,
New Haven and London: Yale University Press, 1980, pp. 195 – 196.

② Geoffrey H. Hartman, *Saving the Text*: *Literature/Derrida/Philosophy*, Baltimore
and London: The Johns Hopkins University Press, 1981, p. 128.

一种活生生的观念而为文学做准备。阿诺德也预言了创造性批评时代的来临，但不免对于理性的想象的文学多了一些悲观色彩。哈特曼将阿诺德表示预见性的话写在《荒野中的批评》一书的扉页上①，表达的却是更多的希望和渴求，"荒野应当是希望之乡，而不是相反"②。

三　批评的艺术

哈特曼对艺术持双重态度。一方面，艺术之所以成为艺术，原因在于其自身，因此它拒绝被置于任何理性的名义之下，或者拒绝被视为任何官僚政治的理论基础。这很容易使人想到康德提出的艺术的"无目的的合目的性"一说。康德把艺术从粗俗的日常生活占用中拯救出来，使艺术免遭各种政治文化观念和意识形态的挪用，主张艺术可以表现经验，但是不能跟日常生活有丝毫关系。这意味着，通过艺术我们可以获取有关理性和认知的形式，但它跟生活之间必须保持它应当保持的距离。对康德这种艺术远离生活的观点，哈特曼持一种保留态度。他认为，虽然每一件艺术品和每一篇被阅读的作品都是潜在的自由的一种展示，在不同的社会制度下能够以相应的方法创造一种自身的表现形式，并可以摆脱政治的、宗教的或者心理学的干涉，但艺术应当与社会生活之间保持着一种对话而非一种单向关系，是一种令人愉悦的和容易获得反应的活动。同时，虽然艺术可无涉于政治、宗教

---

①　此段话是："埃斯库罗斯和莎士比亚的时代使我们感受到他们先前的名望。文学的真正生命无疑是在类似这样的时代之中；有一块希望的土地，批评只能够对它作出召唤。这块希望的土地并不是我们可以进入的，我们将死于荒野；但能够从远处向它致敬，这在同时代人中已经是最高的荣誉了；当然它将成为赢得后世尊重的最好的头衔。"此处参照了张德兴的译文。

②　Geoffrey H. Hartman, "Introduction" to *Criticism in the Wilderness: The Study of Literature Today*, New Haven and London: Yale University Press, 1980, p. 15.

等，但通过艺术，人们可以感受到一种较高层次的理性，这种理性是文学理论及其他人文学科诸如人类学、心理学和符号学等所要努力把握的。这使我们想起前面提到的哈特曼对形式主义的定义。另外，哈特曼认为，艺术与政治之间又存在着复杂的关系。在其早期关于马尔罗的书中，哈特曼为没有论及马尔罗的政治观致以歉意，但是之后他又对此进行解释，认为马尔罗在其艺术中践行的是一种隐瞒的政治观，即艺术的反政治学（the anti - politics of art）。"马尔罗对艺术的热衷，事实上是一种特殊的政治，这种特殊的政治是由于人文主义哲学不能成就或创造出政治上有效的行动者而得以产生。因此，马尔罗旨在通过艺术提倡一种有关艺术家本质和知识分子角色的新概念来重构对人文主义的信念——这也许是一个新的神话。"① 换言之，哈特曼认为马尔罗让艺术家以及知识分子摆脱了单纯的知识传承角色，使他们承担了一种政治使命，将艺术的存在视为一种反抗，一种对政治权力将自身强加给人的虚伪性的反抗。如马尔罗一样，20 世纪 30 年代的思想批评家们，如美国的埃德蒙·威尔逊（Edmund Wilson）和肯尼斯·伯克，德国的阿多诺和本雅明等，几乎每一个重要的知识分子，都不断地为艺术和政治的问题斗争着。但是，在哈特曼看来，艺术不能太激进了，无论艺术可能怎样反对宗教、神权政治，艺术也仍然要展现自身的力量和结构。

从某种意义上，哈特曼关于艺术的双重观点也就是他关于批评的观点。从这种双重观点出发，他对阿诺德提倡的批评无偏执说持反对立场。阿诺德认为，批评应该远离一切直接的、实用的以及物质的东西，只依据所有被知道的、被想到的事物中最好的东西即文学对世界进行判断，因而批评是一种富于思想与哲理的

---

① Geoffrey H. Hartman, *Andre Malraux*, London: Bowes & Bowes, 1955, p. 90.

人的语言，是一种不妥协的中间类型，是一种遏制大自然极端事物的语言。在哈特曼看来，批评富于哲理与思想只是它的一个重要特征。另外，批评应当"反思自身的历史债务，并反思这样一种可能性，即批评本身就是一种艺术形式，远远超出那种自己所意识到的白色神话"①。换言之，如同艺术以一种独立的、自由的形式保持着对人文主义的关注，批评通过对自身的反思保持着对生活的理性关怀。从艺术观到批评观，哈特曼显然坚持着自己的一贯立场：既避免过于激进，又避免过于审美化；既主张拥有自己独立的形式，又主张要反映对生活的评价和判断。因此，在这种意义上，艺术应与批评无别。

然而，在现实中批评相对于艺术的从属性却一直萦绕于哈特曼心头，以至于成了自己心头的一种自卑情结。哈特曼在他70年代初的一篇论文《解释者：一种自我分析》（"Interpreter；A Self–Analysis"）里开篇便直截了当地承认："对于别的批评家来说，我有一种优越感，但对于艺术来说，却有一种自卑情结。像我一样的阐释者对艺术家充满太多的嫉妒，以至于不得不迫使自己加入写作出版这一愚蠢的行业。他对自己的厌恶实则是一种强化了的对艺术家的厌恶。"② 批评家的自卑感来源于他们感到自己的作用仅仅限于解释文本，如王尔德所说的，限于对那些二流作家的作品逞能饶舌、喋喋不休。要抛弃这种自卑感，哈特曼认为需要将解释者的文章与其所解释的文章放在同一个水平上，模糊两者之间的界限。他首先要做的就是证明批评具有与艺术一样的创造性。从理论渊源上，他选择回到阿诺德那儿，从他称为

---

①　Geoffrey H. Hartman, *The Fate of Reading and Other Essays*, Chicago：University of Chicago Press, 1975, p. 271.

②　Ibid., p. 3.

"阿诺德契约"（Arnoldian Concordat）那儿找到批评创造性的理论依据。

　　从阿诺德关于文学与批评的随笔文章中，可以总结出他对于批评的理解表现在三个方面，即批评的理性、无偏执性和创造性。阿诺德所处的时代是一种旧传统已经破碎不堪、新传统又尚未确立的混乱时代，日渐衰落的宗教与哲学导致了人们价值观的失衡，被称为国家支柱的新兴的中产阶级显得眼界狭隘、沉闷不堪，且纷纷陷入物质崇拜的症候中，传统的精神和文化力量正日渐消失。于是，身为诗人兼批评家的阿诺德预言说诗歌将取代绝大部分宗教和哲学的东西。而当时的文学创作，正如伊格尔顿的评价，是以专业化的学人和市场导向下的商业写作为主导力量。阿诺德在《学术机构的文学影响》（"Literary Influence of Academies"）一文中称之为"工匠式文学"（journeyman - work of liteature)[1]。这种文学缺乏统一的、权威的评价标准，"人们在判断作品是非、优劣方面各自为政，没有形成统一的一套意见，也没有强大的力量制定一套统一的标准来检测这种工匠式文学。这种文学表现出幼稚无知和夜郎自大，总把自己的东西当做是最好的，而把批评贬低为来自一群极不显眼的、过于吹毛求疵的少数人发出的不和谐之声"[2]。阿诺德认为这种缺乏权威的批评体制和中心的文化就是一种褊狭的文化。同时，没有受到得以认定的批评体制提供的正确信息、合理判断、优雅品位影响的文学，也将是一种褊狭的文学。因为，在阿诺德看来，英国文学从来不缺乏想象的能量，但是，这种想象的力量过于囿于个体的幻想和随

---

　　① Matthew Arnold, *Essays: Literary and Critical*, London: J. M. Dent & Sons Ltd.; New York: E. P. Dutton & Co., Inc., 1906, p. 35.

　　② Ibid., p. 36.

意性，所以缺乏一种言及事物本身的理性即批评。这种英国人最不愿谈论的批评正是以法国和德国为代表的欧洲所强烈追求的，故他将英国文学列于前两者之后，以示其对于英国文学现状中存在的主观性判断和褊狭主义的不满。因为英国没有如法国的法兰西学院那样的文学评价机构，也不像德国那样拥有那么多哲学家和思辨传统，所以，阿诺德希望通过唤起人们对于批评的意识来提高整个国家的文学判断和评价能力。

主张批评的理性和思想力量的同时，阿诺德也主张批评的客观性，即他所谓的无偏执性。一个批评家最高的职责是确定一个文学时代的主流，使之区别于其他次要潮流，正是在履行此天职的过程中他将表现出"自己在何种程度上拥有公正精神——一种批评家必不可少的素质"①。这些观点一直贯穿在阿诺德关于批评的随笔中，即使在他关于荷马作品翻译的文章中也随处可见。

如果说批评的理性和公正性是一脉相承的，那么批评的创造性就与前两者显得矛盾了，该观点主要在其《当前批评的功能》一文中得以呈现。正是因为认为英国文学需要一种客观、理性的力量来与带有随意性的想象和创造力量达成平衡，所以，如果阿诺德再主张批评的创造性，岂不是事与愿违、大异其趣吗？首先，我们来看一看阿诺德所谓的批评的创造性。既然发挥自由的创造力量是人类的真正职责，创造性又不局限于文学创作，因此批评也不例外。同时，创造力量的发挥并非随时随地就能进行，它需要具备一定的条件。就文学创作而言，产生创造性需要的必备条件是思想。因为，文学家并不发现或

---

① Matthew Arnold, *Essays: Literary and Critical*, London: J. M. Dent & Sons Ltd.; New York: E. P. Dutton & Co., Inc., 1906, p. 102.

创造思想，而是在其作品中体现一种思想秩序，并以一种最有效、最有吸引力的方式将这些思想呈现出来，这样才能发挥自己的创造性。但这些思想被一种批评力量所控制，不受文学家自己的约束。所以，创造性是指必须在一种理性或精神的氛围中创造一种思想秩序，并使这些最佳思想盛行起来，触及社会、触及真理、触及生活，引起激动、引起发展，这样才能产生文学的创造性时代。阿诺德心目中完美的创造性文学典范是古希腊文学、文艺复兴时期的伊丽莎白时期文学以及德国以歌德为代表的文学，它们创造了思想与想象的最佳结合，体现了一种想象的理性或者理性的想象的文学。故阿诺德笔下的批评并非指批评本身具有像文学创作一样的创造性和想象性，而是指文学家在创作作品之前应该对生活、对世界具有敏锐的判断力，将时代的思想秩序融进自己的创作中，从而使自己的作品成为一种对生活的批评。在这种意义上，思想成为文学创作的必备素材，批评因其思想性和理性成为文学创作的必要前提，批评的逻辑与艺术自身的逻辑之间具有了连续性。但就创造性而言，批评却不能与文学相比，"批评的力量居于创造力量之下"[①]。也就是说，批评并不能妄称自己具有创造性和独立性，它依然是附属于文学的创造力。

那么，从某种意义上，与哈特曼对阿诺德《当代批评的功能》一文的解读相比，艾略特的解读更为符合阿诺德之意。艾略特在论及批评与文学的关系时认为，阿诺德所称的批评是指创造性中的批评因素，绝不是关于自身的东西。因此，批评融合于创造之中并不等于创造能够融合于批评之中。换言之，创造中可

---

① Matthew Arnold, *Essays: Literary and Critical*, London: J. M. Dent & Sons Ltd. ; New York: E. P. Dutton & Co. , Inc. , 1906, p. 3.

以含有批评因素，批评却没有创造的潜力，因而不能成为一种创造性活动。同理，身为诗人或小说家，如华兹华斯、歌德（Goethe）、马拉美（Stephane Mallarme）等，他们在创作中的权威远远胜过在批评领域中的权威。虽然如阿诺德所言，此类人所进行的批评活动对"自己的思想和精神以及他人的思想和精神"产生了巨大的作用，但就其创造性而言，却次于它所服务的对象——所知道和所思想的最好的事物。哈特曼正好从与艾略特相反的立场来看待批评与创作之间的关系。一方面，这与以德里达为代表的批评家重新审视各项二元对立中对立项之间的主次关系有关。另一方面，又与德国浪漫哲学派关于诗和哲学的统一理想有关。从这两个角度出发，哈特曼认为，批评与创作的融合应该成为当代文学批评的一大趋势。关于这一点，他主要从德里达、海德格尔等一些专业哲学家的哲学批评来提出自己的见解，并非像阿诺德和艾略特以小说家或者诗人为参照点来建立自己的论点。德里达在《丧钟》中将哲学文本与文学文本的并置为哈特曼的观点提供了强有力的佐证。哲学家作为思想和理性的代表者，在本应成为思想著作的哲学文本中却采用与文学文本相互渗透的跨界性的文本阐释方法。这说明方法问题就是文体问题。如此一来，哲学与艺术就出现了一种交叉状态。所以，哈特曼抓住这一点大做文章，对艾略特所否认的批评之中含有创造性这一说强加反驳，认为艾略特出于自身的褊狭立场排斥哲学与理论，从而贬低批评。

从阿诺德那儿找到了给予批评独立地位的依据后，哈特曼在1976年发表于《比较文学》杂志上的《越界：作为文学的文学评论》（"Crossing Over：Literary Commentary as Literature"）一文中，首次较为明确地提出了批评即文学这一观点，该文以《作为文学的文学批评》（"Literary Criticism as Literature"）为题收录于《荒野中的批评》一书。对于该思想观点，人们更多的是从解构主义立场出发进行解读。如朱立元在为"耶鲁学派解构主义批评译丛"所作的总序中认为，哈特曼强调文学批评就是文学，是因为他将语言视为本质上隐喻性的，因而其意义就显得不确定、多义、变动不居，而文学文本的语言尤其具有破坏性和消解性。这种消解性也抹杀了文学与批评之间的界限。毫无疑问，从德里达对语法与修辞二元对立的颠覆、能指与所指关系的割裂，到德曼对语言修辞性质的强调，无不对哈特曼产生了极大的影响。他极为看重和强调字词的调节性、意义的不确定性。语言即所指对于意义即所指的优先性，决定了文学的力量不在于那些外在于文本的超验概念，字词的在场并不意味着意义的在场。相反，伴随着它们的是意义的缺席或者意义的不确定性。意义一旦退居其后，语言本身作为能指的功能就被凸显出来，符号与思想、书写符号与指定意义之间的链条也就被斩断。既然批评本身超越不了语言，所以它也摆脱不了语言的修辞性，因而批评语言也就成为文学语言，批评也就成了文学，对批评的解读就是一种文学的解读，正如哈特曼所言："我阅读不是为了发现文章如何说明论点或主题的。对我来说，阅读文学意味着一种故意的盲目性。我在字词的世界里到处摸索，有时感到这种摸索很快乐。我让自己受到感觉或感情的伏击，忘记了向一个单一的、战胜一切的真理前行。"①

但是，哈特曼对于批评本身创造性的强调负载了他对批评以及批评家的一种重托和厚望，因为在现代频发的文化战争中，只有成为艺术的批评才能在文化和宗教的极端之间进行调节，只有

---

① Geoffrey H. Hartman, *Minor Prophecies: The Literary Essay in the Culture Wars*, Harvard University Press, 1991, p. 207.

具有批判精神的批评家才能与现代去感觉化和真实性的媒体文化相抗衡。这些成为哈特曼后期批评思想的关注点。下一章将对此加以论述。

第六章　批评的责任

从 20 世纪 80 年代中后期开始，哈特曼便对文化问题，尤其是大屠杀问题给予了极大的关注。他 1979 年开始参加由一位耶鲁大学教授启动的"大屠杀幸存者拍摄项目"（The Holocaust Survivor Film Project），并从 1981 年起着手建立"耶鲁大学福特那夫大屠杀证词录像档案"（Fortunoff Video Archive for Holocaust Testimony at Yale University），在美国、英国、法国、比利时、德国、希腊、南斯拉夫、以色列、斯洛维亚、阿根廷等国家对大屠杀幸存者和见证者进行证词录像，引起了很大反响。随后，哈特曼出版了一系列有关大屠杀文化问题的著作和论文①。哈特曼在其后期的学术生涯中似乎发生

---

① 这些著作和论文包括《无可言说的华兹华斯》（The Unremarkable Wordsworth, 1987）、《最长的阴影——大屠杀的后果》（The Longest Shadow: In the Aftermath of the Holocaust, 1996）、《次要的预言——文化战争中的文学随笔》（Minor Prophecies: The Literary Essay in the Culture Wars, 1991）、《重要的文化问题》（The Fateful Question of Culture, 1997）、《批评家的旅程——文学反思：1958—1998》（A Critic's Journey: Literary Reflections, 1958 – 1998, 1999）以及《精神的伤痕：反对非真实的战争》（Scars of the Spirit : The Struggle Against Inauthenticity, 2004）等，编辑出版了《论争的力量——论莫里斯·布朗肖》（The Power of Contestation: Perspective on Maurice Blanchot, 2004）一书，发表了《论创伤知识和文学研究》（" On Traumatic Knowledge and Literary Studies", 1995）、《浩劫和知识的见证》（"Shoah and Intellectual Witness", 1998）、《记忆 . com : 网络时代的电视之痛和证词》（"Memory. com: Tele – suffering and Testimony in the Dot Com Era", 2000）、《文学范围内的创伤》（"Trauma within the Limits of Literature", 2003）《莫里斯·布朗肖：大屠杀之后的语言 精神》（"Maurice Blanchot: The Spirit of Language after the Holocaust", 2004）、《证词人文学科简论》（"The Humanities of Testimony: An Introduction", 2006）等文。

了一种非学术转向，或者说是一种文化转向。80 年代之前，哈特曼主要以杰出的浪漫主义研究者、充满解构哲学意味的多元阐释的提倡者以及创造性批评的大力阐发者身份出现在文学研究领域，浪漫主义、文学阐释、文学批评无可辩驳地属于文学研究领域中的典型命题，杰弗里·戈尔特·哈普汉姆（Geoffrey Galt Harpham）冠之以"古典的哈特曼"（classical Hartman）①也正是出于此种含义。但是，如上所示，80 年代之后，从其研究领域来看，哈特曼似乎显示出更多的非学术研究者特质。然则，这与其说是哈特曼研究的转向，或者如某些学者所称的是向其早期关于视像和视觉思想的回归②，毋宁说是他在接纳打开经典思想之后对文学研究的一种新的尝试。诚然，哈特曼对大屠杀的研究始于一种非文学旨趣：探索大屠杀性质，凸显见证者和见证这一行为的重要性，让百姓发出自己的声音，探讨创伤经历的教育意义等问题，似乎都属于文学外的领域。然而，如果说经典的开放使以前被视为非主流、边缘的叙事模式得以步入文学研究的大雅之堂，那么，哈特曼从其持续一生的对文体和不同形态的言语的关注出发，将证人的证词乃至于整个电视录像视为一种叙事文本，甚或一种移动的叙事文本，就显得不足为奇了，对它的研究也就没有脱离文学研究的领域。所以，当哈特曼将文学视为"与自传、故事讲述以及包括视听模式在内的各种再现模式一样的一种记忆体制"③时，显而易见，他是在努力将文学批评从来势凶猛的文化研究中突围出来，以期拓展文学的疆界和文学研究领

①　Geoffrey Galt Harpham. ，"Once Again: Geoffrey Hartman on Culture", in *Raritan: A Quarterly Review*, Vol. 18, No. 2, 1998, pp. 146 – 166.

②　See Jennifer R. Ballengee, "Witnessing Video Testimony: An Interview with Geoffrey Hartman", *The Yale Journal of Criticism*, Vol. 14, No. 1, 2001; Anne Whitehead, "Geoffrey Hartman and the Ethics of Place: Landscape, Memory and Trauma", *European Journal of English Studies*, Vol. 7, No. 3, 2003.

③　Geoffrey H. Hartman, "The Fate of Reading Once More", *PMLA*, Vol. 111, No. 3, 1996.

域，并通过自己对文学与文化的独特思考和洞察，以一个人文主义者的身份将自己的文学批评思想付诸实践，以此凸显一个文学批评者应该担负的责任。

那么，哈特曼的后期研究于文学研究有何借鉴意义？它在哪些方面拓展了文学研究？在促进对文化的文学思考方面产生了什么意义？本章将从哈特曼关于文化研究中的真实与再现问题、批评随笔的社会功能问题以及文学与文化的关系问题的论述几个方面进行探讨。

第一节　哈特曼与大屠杀文化研究

从 20 世纪 80 年代中后期起，文化问题逐渐成为哈特曼研究视野中的一个关键问题。此外，他的犹太人身份在某种意义上加强了他对该问题的敏感意识。他一方面进行大屠杀录像档案的组建、筹备、录制工作，另一方面对真实性、再现、记忆等与大众媒体文化密切相关的问题进行思索。但是，总的看来，在这种实践和探索过程中，哈特曼仍然从文学研究者身份而非文化研究者身份出发，来看待现代媒体文化中历史与叙事模式、真实与再现等文学命题。换言之，文化成为哈特曼进行文学批评的一个新的视角，为他提供了在后现代社会中进行文学思考的新素材。

一　哈特曼的研究转向

正如尼古拉斯·特雷德尔（Nicolas Tredell）所称，对于英美文学研究来说，20 世纪 80 年代是一场充满危机的、具有转折性意义的关键的十年 ①。在此期间，传统意义上的文学研究面临

---

① Nicolas Tredell, *The Critical Decade: Culture in Crisis*, Manchester: Carcanet Press Limited, 1993, p. vii.

着挑战，这种挑战使人们在 60 年代以后形成的关于文学研究的概念、方式以及界限等因素得到重新审视、突破和拓展。当然，特雷德尔所称的文学研究危机，实则是文学研究的对象从文学文本自身向文化文本不断泛化过程中出现的一种泛文本现象，抑或说是将文学研究的对象从经典的和主流的作家、文本、主题拓展到非经典的、边缘的作家作品的一个过程，也就是文学研究的广泛历史化与社会化过程。在这种文学研究范式发生转变的过程中，哈特曼的关注点也随之发生了适应性变化。如果说之前他更多地关注文学和文学批评在语言层面上的不确定性和阐释层面上的多样性和不一致性，那么，80 年代后，他便以一个文学批评家和一个人文学科教育者的双重身份，将目光转向了文学批评的社会功能研究。文化研究几乎隐藏或消解了艺术研究和社会学研究之间的界限，赋予当前的文学批评更多的理论和思想形态特征。在哈特曼看来，战前人们致力于纯艺术的研究就显得"幼稚"，在美国这种纯粹的文学研究则表明对于社会学的"过度忽视"①。因此，作为一个大学教师，哈特曼主张文化教育尤其是欧洲文化教育应该在大学教育中占有一席之地，尽管文化与政治的研究在当今比以往任何时候都具有更大的关联。作为一个文学批评家，他同时也主张人们应当赋予审美或美学教育应有的尊严，对审美的意识形态化或者如本雅明所称的政治审美化的批判，不应当成为文学批评拥有其自身形式的羁绊。当然，这一方面表明哈特曼一以贯之地为审美艺术的独立性和合法性进行辩护的立场，但另一方面也表明他针对新时代文学批评产生的新动向对自己的理论立场进行了调整。这种调整的结果便是凸显出艺术

---

① Geoffrey H. Hartman, *A Critic's Journey*: *Literary Reflections*, *1958 - 1998*, New Haven and London: Yale University Press, 1999, p. xxviii.

和人文学科研究的必要性和紧迫性。因此，如何以一种既能保持艺术自身的形式要素和特征，又能杜绝艺术以一种麻木不仁的防御性姿态，来研究大屠杀对文化产生的影响，发现一种与创伤相关的特殊文学知识的可能性，探索字词与伤口之间的关系，超越现实主义的限制等问题，成为哈特曼80年代后的主要关注点。

　　如果说文化研究的兴起构成哈特曼向大屠杀研究转向的外在知识环境和促动因素，那么对真实的寻求以及对记忆问题的关注则成为其内在旨趣和出发点。本雅明和让·鲍德里亚（Jean Baudrillard）关于艺术复制和类像（simulacra）的思想理论对哈特曼产生了较大的影响，尤其是后者。根据鲍德里亚的后现代文化理论，包括电视、电影在内的无所不在的形象文化并不反映现实，反而会掩饰与歪曲基本现实，甚至掩盖基本现实的缺场，进入纯粹是自身的类像领域。所谓类像，根据鲍德里亚的解释，就是游移疏离于原本或者说没有原本的摹本。大众进入类像的世界，沉溺于其中，也就是进入一种人造现实，这种现实"由被微型化的细胞、母体组织、记忆库以及种种操纵模式所制造，且能够被它们复制无数次"[1]。因此，人们所经验或感受到的是一种脱离现实的、非真实的世界。这种非真实感或非现实感销蚀了幻觉与大众之间的距离，使得真实在超真实中逐步瓦解陷落。同时，大众在文化超真实中体验时间的断裂感和无深度感，这使得他们消解了自身的想象力，日常生活因而陷入一种虚拟化的状态之中。既然没有了现实，一切都是类像所产生的虚幻，那么符号就没有了现实对等物，其指涉价值被完全否定。由此，再现（representation）也就随之变得不可能，甚至被视为类像自身。

---

　　[1]　Jean Baudrillard, *Simulacra and Simulation*, trans. Sheila Faria Glaser, Michigan：The University of Michigan Press, 1994, p. 2.

　　对此，哈特曼基本持认同的态度，认为现代社会中媒体的高度发达导致了人们难以分辨或无以分辨什么是现实或真实的境地，甚至到了以电视或电影来决定其是否生活在现实之中的地步。但是，与鲍德里亚对大众文化的精义分析最终导致的悲观历史终结论以及采取的与大众文化的决裂态度（尽管这种决裂是虚拟的）相比，哈特曼却对影像文化进行了更为积极的思考，因而也对之采取了更为积极的态度，使之为己所用。在哈特曼看来，尽管如大屠杀（holocaust）这样的事件在历史上无限地重复发生，但这并不意味着人们就只能在客体面前缴械投降，任由其摆布而无以脱身，关键在于人们以一种什么样的方式来呈现这种历史事件。换言之，一方面，历史的真实性不容抹杀，另一方面，人类的主体能动性并没有被现代媒体文化抹除，人类记忆在唤醒历经文化沉淀的历史事件中也起着不可忽视的作用，对于这种历史文化的代代传承，教育则有着不容推卸的责任。

　　那么，在众多对大屠杀这一历史事件进行再现的形式中，如小说、传记、自传、回忆录、电影、电视剧等，哪一种形式更能体现历史的真实呢？如同选择了既有着悠久历史传统又不拘泥于形式的随笔作为一种合适的批评文体一样，哈特曼选择了一种既能体现口述传统又能与现代媒体技术相结合的方式，即对大屠杀见证者进行电视录像，来真实呈现那一段不为人所启齿但又不能弃之不顾、任它随着历史尘烟化为缥缈无痕的历史梦魇。

　　可见，如果从鲍德里亚关于传统形象向后现代类像过渡的四阶段理论来看①，哈特曼关于再现的思想仍然处于第一阶段，因

---

　　①　鲍德里亚将传统形象发展到后现代类像的过程划分为四个连续的阶段：第一个阶段为形象反映基本现实；第二个阶段为形象掩藏并歪曲基本现实；第三个阶段为形象掩藏基本现实的缺场；第四个阶段为形象与任何现实无关，成为自身的类像。参见 Jean Baudrillard, *Simulacra and Simulation*, trans. Sheila Faria Glaser, Michigan: The University of Michigan Press, 1994, p. 6。

为他对再现大屠杀这一段历史问题的关注，对真实的追寻，对记忆和创伤研究的执着，表明了他仍然相信真实、现实的存在，"那些被列入业已消失不见的事物名单上的东西事实上可能并没有消失"①。如果说鲍德里亚对大众媒体文化的批判导致其对人类历史和未来失去信心，那么，哈特曼则以一个对文学持永恒信念的文学批评家身份，保持着对人类、对人文学科研究以及人文学科教育的绝对信心。一方面，哈特曼以其惯有的反纯洁性立场，主张文学有着自身的特征，文学文本不是透明的，而是具有不可替代的调节性，任何想克服这种文本调节性并屈服于文体纯洁性主张的人，都称不上是一个真正的批评家。正是在这种意义上，哈特曼反对阐释的封闭性，认为新批评派以新古典主义式的形式主义来对文学作品的统一概念作出判断，以"精致的瓮"来治疗现代主义者的自我意识和文化碎片感。另一方面，对于文化研究给文学批评带来的影响或诱惑，哈特曼则持抵制态度。文化研究试图以一种极端的唯物主义姿态将文学或艺术消解为社会学处理的信息，试图纠正文学批评的学术性和纯洁性。因此，哈特曼将文学的特殊性存在视为抵制文学批评被文化研究吞噬的屏障，"我们应该恢复文学作品作为一种对文化进行思考的形式这一特性，且用这种形式不仅可以抵制其时代的，也可以抵制最近的实证主义"②。显而易见，哈特曼对文学以及文学批评成为现代社会中与科学技术和实证主义抗衡的有力武器寄予了厚重的期望。

　　对于历史而言，哈特曼与尼采一样，反对对历史知识的实证

---

　　① Geoffrey H. Hartman, "The Fate of Reading Once More", *PMLA*, Vol. 111, No. 3, 1996.

　　② Ibid. , pp. 383 – 369.

主义研究。尼采认为，那些筛选、融合各种材料的人只能称得上是一个史学工作者，因为他们所做的是必需的泥瓦匠和学徒的工作，而研究历史需要"用现在最强有力的东西来解释过去，只有通过用尽你所拥有的最高贵的品质，你才会发现过去之中什么是最伟大的，什么是最值得了解和保存的"①。对于一生致力于文学研究与批评的哈特曼来说，那种用以最好地解释过去、再现历史的最强有力的东西不是历史，"以历史纯粹的实证主义方式来兜售历史，视之为口录的主要缘由，这虽然是一个可以理解的错误，但它毕竟是一个错误"②。那么，哈特曼心目中那种用以解释过去的最强有力的东西便非文学莫属了，自身所拥有的那种最高贵的东西则莫过于自己身为文学批评家所特有的对人类命运的关怀。

正是这种期望和关怀使得哈特曼对大屠杀的研究经历了一个由非学术到文学研究的转变过程。在他看来，人们必须以一种恰当的方式，唤醒那些被大屠杀幸存者和见证者尘封在心底长达近半个世纪的噩梦般的记忆，以便"人性的意义必须得以恢复"③。在再现人们对大屠杀事件的记忆经验的模式中，历史编纂、传记、自传、小说、电视剧、电影都没有成为哈特曼的首选。他选择了让幸存者和证人自己进行回忆述说并对他们的证词进行录像这一特殊再现方式或叙事模式。一方面，如上所述，这是因为哈特曼相信历史和真实的存在。另一方面，这种真正存在过的历史

---

① ［德］尼采：《历史的用途与滥用》，陈涛、周辉荣译，上海人民出版社2000年版，第50页。

② Geoffrey H. Hartman, "The Humanities of Testimony", *Poetics Today*, Vol. 27, No. 2, 2006.

③ Geoffrey H. Hartman, *The Longest Shadow: In the Aftermath of the Holocaust*, New York: Palgrave Macmillan, 1996, p. 133.

需要一种可对抗不真实的模式再现出来。在一切深度和界限都被夷平的后现代文化中，有什么可以使人们相信惨绝人寰的大屠杀悲剧曾经真正发生过，并且相信这种悲剧为人们带来的痛苦和阴影始终未曾远离过？换言之，有什么方式可以防止这种痛苦被文化挪用为麻痹大众的工具，被政治篡改为为其服务的意识形态工具？虽没有像鲍德里亚那样在体制内激烈地进行反体制的斗争，但哈特曼谨慎的言行中也透露出其对虚饰和虚伪的文化与政治的不满："我们不能从发生该事件的世界中转身离去，但有许多事物妨碍着我们的焦点，且这一问题因现代媒体及其现实主义和再现范围而变得更加复杂。"① 那么，哈特曼又如何看待真实和再现问题呢？这与其证词录像有何关联呢？

二 再现与真实

创伤研究最早应用于医学领域，目的是通过心理分析和治疗，把经历了创伤的病人从对某个时间点的沉迷或对某个创伤事件的执着中拉回到意识中来，使其从被压抑在潜意识中的创伤经历和情景的回忆中苏醒过来。随着创伤研究的深入，创伤研究不再限于个人心理问题，而是拓展到像第二次世界大战、越战、美国黑奴制及有色人种的身份认同等更具广泛社会意义的灾难性事件，也涉及这些灾难性事件给受害者带来的身份认同危机，因而创伤治疗就逐渐扩展到了社会学、文化研究领域。同时，创伤包括两个因素，一是创伤事件，二是对创伤事件的记忆。从前者来看，因为创伤事件是真实发生过和客观存在的，所以创伤研究与历史发生了关联。从后者来看，由于在事件发生时过于震惊而无

---

① Geoffrey H. Hartman, *The Longest Shadow: In the Aftermath of the Holocaust*, New York: Palgrave Macmillan, 1996, p. 99.

法理解发生的事情，而在压抑这种记忆的过程中又不可抑制地重现创伤情境，所以，幸存者或者见证人对创伤事件的记忆往往发生变形、扭曲乃至于以伪装的形式出现。如此一来，如何评价、阐释或者说解读幸存者和见证人的证词也就与文学叙述与文学批评发生了关联，创伤叙事在一般意义上便具有了文化表现、历史表现和文学表现几种主要形式。但哈特曼没有采取这三种形式，他选择了录像证词这一较为特殊的形式来唤起大众对极端事件的反应以及对人性的信心。这一模式的选择基于哈特曼对真实及其再现的独特理解。

　　首先，哈特曼反对实证主义史学家所极力主张的客观真实。对于历史学家而言，通过实证的方式对创伤进行历史再现是复原客观历史真相的唯一有效方式。在他们看来，通过个人记忆或集体记忆的方式来还原当时的历史语境根本不可取，因为记忆发生在当下，而以发生在当下情境中为解决当下面临的问题的记忆只能是对过去经历的一种重构，甚至可能是反历史的，绝非对过去的真实再现。所以，为了排除人为因素，实证家们主张以查询档案及实物资料来重构历史，反对以记忆述说作为创伤的叙事模式。如以研究集体记忆出名的法国哲学家和社会学家莫里斯·霍布瓦克（Maurice Halbwachs）就认为，集体记忆并非群体所共享的对过去历史事件的真实回忆，它是一种社会建构（social construction），忽略了历史与当下的不同语境，甚至产生一种将历史简化为神话原型的倾向。美国学者卡里·塔尔（Kalí Tal）认为，幸存者如果如实照说威胁到社会现状，那么强大的政治、经济和社会力量就会给幸存者施加压力，让其保持沉默或修改故事。如果幸存者所在群体处于边缘或弱势地位，那么他们的声音就会被那些更具影响力的群体的声音湮没，最终也导致创伤事件的改版。由此，幸存者的讲述"是一种高度政治化的言语"①。换言之，幸存者并没有掌握对自己经历进行再现的主动权。相反，他们的故事在不断书写和重写过程中逐渐被符码化，成为一种文化编码。那么，被文化编码策略 ② 处理过的创伤事件也就失去了其真正的历史原貌，在一定程度上成为一种流于形式而轻视内容的叙事形式。由此一来，创伤叙事也就成了一种文化建构。显而易见，这与霍布瓦克关于集体记忆的观点不谋而合。美国史学家多米尼克·拉卡普拉（Dominick LaCapra）将历史编纂学研究方法分为两种。一种是完全采取实证主义的文献研究方式，它注重收集客观证据并在此基础上进行有事实根据的推论。另一种与此相反，拉卡普拉称之为"激进的建构主义"③。以此方法进行的推论至多是针对事件本身，且本身意义不大，因为这些推论镶嵌在故事、情节、论点、阐释、说明之中并靠此产生意义，在根本上是"由述行的、比喻的、审美的、修辞的、意识形态的、政治的因素建构而成的建造物"④。那么，由此的必然推论是，依靠幸存者通过记忆讲述的证词来研究历史是不可靠的，因为研究

---

①　Kalí Tal, *Words of Hurt*: *Reading the Literatures of Trauma*, Cambridge: Cambridge University Press, 1996, p. 7.

②　她发现创伤文化编码通常采用三种策略，即"神话化"（mythologization）、"治疗化"（medicalization）和"消失"（disappearance）。"神话化"通过把创伤性事件简约成一套标准化的叙事（一种被再三讲述并最终代表"创伤故事"的故事）产生作用，它把创伤性事件由一个骇人的、无法控制的事件变成了一种可控制、可预见的叙事。"治疗化"则把视线集中于创伤受害者身上，认为他们受到了一种"疾病"的折磨，这种疾病可以通过现存或稍加改进后的制度化治疗及心理治疗"治好"。"消失"，即拒绝承认某种创伤的存在——通常是通过削弱受害者的可信度来完成。参见 Kalí Tal, *Words of Hurt*: *Reading the Literatures of Trauma*, Cambridge: Cambridge University Press, 1996, p. 6。

③　Dominick LaCapra, *Writing History*, *Writing Trauma*, The Johns Hopkins University Press, 2001, p. 1.

④　Ibid.

者虽然通过幸存者亲口述说自己的亲身经历来呈现出当时的历史状况，但研究者与某些自己想象中的幸存者发生了认同，并在很大程度上根据他们自己对幸存者口中的施暴者认识而非幸存者本人对施暴者的描述来重构施暴者。除此之外，研究者将自己从建构中并非史料收集中得出的假设当作有事实根据的推论，并把它们夹杂在历史叙事之中，而且用来修饰叙事。

可以说，霍布瓦克、塔尔、拉卡普拉关于幸存者记忆的社会建构性、文化建构性和基于非事实基础上的建构性，代表了历史学家主张以个人记忆形式记录的、诉诸情感且缺乏具体事实细节的证词录像历史再现模式的不可能立场，也就是说，提供证词的不同个人由于经济、社会地位等不同，体现出对过去历史事件不同的，甚至迥然各异的主体立场，这种个人性的主体立场就决定了他们所发出声音的个人性，因而证词的真实性，以及因此带来的对过去历史进行重构的可行性就理所当然地遭到了史学家的质疑。

但是，受阿多诺、海登·怀特（Hayden White）、利奥塔（Jean - Francois Lyotard）、马尔库塞（Herbert Marcuse）等思想家的影响，哈特曼对于历史反映真实的观点持怀疑态度。首先，受阿多诺的影响，哈特曼认为历史是胜利者书写的，亦即他所谓的"官方历史"（official history）。在哈特曼看来，这种历史也是对过去的一种记忆，但却是一种政治化的记忆，它逃避人性和阐释的复杂性，将意识形态内容渗透到每一事物中，并且声称能够以纯粹的眼光看待过去，从而具有一种救赎的力量。因此，哈特曼将这种官方历史视为国家意识形态机器操纵的结果，"它操纵记忆如同操纵新闻一样"[1]。其次，既然历史是由意识形态操纵

---

[1]　Geoffrey H. Hartman, *The Longest Shadow: In the Aftermath of the Holocaust*, New York: Palgrave Macmillan, 1996, p. 101.

的结果，那么，它就是一种服务于官方政治的历史叙事，失去了
自己所声称的客观性，因而绝非历史真实。再次，为寻求一种总
体性的、一致性的、纯粹的客观再现，达到其意识形态化的目
的，这种官方的历史叙事不仅试图简化历史，而且也试图用一种
单一的、决定性的视角来简化民间传说、诗歌等传统拥有的鲜活
的公共记忆。简化的结果必然是对历史的篡改或重新形象化，公
共记忆被轻易欺骗。因此，官方历史构成了公共记忆的最大威
胁。最后，在媒体文化盛行的电子时代，思想的自由市场使得官
方历史往往受到学界或媒体新闻主义的争议。但是，争论得越
多，就会滋生一种更内在的、更不稳定的不真实感，让人们仿佛
觉得，政治领域甚至所有的公共生活领域可能都是不真实的。哈
特曼认为，这种消极的怀疑观点"激发起人们一种对世界的更
深的怀疑，或者引导他们转而信仰一种狭隘的民族主义或残忍的
宗教狂热主义，以期作为一种补偿"①，因而更为有害。显然，
这与利奥塔的观点一致。后者认为，从真实必须包含不可再现的
意义来说，奥斯维辛是真实中的最真实，因为它是根本无法再
现、难以确定的东西，这表明了宣称对事实和真实具有独断权威
和能力的历史知识在该领域内严重受创②。

　　在反对历史所谓的客观事实性的同时，哈特曼也反对媒体文
化呈现极端事件的带有欺骗性的真实性。人们本来就对发生在约
半个世纪以前的大屠杀缺乏清楚而真正的认识，现代媒体的高效
性、现实主义以及再现模式又使得这一问题更加复杂化了。哈特
曼在本雅明、鲍德里亚等对消费社会中媒体文化的研究基础上推

---

① 　Geoffrey H. Hartman, *The Longest Shadow*: *In the Aftermath of the Holocaust*, New York: Palgrave Macmillan, 1996, p. 101.

② 　Jean‐Francois Lyotard, *The Differend*: *Phrases in Dispute*, trans. George Van Den Abbeele, Minneapolis: The University of Minnesota Press, 2002, p. 58.

进了一步。他认为，正是因为人们已经意识到媒体形象只是一种摹本或类像，与真实或现实无关，所以媒体文化所谓的真实性已经达不到它所期望产生的效果。这造成了两个方面的结果。一方面，人们对媒体产生了不信任感，认识到媒体对所有灾难事件的报道都是经过处理的，都具有一种阐释背景，因此，电视上的图像仅仅是图像而已，与真实形象毫不相干。这就使人们的反应系统产生了一种抗体，防止他们在精神上受到任何干扰。由此，大众媒体使得人们对极端事件更加麻木不仁，即哈特曼所说的"去感觉化"（desensitize）。这一趋势必然导致人们对外在世界产生反应力的门槛提高，即反应灵敏性逐渐降低，致使人们成为暴力和侵犯行为的旁观者，尽管人们的感官每天都被各种图像、声音、信息包围、冲击着。另一方面，媒体可谓无所不能见、无所不能听，它将恐怖事件以事实如此般地传递出来，使之成为一种自然的而非人为的灾难。但是，这种对真实的追求反而将人们与被感知的现实隔离开来，在两者之间制造了距离。换言之，即时性的形象非但没有让人们产生真实感，反而让他们觉得屏幕上的东西都不是真实的，只是一种有趣的建构或模仿。正是这种揭示真相的方式及其提供的证据，无论是语言的、图片的或电影的，都受到了怀疑：人们对自己所闻所见缺乏信任，担心表象的世界和宣传的世界通过媒体的力量联合起来掩盖事实的真相。阿多诺所洞察到的审美与现实的肮脏结合，与鲍德里亚宣称的由媒体形象类像化带来的现实与非现实之间界限的消失，对于哈特曼而言，都已经不再成为生活在"知识的文化"（culture of knowledge）中的现代观看者的巨大阻碍了。技术带来的意识高度扩张使得人们一方面对世界上的灾难不能不知，另一方面他们却又与这些灾难彻底疏离，让自己仅仅目睹别人的遭遇而无动于衷。因此，哈特曼发出"在一个民主的、电子的时代，虽然有更多的现实主义，但也产生了与之相伴的一种令人苦恼的对现实的不信任，以及由此而生的道德上的冷漠"[1]的悲叹也就在情理之中了。

这里，可以明显感受到哈特曼受到华兹华斯的影响。在1800年，华兹华斯曾抱怨，人们精神的甄别能力已经蜕化到一种几乎未开化的迟钝状态，他们正在逐渐丧失被日常景物和事件以及日常生活感动的能力，因为国家大事日日发生，越来越多的人聚集到城市。在城市，职业的同一性产生了一种对重大事件的渴望，这种渴望被迅速发展的知识（信息）的交流满足。所以，与此相应，华兹华斯创作了抒情民谣这一小型诗歌，却将对宏观叙事或罗曼史的兴趣削减为零，鼓励读者在每种平凡事物中发现故事[2]。

那么，与一种现代媒体代表的"知识文化"相比，哈特曼将华兹华斯诗歌代表的文化称为一种"感情文化"。如果说前者使得人们对日常事物因为过于不信任而显得无动于衷，在最大限度也仅仅呈现一种对媒体轰动效应的一种模仿，那么后者就使得人们具有一种从日常事物中发现真实、使不在场的事物得以在场呈现的传统的想象力。

如果说一种单一的、总体的宏观历史叙事失去了可信性和合法性，而由技术胜利带来的媒体文化在追求真实中又没有产生预期的效果，那么，对过去历史的再现则必然地落在了这种传统的想象力身上。在哈特曼看来，艺术一方面与传统保持着密切联系，具有最为充分的传承历史的能力，往往在再现历史性具体的思想方面比历史书写更有效，尽管它会以历史作为可资借鉴的资

---

① Geoffrey H. Hartman, *Scars of the Spirit: The Struggle against Inauthenticity*, New York: Palgrave Macmillan, 2002, p. 46.

② Wordsworth and Coleridge, *Lyrical Ballads, With a Few Other Poems*, London: Methuen & Co., Ltd., 1798, pp. i – viii.

源。科学的历史研究，不管其对于纠正错误和指责歪曲方面具有多么大的优点，但是在减轻痛苦、赋予灾难以意义、促进人们形成对世界的看法方面，绝没有积极的借鉴作用。或者可以从反面说，艺术更加具有哲学性[1]。另一方面，艺术本身又与想象力不可分割。现代媒体呈现出的过多的现实主义反而使人们与现实隔离开来，但这种隔离不但没有终止怀疑，反而导致了一种对事实的不信任感，从而使人们对外在极端事件失去了感知能力，由此丧失了能够赋予记忆以生命的想象力。

　据此，哈特曼得出的必然结论就是，艺术是历史性与想象力的完美结合，也就意味着艺术的真实既包含历史的真实，也包含想象的真实，是一种更高层次的真实。这种真实不会让受现代文化启蒙的人产生历史因受意识形态操纵成为官方维护其统治地位的政治化话语的感觉，也不会如同试图呈现过多现实主义的影视媒体导致人们产生对现实不信任的感觉。后两种所谓的真实造成的效果便是一种"真实的不真实"（the real unreal）[2]，即所谓的一种不真实的记忆。艺术再现模式尤其是文学，在克服现代媒体文化给人们带来的思维和精神惰性、唤起他们对外在世界的强烈感受方面，起到了其他模式无可比拟的作用，这种作用也就是哈特曼在致力于大屠杀档案馆的建立过程中一直努力倡导的艺术独特的述行功能（performative）。与反审美立场相反，他认为，艺术在塑造文化话语和文化意识中扮演着一个公共角色，艺术话语

---

[1] 显而易见，哈特曼借鉴了亚里士多德关于诗歌胜于历史的观点。亚里士多德认为，历史学家描述已经发生过的事情，倾向于记载具体的事件，而诗人则根据可然或必然律描述可能发生的事情，倾向于表现带有普遍性的事情，因而是一门比历史更富哲学性、更严肃的艺术。参见亚里士多德《诗学》，陈中梅译注，商务印书馆1996年版，第81页。

[2] Geoffrey Hartman, *Scars of the Spirit: The Struggle against Inauthenticity*, New York: Palgrave Macmillan, 2002, p. 38.

能够促使人们克服与他人以及与自我相互疏离的距离。正是在这点上，一贯发挥着沟通审美距离与感情投入功能的艺术找到了其价值。

对于大屠杀这段人类历史上人性最为黑暗的过去而言，对它的艺术再现意味着不仅要使人们知道历史事实，而且更重要的是要使他们产生一种反应，一种既对于非人性也对于人性的反应，这种反应能够重新赋予集体记忆以想象力，创造一种现代性状况下的集体记忆再现模式。在文学的再现模式中，哈特曼选择了证词录像这一既体现口述传统又与现代技术相结合的叙述模式。这种结合产生了小说或传记体作品（包括自传）等其他文学再现模式所不可比拟的即时性、真实性、传承性，且又使得不在场的记忆通过观看者即读者的想象力成为在场。最重要的是，它将口述者的文学文本与观看者的批评文本集于一身、融于一体，实现了哈特曼文学批评思想的延伸。

三　作为文学叙事和批评模式的证词录像

如果说哈特曼最初对大屠杀造成的创伤试图从心理学的角度来加以认识，那么他后来则抛弃这种认知学意义上的探讨，转而从与文学相关的故事、语言以及象征等角度来重新看待创伤叙事，也就是他自己所称的文学转向。因为在他看来，从认知的角度来探讨创伤事件涉及的人类状况，如心理学研究，就存在一种找到对创伤给予终极解释的倾向，即认知研究试图通过创伤事件在其底部或背后找到一种生物的或元心理的机制，这种研究对于指涉确定性的寻求势必忽略人性中固有的激情、痛苦、亲情等情感因素。与之相反，从文学的角度来研究虽然并不能够为创伤提供确切的答案或治疗方案，因为文学研究并非寻求一种关于过去的知识，但它是以一种否定的方式，关注着言语中的不在场或间断、语言的修辞性、声音与身份的关系等问题。换言之，证词录像作为一种见证行为的文学，它允许阐释的多样性而非同一性，是"以一种非科学的、与总体性现实主义或分析性再现形式不相一致的形式传递着知识"①。这种文学指涉性恰好与以梦或记忆为承载形式的创伤在指涉、主观性和叙述方面极为相关，且占有重要的、特殊的地位，诸如诗歌或小说具有什么样的现实指涉意义？讲述故事或声称具有作者权威的"我"是谁？我们为什么应该相信如此荒谬的故事或讲述模式？这些问题也正是创伤研究的焦点所在。因此，作为创伤叙事的证词录像也就具有了文学叙事特征，即构成了一种证词文学，它从以下几个方面体现了其文学叙事特征。

首先，这些证词录像不仅仅用以统计和证明受到迫害和种族屠杀的死亡数字，还应该用以探索人类自身的生活故事。因此，在这种具有强烈重负感的叙事中，"叙述与浓缩了的想象之间自发产生了一种关系"②。

其次，证词录像以文学语言重构过去历史。在证词录像中，幸存者和见证人用自己的声音说话，并非通过一个非个人的或显得非常中立的叙述者进行讲述。他针对在场的而非影子般的听者自我呈现，可能更具有复原性作用。那么，以不同个人来对同一事件进行不同视角的叙述，可以更为有效地达到重构那段历史的目的。在这种叙述中，叙述者不仅是生活在当下的对往事的叙述者，而且也是叙事中的一个人物，存在于被描述的文本中。这就是巴特所说的一种不及物写作（intransitive

---

① Geoffrey H. Hartman, "On Traumatic Knowledge and Literary Studies", *New Literary History*, Vol. 26, No. 3, 1995.

② Geoffrey H. Hartman, "The Humanities of Testimony: An Introduction", *Poetics Today*, Vol. 27, No. 2, 2006.

writing），即一种作者与文本之间距离为零的直接表达，作者就在文本之中，而非超然于文本之外。贝纳尔·兰（Berel Lang）认为，这种不及物写作是一个非个人化的表述，从而将它与文学想象对立起来[1]。哈特曼的观点立场与此截然相反。他将证词视为一种个人性的文学叙事，或者是一种对记忆的文学建构。一般而言，对创伤的认知包括两个层面，一是创伤事件，二是创伤记忆。如果说前者是最初的遭遇，是真实的、确定的，对应于文学文本的字面意义的话，后者则对应于文学中的比喻意义或修辞意义。因为创伤经历者受到震惊无法对创伤事件真正理解，在经历与理解之间就产生了脱节。这种脱节在哈特曼看来，恰恰是修辞性语言加以表达和探索的领域，所以"任何模式的创伤记忆再现都冒着自身成为修辞性语言的危险"[2]。如果说语言的修辞性造成了语言符号的能指与所指之间对应关系的消失，最后剩下的只是能指符号的相互替换这一否定性特征，那么也就不存在单一的、本真的意义，从而导致阐释的必要。正是在这一层面上，哈特曼将幸存者和见证者对于创伤事件的口述既看做一种文学，也看做一种阐释，当他们

---

① 贝纳尔·兰在利用大屠杀事件来审视西方启蒙哲学、社会学、文学、伦理学实践的客观性时，认为以修辞性语言和情节建构为主要特征的文学不能用于再现大屠杀事件，因为就该事件的真实性而言，它需要的是一种反映事实的写实的语言，而文学语言毫无疑问对真实性具有损害性。换言之，他认为，文学语言只能反映想象的世界，对应于虚假的历史，不能呈现真实的历史，尤其对于奥斯维辛这样的事件，只能用写实的、直接的表达方式，即一种"不及物写作"。由幸存者直接讲述自己亲历的种族屠杀故事，好像他们刚刚从大劫难中逃了出来一样，就是这种去个人化的不及物写作，在理论的客观性和具体的主观性之间铺设了一条中间道路，这就是最适合呈现大屠杀事件的方式。参见 Berel Lang, *Act and Idea in Nazi Genocide*, Chicago: University of Chicago Press, 1990, p. xviii, 144。

② Geoffrey H. Hartman, "On Traumatic Knowledge and Literary Studies", *New Literary History*, Vol. 26, No. 3, 1995.

说"我看见"或"我明白"的时候，其实是一种文学的方式，其实他们什么也没有看见，什么也不明白①。以一种文学的方式揭示那些不为人所知的知识，重点在于运用一种想象性的语言，不是一种理性的意义的透明性，因为真实（经验的或历史的起源）不可能知道，它们永远就像一个幽灵回荡在记忆之中。

再次，证词录像体现出主观真实性。证词录像中的幸存者和见证人是在大屠杀事件发生近半个世纪以后进行回忆描述，并且自己对当时发生的事件由于震惊无法理解，因而时代的久远与认知的限制，加之证词的个人性和主观性，这些都不可避免地使他们的记忆变形或发生扭曲，存在对历史真相的歪曲，尤其对一些涉及日期、姓名、事件顺序等一些需要实证的东西时有所疏漏，这一点是无可辩驳的。但是，同样无可辩驳的是，证词录像表现的是当事人在现在时刻对过去事件的现实感受，这种毫无掩饰的、直接口述的记忆给观看者以绝对真实的感觉，这种真实不在于其与几十年前发生的历史事件完全吻合，而在于幸存者和见证人通过记忆的想象自然流露出来的直接感受和表达出来的真实情感。同时，每一个证词都将听者和观众置于记忆的在场中，直接感受幸存者和见证人对其经历的最原初印象和影响，从而具有一种非同寻常的直接的情感效果，能够使听者与观众的内心与灵魂都为之所动。相对而言，他们的证词是否与过去历史事件完全吻合已经变得无足轻重了。正是在此意义上，哈特曼认为，证词录像就像柯勒律治的名诗《古舟子咏》一样，要求读者"对不信

---

① Geoffrey H. Hartman, "On Traumatic Knowledge and Literary Studies", *New Literary History*, Vol. 26, No. 3, 1995.

任进行悬置"（a suspension of disbelief）①。在大屠杀中，受害者遭受的巨大恐惧使之无法被外界相信，甚至对受害者本人来说也令人不可置信，因为自己被置入一种没有希望的境地。所以，暴行使得反应几乎不可能。只有当受害者或听见这种暴行的人能够相信它确实发生过，并且相信可能再度发生，当他认为这种暴行还没有否决自己关于人的观念或使自己产生去人性化思想的时候，才可能产生反应。

最后，证词录像催生个体反应性。在诗歌创作中，华兹华斯对游走的小贩、无家可归的妇女、贫困的牧羊人、瞎眼的乞丐、野性的男孩、疯癫的母亲、采石场的跛子、瘫痪的男人等所有在路途中不期而遇的个人，都表现出极大的反应力和热情。他称这些人为"未实现的精神"（unconsummated spirit）②。华兹华斯这种敢于感觉、敢于移情于与自己不同的人并对之产生反应的能力，让哈特曼认识到证词文学本身所具有的扩大、加深人们对极端事件的敏感性和意识的作用。在哈特曼的解读中，作为叙事文本的证词针对着一明一暗两种读者。前者是指叙述者自身。一方

---

① 该短语是柯勒律治于《文学自传》一书的第 14 章中谈论他与华兹华斯共创《抒情民谣》时所涉及的有关诗歌创造与阅读时自造的一个短语，它最初的表达是"对不信任的自愿悬置"（willing suspension of disbelief）。18 世纪由于科学发展带来的启蒙理性思潮盛行，诗歌和小说创造中传奇式和哥特式等一些涉及超自然元素不再受到人们的青睐。在这种情况下，柯勒律治希望人们仍然重视所谓非现实因素在诗歌中的作用。因此，他认为，如果从人的内在本性出发将趣味与非真实融进诗歌创作中，塑造超现实的或者传奇人物，读者完全可以暂缓对故事的可能性或真实性进行判断，这正是诗歌的信仰所在。参见 Samuel Taylor Coleridge, *Biographia Literaria*; *or Biographical Sketches of my Literary Life and Opinions* (Vol. 2), London: Oxford University Press, 1907。

② William Wordsworth, "Preface" to *Lyrical Ballads*, in Geoffrey H Hartman (ed.), *The Selected Poetry and Prose of Wordsworth*, New York: The New American Library, Inc. , 1970, pp. 410 – 423。

面，高度个人化的证词虽然是对人类共性的诉求，但这种共性并非意味着一致性。证词录像的幸存者和见证人来自非精英阶层，多数由于战争、经济状况恶劣被剥夺了受正规教育的机会，所以他们代表着来自社会底层的人，成为官方历史中被遗忘的群体。作为战争的巨大受害者，他们的身份认同意识遭遇破裂，且破裂程度如此之深，乃至于需要进行自我接受。因此，他们每个人的每段叙述，还针对另外一个不那么明确但很必需的内在的他者，如保尔·克兰（Paul Celan）所称的幽灵般的"你"。这个"你"或者"他者"，从本质上来讲是一个讲述者自己没有意识到的听者兼心灵伙伴，因为即使在自由后的很长一段时间里，许多幸存者在精神上仍然处于囚禁状态，没有从过去巨大的黑暗阴影中走出来，但这种状况自己也许根本没有意识到。如此，每个幸存者和见证人同时扮演了三种角色：故事叙述者、故事人物以及故事倾听者。尽管是对同一事件的记忆，但由于受害人数量如此之大，由此引起的反应的复杂性远非小说能够比拟的。正如哈特曼声称："对于一场被迫害人数如此之多且造成的生命危害和精神错乱如此严重的大灾难，如果试图以小说来传播，必然会遭遇人们的一种保留看法，小说的力量（或精细）能否可以避免一种伪造篡改事件的风格吗？在我们的时代，通过纯粹世俗的方式，是否能够既保存灾难又保存人性真相，即以比历史学家的记忆更有效的方式来传播它呢？"① 对于哈特曼而言，虽然以大屠杀为题材的小说文本和历史也许令读者感觉像近距离的观察者，甚至产生移情作用，但是非现实的小说的方式和实证的历史的方式都无法有效地涵盖大屠杀事件的复杂程度，所以他选择了幸存者和

---

① Geoffrey H. Hartman, "On Traumatic Knowledge and Literary Studies", *New Literary History*, Vol. 26, No. 3, 1995.

见证人的证词录像这一更具个体化和平民化的世俗方式。除了这种再现方式本身涉及的人物较为广泛之外，最根本也是最重要的原因是其声音、视觉上给人带来的真实性，以及这种真实性引起的复杂的反应性，甚至于伴随这种反应性而生的想象力。再者，虽然哈特曼也认为口述证词一类的创伤记忆是一种文学语言表述，但是这种表述同时承担着传承文化、做出智性承诺以及履行道德义务等多重使命，因为过去半个多世纪以来人们对大屠杀的研究并没有让哈特曼感到满意。如果说之前的研究无论从施害者还是受害者角度，都让人们窥见了潜伏于人性深处的极度阴暗和凶残，且常常存在被文化挪作他用的危险，那么，哈特曼期望通过自己的研究发现更多的是人性的希望之光，或道德上与政治上的有效借鉴。

第二节　文化视野中的文学批评

如果说大屠杀幸存者和见证者证词录像是哈特曼以一个犹太学者特具的文化视角在微观层面上探讨创伤文学叙事模式的结果，那么与此同时，他也没有停止以一个文学批评家的身份从更为宏观的意义上对处于文化视野中的文学批评的关注。1984年哈特曼发表了《批评的文化》（"The Culture of Criticism"）一文（收入《次要的预言：文化战争中的文学随笔》）。文章除了对近一百年来的文学批评史做了简要回顾外，还就批评与文化之间的关系做了简要论述，可以说该文标志着哈特曼对文化问题开始加以关注。随后于1991年和1997年，哈特曼先后出版了《次要的预言：文化战争中的文学随笔》以及《文化的重要问题》两部专著，集中论述了文化问题以及文学批评问题，尤其关注两次世界大战期间及以后的文化，从反总体性、纯净性、同一性的一贯立场指出文化多元主义、文化相对主义与文化预见性为人类带来的不利影响。但是，他并非以一个反体制的文化批评者或革命者的姿态出现，而是从一个文学批评家的视角来审视当代文化生活中存在的危险倾向，以警醒世人这种危险倾向曾经给人类带来的恶果以及正在或将要导致的不良结果，并进一步阐明，对于文化带来的这种恶果，文学及文学批评，或者从更宽泛的意义上讲艺术本身，发挥了不可替代的调节作用。既然如此，文学批评家就承担者不可推卸的道德责任和义务，防止文化要旨主义（cultural foundationalism）卷土重来，给人性带来更大的创伤和危害。鉴于此，本章将从哈特曼一直关注的批评文体、文学批评家作为大学教育者和人文学者的责任两个方面来研究他的文学批评思想，以期更进一步了解哈特曼的文学批评思想如何在文化意义上得到拓展和延伸。

一　批评随笔的功能

如第四章所述，哈特曼在《荒野中的批评》一书中认为，批评与小说、诗歌一样具有语言的调节性和创造性，故成为一种独立的文类，有自己的独特风格，不能混同于其他文学形式，而随笔形式恰好适切体现了既区别于其他文学作品形式，又有别于过于客观和系统性的学术论文的特征，因此哈特曼赋予其作为批评文体的重要地位，视之为一种可应答的文体。如果说当时哈特曼是从批评的创造性角度出发看重随笔具有体现批评主体性和创造性的功能，那么，时隔十余年后，他则拓宽了自己的视野，将批评随笔置于更为宽泛的文化背景中，来审视该种文体对于文学批评以及文学批评对于社会的功能，如他所言，"关于批评随笔的文体之争，最初看上去似乎只涉及文学研究领域，实则具有更大的语境和含义"①。

哈特曼将这种语境和含义更多地限定在文体产生的文化背景，以及这种批评文体对于文化和社会所产生的批评功能，也即它所谓的文体的生产性。因此，他将文体问题与以下问题关联起来。第一是批评的公共或交际性问题。既然批评不是纯粹的个人行为，那么批评随笔就应该具有开放性，亦即一种非专业性。但是，这种开放性和非专业性应达至怎样的程度？第二是艺术中的审美意识形态问题。如果说艺术审美是一种神秘化，它隐藏自我兴趣，或不想让它凸显出来，那么这是否会造成一种不适？第三个问题是文学批评在数量上的猛增减损了自身的威信，如此，随笔这种批评文体的特性何在？从上述三个问题来看，哈特曼关心的是人们是否应该抛弃文学研究走向文化研究，因为后者可以更好地揭示被调节的文本所具有的隐藏状态。对于此，哈特曼虽没有明确表态，声称自己尚未表明为什么文学研究应该转变为文化研究，承担起属于政治哲学、社会科学、法学应当承担的重任，但是，对于文化问题的关注，尤其是对战争期间和战后文化的关注，表明他转换了看待随笔作为批评文体的视角，赋予这种文体更多的历史和文化含义，如他的书名《文化战争中的随笔》所示。

哈特曼主要从两个方面探讨了随笔文体的文化语境。首先，他从历史的角度以艾迪生和斯蒂尔主办的《旁观者》杂志所代表的批评散文为对象，历史性地考察了这种产生于18世纪英国的文体所具有的社会历史语境。对于哈特曼而言，这种深受法国

---

① Geoffrey H. Hartman, *Minor Prophecies*: *The Literary Essay in the Culture Wars*, Harvard University Press, 1991, p. 2.

"诚实人"（an honest man）观念 ① 影响的批评散文的出现，说明当时的公众更包容、更民主。职是之故，哈特曼称之为一种"友谊文体"（a friendship style）。这种友谊指当时社会的所有成员，无论其社会地位高低和职业贵贱，文人们在咖啡馆清静、欢乐的气氛中，在一种平等的立场上对话，闲聊新闻。由此，这种随意的社交产生了一种明晰的、非学究气的散文，从而创造了英国传统中诉诸一种中间的或书信体的混合形式，而后发展成为一种自然的、诙谐的、文雅的对话模式。这种模式既没有商业般的功利，也不如纯科学一样抽象，更不如学术一样高度专业化。

这种融合的文体或中间文体与当时的文化语境有着深刻的联系。当时，印刷业的兴起促进了报纸、杂志等的发展，像《旁观者》一类的杂志为新闻的传播提供了有效渠道，加之辉格党和托利党之间的争斗引起的政治争论吸引了大量社会中的上层人物，所以，这种新闻式的交谈既促进了新闻的传播，也产生了祛魅的感觉，因为当一切都是新闻的时候就没有什么是新闻了。但作为闲暇之际的谈资，所以这些事情只是被浅论则止，如哈特曼所说的"这种散文似乎没有一个主题，因而也没有主题"②。这种文体体现出文人们一种小心谨慎的姿态，虽然也意识到自己关于日常事件的潜在的煽动性。这就产生了一种能够处于轻松与严肃之间，因而避免狂热思想的有效方式。

在哈特曼看来，这种对话虽然也不乏对语言的反思，但常常

---

① 法语为 honnête homme，但没有现代意义上的"诚实人"的意思，意指受过良好教育的贵族以一种不卖弄学问的、温文尔雅的、高雅的方式与人交流，交谈时不会让自己的职业或社会地位被察觉。与当时兴起的沙龙的影响有关。参见 Erich Auerbach, *Scenes from the Drama of European*, Minneapolis: University of Minnesota Press, 1984。

② Geoffrey H. Hartman, *Minor Prophecies*: *The Literary Essay in the Culture Wars*, Harvard University Press, 1991, p. 79.

压制了一种智性的交流，流于一种缺乏辩证性的对话，成为佩特所称的新古典主义规则的最后避难所。也就是说，这种对话缺乏一种思辨性和理论性。所以，哈特曼将这种散文文体加上了思辨色彩，从而使其与理论和哲学产生了关联，即他称之为"茶总体性"（teatotaling）①的一种文体——随笔文体，试图将传统与理论进行融合，并努力以此种融合来处理他所说的两种批评文体之间的紧张关系：学术性的专家批评文体和公众的批评家文体。前者努力将文学研究发展为一门学科，并提出方法的、知识的和理论的要求，后者将艺术视为一种普遍的、能够被公众所理解的遗产，因此对于专业性的批评怀有一种敌意，视之为一种威胁，认为它的介入使得艺术对于公众而言更加深不可测，具有一种去人性化和虚伪主义的倾向。换言之，专家批评文体理论性和专业性较强，充满了专业性术语，偏向于哲学批评，公众批评文体亦即英国传统的批评散文文体，注重品味和直觉，提倡一种公众式的对话方式。对于前者，哈特曼认为它可以凸显文学批评的独立地位，"批评要求独立，它从属于艺术具有欺骗性"②。但批评独立的同时，它的阐释性地位又要求自身进入一种由集体范式支配的领域，所以与公共领域保持着一种非常谨慎的关系，这种谨慎关系就由第二种批评文体体现出来。然而，与艺术向公众呈现相反，批评的阐释性具有一种内转性，不以一种强迫的方式对艺术

---

　　①　在《茶和总体性》一文中，"茶"指18世纪英国传统以艾迪生和斯蒂尔为代表发展起来的批评散文文体，反映了有教养的文人在咖啡馆以平等的地位闲聊的情景；"总体性"代表了思辨色彩厚重和学术性、专业性较强的哲学批评，以德国、法国等大陆国家为代表，强调知识的统一性和普遍性。为了押头韵的需要，哈特曼将coffee一词换成了tea，当然也取其轻松、闲聊之意。如此并列，是为了说明英美批评传统与大陆批评传统的差异所在。

　　②　Geoffrey H. Hartman, *Minor Prophecies: The Literary Essay in the Culture Wars*, Harvard University Press, 1991, p. 13.

进行判断或解释，而是唤起被人们疏离了或拒绝了的思想。

为什么哈特曼如此强调批评中的思想和理论？与之前（见第四章）关于批评的创造性相比，他现在似乎更多地青睐于有创造性的专业批评，认为这种批评更具有批评精神。这无疑与他后期对世界大战期间文化的了解有着密切的联系。在哈特曼看来，当时的政治极具压制性，以至于文学和文化思想只是它的一个附加物，理论成为加强意识形态统治的工具，文化被罩上了一层厚重的阴影。一方面，启蒙以来盛行的观点，以及从阿诺德以降关于思想的无偏执性的理想表明，文化远离意识形态政治，甚至去除了阶级结构。但另一方面，两次世界大战、大屠杀以及更多频频发生的战争和持续不断的种族、宗教、民族冲突等历史记录，颠覆了文化无阶级性观点，表明历史并非全是解放故事的书写，也并非人类从自我设置的束缚中逃离出来的故事书写，因此文化的概念被蒙上了一层阴霾，变得阴暗了，"成为一个煽动性字眼，成为点燃真正战争之火的引擎"①。结果便是，在这种黯淡的文化场景中，人们对将来产生了一种不确定感，由此激起了人们对于将来进行补救的想象性计划。其中，宣传技术的发展使许多事物都成为预见和宣传的结果，成为有组织的撒谎和意识形态虚假化的结果，产生了哈特曼所称的"文化预见"（cultural prophecy）。在世界大战期间，这种倾向日益加剧，加速而非阻止了灾难的发生。在哈特曼看来，文化预见是一种如同天启一样的、应该加以排斥的东西，因为它具有一种反事实性，将批评视为意识形态斗争中的一种上层反映或武器。同时，作为预见主义，文化预见试图决定一个民族将来的命运，如同纳粹对犹太人

---

① Geoffrey H. Hartman, *The Fateful Question of Culture*, New York: Columbia University Press, 1997, p. 13.

的文化劣等性判定一样。它抹杀希望，成为蛊惑人心的力量，在一种抽象的视像中，一切限制都被取消了，宗教般的狂热和政治上的盲见使得大众无法在字面意义和修辞意义之间进行区分，因而成为纳粹利用文化实现其政治野心的工具。由此，哈特曼强调的是批评的批判性，具体而言是对文化预见的批判性，而这种批判性在理论身上体现出来。

理论怎样具有批判性？首先，它并不只是指导思想用于实践，而是要揭露事实的不真实性、抽象性、瞬时性和修辞性，这就要求哈特曼所称的非普通读者（Uncommon Reader）[①]。因为普通读者不强调批评的专业化，不强调理论，因而其批判性就很脆弱，成为一种"潜在的协同的读者，是与国家意识形态或虚幻的公众哲学之间进行协同的读者"[②]。如果这样的话，一种没有理论的批评就更为可取，抵制理论就是完全正当和合法的。但这恰恰与哈特曼的立场相反。在此方面，哈特曼尤其推崇阿尔都塞和哈贝马斯，认为他们是理论批判性的典范。因为对于二者而言，理论不是歇斯底里的症状，而是批评的必要条件。阿尔都塞的理论关注怎样处理意识形态的含沙射影和羁押特征，哈贝马斯的交往理性理论则强调伦理价值。由此可以看出，哈特曼划清了理论与意识形态之间的界限，如同阿诺德一样反对将理论与意识形态混淆起来。

E. P. 汤姆森（Thompson）认为，理论是贫穷的，从来赶不

---

① 哈特曼将读者（批评家）分为两种，即普通读者（common reader）和非普通读者。普通读者指 18 世纪流行于英国的那种文雅的、有教养的批评家，如艾迪生和斯蒂尔，他们创造了闲谈式的、对话式的批评散文体。非普通读者指具有一定的理论和专业知识、主张批评本身的学科性和独立性的批评家。参见 Geoffrey H. Hartman, "From Common to Uncommon Reader", in *Minor Prophecies*: *The Literary Essay in the Culture Wars*, Harvard University Press, 1991, pp. 74–89。

② Geoffrey H. Hartman, *Minor Prophecies*: *The Literary Essay in the Culture Wars*, Harvard University Press, 1991, p. 87.

上英国工人阶级的发展和自我发展，且属于上层建筑，因而具有巨大的俯就态度。瑞恰兹虽然视那种见多识广但属于上流社会的高级闲谈传统为敌人，克服了印象主义，将文学研究拉回文本，远离任何代替文本经验的替代品，提供了有原则的批评思想，但没有提供一套具有系统性的专业术语和概念范畴。利维斯拒绝所有的专业哲学思想，虽然并不否认自身所采取的默许态度有自身的基本原理，但是认为将之外化就更为有害。对于他而言，真正的传统就摆在那儿，批评家要做的就是让它继续下去，沿着自己的道路发展下去。因而，对于利维斯而言，理论是衰退的一部分。相对而言，哈特曼更倾向于肯尼斯·伯克对理论的态度。伯克对专业术语进行了饶有趣味的、创新性的发展，他那种混合专业性和口语性的理论模式，成为哈特曼所称的将理论回归到一种更为形式化的批评中这一目标的典型体现，因为对术语的创造性使用，以及融合以前被排斥的口语的批评模式，一方面消除了黑格尔以后理论被套上的浓厚的说教和上层思想色彩，另一方面也消除那种以愉悦而非教育、以品位为重的高级闲谈式的中间或对话文体。理论与哲学之间的问题涉及总体性问题，只有理论才有力量从目前的物象和客体化的断片、异化本质中走出来，进入总体视像，将所有事物整合起来而不是和解它们。除了它的整合功能，作为革命意识的工具，理论使人们看清现实，通过理论，人们得以撕去统治阶级意识形态笼罩在资产阶级社会人类关系物化上的面纱。总而言之，理论是一种能够揭示非真实的力量。因而，对哈特曼而言，"有艺术的地方必须有理论"①。

　　那么，既能体现艺术般的创造性，又能将专业性术语结合起

---

① 　Geoffrey H. Hartman, *Minor Prophecies*: *The Literary Essay in the Culture Wars*, Harvard University Press, 1991, p. 100.

来，既能将由英美民主理想激发的传统沿袭下去，又能将大陆理论思想结合起来，既能保持自己的独立地位，又具有批评精神的批评文体，莫过于随笔了。在探寻批评文体问题的过程中，哈特曼解决了两个问题：一是理论与传统的关系问题，二是文学批评在新的文化语境中的批判精神问题。他赋予了随笔崇高的地位。随笔作为一种创造性的专业批评文体，通过塑造一种打破旧习的文体的方式而非文化宣传的方式，处理了这两个问题。而且，哈特曼对它抱有极大的信心，认为批评随笔对文化预见的批判性使得自己"并不处于一种幻想之中"①。也许，这种信心源自他对永恒人性的信心，正如致力于建立大屠杀证词录像档案馆一样，哈特曼相信，不管文化呈现出怎样的阴暗面，人性始终可以被唤醒，但得通过一种恰当的方式。

二　文学和文化

哈特曼反对文化研究对艺术独立性的侵蚀。对于他而言，艺术总是发挥着一种独立于政治命令和社会规范的移情性想象，并凭此能力享有一定的独立性。但在从自身体制内部研究向文化主义视角的转变中，艺术被斥为具有一种假定的精英立场，因而人们试图通过文化的、政治的或其他功能性标准来操纵艺术，试图使艺术更具阐释性，以此证明它的社会或物质有效性。那么，艺术的悖论正如汉娜·阿伦特（Hannah Arendt）所说的那样，"艺术品在持久力方面是'最世俗的事物'，但是是唯一的在社会生活进程中没有功能的事物"②。

---

① Geoffrey H. Hartman, *Minor Prophecies: The Literary Essay in the Culture Wars*, Harvard University Press, 1991, p. 100.

② Hnnah Arendt, *Between Past and Future: Six Exercises in Political Thought*, New York: Viking, 1961, p. 209.

　　因此，哈特曼从关注文化的角度表现了他对艺术尤其是文学现状的担忧。在艺术与文化之间的冲突中，艺术常常被强制性地陷入一种为尽政治义务的境地。以各种各样的文化民族主义为表现形式的文化冲突或战争在局部地区乃至全球范围内上演。虽然，在追寻文化身份认同的过程中，人们常常开发古老的艺术遗产，在恢复过去众多文学传统中使得这种传统得以从籍籍无名中被拯救出来。但是，这种拯救是以文化主义的名义进行的，并非为了挖掘艺术作品或文学作品本身的特性。由此看来，"文学"尚未发展，该词的活力和影响力现状已经黯然失色。当"文本"一词被推演到文化中的各个领域，甚至整个社会就是一个文本时，似乎一切学科都在从文学中索取而非为文学添彩。这种文本类推起到的作用，实际上就是将艺术置于与所有其他活动整齐划一的水平，要么鼓励人们将它去神秘化，要么将它简约为社会学的一个例证。也就是说，文学作品或艺术作品本身的文本性特征已经消失不见了，文化的符号学理论将一切人类活动纳入自己的大网内。正是因为文学处于这种危机下，哈特曼在其《文化的重要问题》一书中声明，其目的是"恢复文学作为对文化进行思考的一个焦点的特殊性，以及体现文学作为挑战一种单一或自满的文化主义的一种力量"①。

　　那么，什么是文化？虽然没有提出一个明确的文化概念，但在大屠杀文化研究中，哈特曼首先极度排斥和否定那种以同一性或统一性为目的的文化观念，因为这种文化观念要求政治和谐，而正是这种对和谐的追求产生了强制性和排他性，产生了第二次

---

① Geoffrey H. Hartman, *The Fateful Question of Culture*, New York: Columbia University Press, 1997, p. 2.

世界大战中的种族清洗，文化思想成为屠杀的借口。另外，如果文化旨在寻求一种业已消泯的同一性，那么，艺术就会因为被工具化而消失，置于被统治管理的地位，甚至被认为是一种社会的、功能性的消耗品，即产生所谓的艺术的终结。在马尔库塞看来，艺术的终结即是文明达到极点时所导致的彻底的野蛮状态。在此种状态中，人们不再能够区分真与假、善与恶、美与丑，如世界大战爆发时那样。

既然文化不是以同一性为其核心内容，那么它就是一个对立或分裂的概念。首先是文化与自然的对立。对于哈特曼来说，世界大战期间纳粹分子对文化思想的挪用实际上忽视了这一事实，即文化一直是一个对立的概念。它支持由技术统治带来的进步，但也频频回首那些更少地依赖于这种技术统治的生活形式，一个被技术破坏得无以修复的自然。在修复自然方面，哈特曼将华兹华斯作为典范，认为他创造了一种"情感文化"，从而拯救了一种现代情感。华兹华斯总是将自然视为一个感情和知觉的复合整体，担心在工业化的进程中，这种自然整体将从想象中消失，于是发展了一种田园牧歌式的文化，以对乡村文化的记忆对抗那种普遍性和抽象性。在这里，文化成为反对抽象生活的辟邪物。它反对一种逐渐加强的、具有侵蚀性的非现实的感觉，尽管这种田园般的时刻具有一种乌托邦主义倾向或一种欺骗性。

在吸收席勒关于审美教育和艺术作为教化过程的中介，以克服理性的分裂这一观点的基础上，哈特曼认为这种情感是教育的结果，且艺术参与了这种教育过程。席勒在设定审美教育这一中间状态时，认为审美的创造活动能够解除人身上一切关系的枷锁，使人摆脱了一切称为强制的东西，不知不觉中在游戏和假象中创建了第三个王国——一个审美自由的王国①。对尼采而言，这种审美幻想是有价值的，因为文化的统一性不能被国家加以保证。对于哈特曼而言，他更看重的是艺术（文学）作为中介在情感教育中的教化作用。情感教育在人的孤独感和社会性之间调和，涵盖了很多生活意义。从生命一开始，人们的情感就被影响着、塑形着。毫无疑问，想象性文学便承担了此种任务，对浪漫主义情有独钟的哈特曼则选择了浪漫主义诗歌尤其是华兹华斯诗歌。艾略特等人认为浪漫主义诗人将情感从思想中脱离出来，因此是一种伤感主义和情感谬误。但是，哈特曼正是看到了这种情感的敏感性对消除现代媒体带来的去感觉化的作用。在情感逐渐冷漠乃至受到限制的时代，浪漫主义诗人敢于感觉的勇气成为克服文化与自然对立的一剂良药，他们的诗歌成为弥补自然和文化之间裂缝的最佳选择。

其次，文化是一个分裂的概念，还表现在文化与文化之间的对立。民族和文化概念的再度分离产生了多元文化主义，结果是创造一个世界性文化的理想烟消云散了，代替此种理想的是各种亚文化。每种亚文化都以一种极端的意识和被意识形态化了的地方主义声称某种身份认同。由此产生了哈特曼所称的"一种文化"（a culture）和"大写文化"（Culture）的区别。文化与自然之间的传统对立让位于文化和文化们之间的对立，前者可能持同一性立场限制个人权利，后者则为一种公共领域，是可以自由交换思想的市场。如果承认文化和文化之间的对立，那么结论就可能是，某种文化朝着霸权方向发展，最终为一种总体化的意识形态言说，使得人类朝更抽象的方向发展。但这种抽象性是哈特

---

① 参见［德］弗里德里希·席勒《审美教育书简》，冯至、范大灿译，北京大学出版社 1985 年版，第 151 页。

曼所极力反对的。在这里，哈特曼将文学和文学研究引进了文化。首先，他认为文学希望解放人类的抽象性。当然他的重点又落在了浪漫主义诗歌身上，认为这种诗歌努力倾听那种脱离肉体、但试图回归肉体的灵魂的声音，因而能将想象从抽象中拯救出来。他以布莱克的诗歌为例，认为他的诗歌反对体系，"揭示意识形态如何给心智戴上镣铐，如何歪曲一切具有创造性的事物"[①]。哈特曼将文学对话性或多声部结构视为抵抗文化统一的一种本质特征，"如同自然一样，文学似乎与'险恶的统一'作斗争"[②]。换言之，文学（包括文学研究）虽然具有异质性和不明确特征，但并没有排斥那些对立的东西，相反，它培育了一种辩证理想。这样一来，作为一种复杂调节体的文学文本或批评文本，为创建一种包容的文化提供了范式，为寻求一种和平的而非战争性的文化概念提供了栖息之所，尽管在现代，这种文化概念已经很稀少了。

由上所述可以归纳出，哈特曼所称的文化的重要问题就是，人们如何避免文化成为被政治利用的工具，以防重蹈纳粹挪用文化的覆辙？或者说，人们如何克服文化多元主义和文化相对主义导致的文化战争，避免如大屠杀一样造成漠视生命和浪费生命的人间悲剧？对于此问题，哈特曼提供的答案是在文化的不一致中制造一种和谐，而华兹华斯在其诗歌中树立了这种和谐的典范：自然与想象之间由对立走向统一，由统一走向相互超越，且两者之间既互为支配，又呈现出一种慷慨、友爱、开放的特点。如果效仿此种诗歌的或者文学的模式，已经发生和正在发生的文化战

[①]　Geoffrey H. Hartman, *The Fateful Question of Culture*, New York: Columbia University Press, 1997, p. 63.

[②]　Ibid., p. 166.

争和冲突就能被避免，一种更富有人性的、更包容的文化（a culture of inclusion）就会由此诞生。也许，对一生都钟情于华兹华斯的哈特曼来说，用他心目中理想诗人的诗歌来表达自己的文化理想最为合适不过了："尽管我们如同尘埃／但不朽的精神在缓缓增长／如同音乐中的和谐之声／一种无法预测的艺术／将各种不和谐的元素协调起来／使它们紧紧地依附在一个社会中／多么奇怪／所有的恐惧、痛苦、后悔、烦恼、厌倦都融合进我的意识……"①

---

① Wordsworth, "The Prelude", in Geoffrey H. Hartman (ed.), *The Selected Poetry and Prose of Wordsworth*, New York: The New American Liberay, Inc., 1970, pp. 206 - 207.

结　　语

从 1954 年第一部专著《未经调节的视像》的出版到 2007 年学术传记《学者的故事：一个欧洲流浪孩子的知识之旅》的问世，哈特曼在半个世纪的文学批评生涯中笔耕不辍，筚路蓝缕，以其对文学的深刻洞察、对人文学科的密切关注，以及对人文精神的殷切希冀，为 20 世纪下半叶的美国文学批评增添了一道亮丽的风景。

由于受大陆哲学尤其是法国与德国哲学的影响极大，而且对各种理论兼收并蓄、广纳约取，哈特曼的理论话语呈现出一种开放性而非封闭性样态，亦即说哈特曼在其学术生涯中并没有一个一以贯之的理论体系，读者无法在其作品中固定其理论驻足点。与此相应的是，哈特曼的关注点经历了从浪漫主义诗歌、圣经注释、文学批评到大屠杀文化研究的变化。一方面，这种变化大致勾勒出 20 世纪下半叶美国文学批评的发展脉络：从新批评的式微到浪漫主义研究的复兴，从形式主义研究到主张阐释不确定性的修正批评，从批评的寄生性到批评的创造性，从文学批评到文化研究，等等，无不反映在这些关注点的变化中。另一方面，这种关注点的转变也表明了哈特曼对于自己研究领域所特具的深刻洞察力和敏锐意识，正是这种洞察力和意识使得他的研究呈现出一种动态性，体现了时代发展的特征。

然而，在这种关注点的变化中，却隐含了哈特曼对浪漫主义尤其是华兹华斯的不变情怀。哈特曼称自己从未离开过华兹华斯，这并非言过其实。毋庸置疑，这种形影相随是从华兹华斯在哈特曼形成其批评思想过程中产生的巨大影响层面上而言的。哈特曼早期对华兹华斯诗歌的研究自不必多言，正是阅读华兹华斯的诗歌促使哈特曼萌发了进入文学研究领域的渴望，而自己的特殊经历又使其对华兹华斯产生了一种意识上的认同，这种认同使哈特曼眼中的华兹华斯成为意识、自然和想象力三者之间关系的绝佳处理者，尤其是自然和想象之间不分轩轾、互相支配、互为补充、互动共存的关系影响了哈特曼对于阐释问题、文学与批评的关系问题以及批评与文化的关系问题的根本立场。就文学阐释问题而言，哈特曼认为犹太拉比对圣经文本的评注是一个完全值得借鉴的资源，因为拉比们的评注与圣经文本并不存在主要和次要之分，而是你中有我、我中有你，作为阐释圣经文本的评注又作为被阐释的文本置于源文本中。这样，既扩展了文本的概念，又拓展了批评的范围。文学与批评的关系亦如此。批评之于文学，并非因其是对于后者的评论或阐释而成为其寄生物或奴仆。相反，批评具有与文学一样的创造性，且这种创造性与文学的创造性毫无二致。因此，批评就是文学，它一方面拥有自己独立于文学的创造性，另一方面拥有自己的文体风格，即批评随笔。这种文体与文学作品那样，具有语言上的不确定性或曰可调节性，因而不像严谨的学术论文那样具有极大的系统性和封闭性，而是需要像阅读文学作品那样给予细读。在此意义上，文学与批评之间呈现出一种平等的、开放的关系，你中有我、我中有你，互为补充、互为拓展。在关于批评与文化的关系问题上，哈特曼也将之视为自然与想象的关系一般，具体表现在他关于证词录像的观点上。华兹华斯诗歌中的反应性，即对于底层劳动人民的关注，为哈特曼研究大屠杀问题提供了范式，从而有了他致力于研究的大屠杀幸存者和见证者证词录像这一特殊的叙事模式。这一沿袭口述传统的叙事看重叙说者和倾听者之间的互动关系，强调双方之间对过去记忆的共享，在这种共享的基础上建立一种反应性，以抵制和克服媒体技术给人们带来的去感觉化状态，从而恢复人与人之间的人性关怀。因此可以说，文学批评不纯粹是文化的承载体和附属物，文化也非文学批评的天敌，两者之间是一种互相促进、互动共存的关系。

如果说华兹华斯是哈特曼心中挥之不去、念兹在兹且终其一生的情感所在，与此相应的是，哈特曼作为调节者的理论立场也在其关注点的几度变化中恒定如初，岿然不动。他主要从以下四个方面扮演着调节者的角色：

第一，作为一个欧陆哲学与英美批评之间的调节者，哈特曼意在拓展英美文学批评的疆域，使其从狭小的经验主义背景和实用批评范式中脱离出来，与法国、德国等哲学思想相结合，形成更富于思辨性的批评话语。首先，与新批评派认为浪漫主义诗人过于主观和情感化而将他们排斥在作为科学研究的文学领域之外相反，哈特曼将华兹华斯诗歌引入自己的研究领域，并以德国浪漫主义哲学和现象学为理论指导，结合自己所受的文本细读训练，对华兹华斯诗歌中诗人的意识、自然以及想象三者之间的关系进行了独到的解释，凸显了其早期关于语言调节性问题的关注（尽管此时他认为语言具有不可调节性），为华兹华斯诗歌的研究开启了新的研究视野，从而在 20 世纪 50 年代后的浪漫主义复兴大潮中起到不可低估的引领作用。因此，他本着自身的浪漫主义旨趣，以与新批评对立的立场，以自己的欧陆思辨哲学理论框架，把浪漫主义诗人纳入自己的研究视野，并将之纳入欧陆哲学的阐释框架，从而使自己的纠偏取得一石数鸟之效：既为浪漫主义诗歌拨乱正名，又使德国浪漫哲学传统得以传承；既为自己的研究开启新的疆域，又拓宽了英美文学批评视野。其次，哈特曼认为，艾略特等新批评派曲解了或有意误用了马修·阿诺德关于文学批评的思想观点，而把文学批评降低为文学的附庸品，把两者界定为寄主与寄生的关系。对于此，哈特曼借鉴大陆思想进行了修正。他吸收了德里达关于哲学和文学的文本性思想，这也是德里达对他的最大影响。他十分推崇德里达的《丧钟》一书，认为德里达在该书中对哲学文本进行文学式细读，以及把哲学文本与文学文本并置，充分说明了哲学和文学之间的共生关系。哈特曼认为，这种共生关系不仅抹除了两者之间的固有界限，而且也拓展了文学的概念，哲学、文学和文学批评三者之间呈现出一种等价关系：哲学即为文学，哲学批评即为文学批评，文学批评即为文学。如此，文学批评则不再仅限于作出一种智性判断，它本身也具有了如同文学般的创造性，以及自己独特的风格文体。当然，哈特曼并非一个专业哲学家，因而他更多地站在一个文学批评家的立场来看待哲学与文学的关系，主张文学批评本身应具有哲学性色彩，也因此为贬低思辨哲学的英美批评提供更多的借鉴。

第二，作为犹太圣经阐释传统与现代阐释经验的一个调节者，哈特曼以一种回首传统的目光和姿态为试图挣脱一切传统羁绊而勇往直前的现代阐释注入了新的活力。他吸纳了犹太圣经阐释的思想，认为如同犹太法学博士对圣经的注释一样，文学阐释也应成为一场盛宴而非一场斋戒，因为语言的不透明性或中介性阻止了读者对于文本终极意义的寻求，也因此对追寻所谓上帝般的作者意图画上了一个休止符。既然语言的模糊性和不确定性取消了文本阐释存在唯一标准和有效性这一预设，那么阐释本身也就变得不确定、意义也就居无定所了。加之对同一文本的阐释方法因人而异、各有不同，没有所谓的正确或错误的阐释，重要的是阐释过程而非最终结果。因此，文学批评具有了一种文学文本具有的阐释性，自身在对其外的文本进行阐释的同时，也成为被阐释的对象，循环往复，以至无穷。哈特曼出于对文学阐释现状的不满转向犹太圣经阐释传统，从密德拉什这种具有卓越的丰富性、胆识以及违背常理性的独特阐释模式中，发现走出当代形式主义之争的有效途径。他一方面保持着对大陆批评方式的忠诚，另一方面又强烈感受到形式本身的强大力量。以此为出发点，他提出了一种通过回到形式主义而超越形式主义的途径，即一种形式主义的否定之路，使阐释既能在文本之中又能在文本之外。在他看来，当代阐释者由于囿于文本的藩篱而使得文本想象力极度贫乏，由此产生阐释这一观念的衰退，但另一方面，阐释也脱离不了字词的调节，想象是基于文本的想象，不是不受任何约束的、天马行空般的自由驰骋。

第三，作为文学与批评之间的一个调节者，哈特曼极力提倡批评的创造性特质。与德曼从批评的修辞性、米勒从批评的寄主性和布鲁姆从批评的误读背景来说明批评与文学之间的关系不同，哈特曼对两者之间关系的言说取自更深远的理论背景和批评背景。他从自身一以贯之的大陆哲学与英美批评相结合的立场出发，吸纳了德里达关于哲学与文学之间界限消解的观点，认为这种观点为当时已经步入尴尬境地的美国实用批评或他所称为"不成熟"的新批评带来了生机，为欧陆批评传统和美国批评传统的结合带来了契机。而如何去理解哈特曼所积极倡导的那种既是理性的和哲性的，又是文学的批评呢？他又如何通过自己的批评实践来弥补哲学批评与实用批评之间存在的鸿沟呢？这主要归于哈特曼对于批评文体这一问题的立场。对于哈特曼而言，文体的问题就是方法的问题，就是一个中介性问题，如何寻求一种既富于理性思辨又富于文学色彩的批评文体，成为哈特曼在哲学批评和实用批评之间进行调解的一种努力。尽管哈特曼主张消除文学与批评之间寄主与寄生、主要与次要之分，但是仍然认为两者之间存在文类的区分，就正如人与人之间终究会有性别差异一般。因此，他对那种"男女不分"，即与文学形式混淆不清的批评写作表示不满，因为这种形式以类似文学虚构的技巧为自身增添了趣味，但却削弱了解释的力量，毕竟批评家写出来的是批评而非虚构小说，他不能将自己的主观想象强加于艺术品，并以此来破坏艺术品本身。另外，由于主张批评的诗性和创造性特质，哈特曼对于那种采用普通文体、在方法上显出自己略逊一筹和谦卑地位的批评家或解释者同样给予非难。在他看来，此类批评家在对作家或作品的评论中压抑自己，但却极尽自己情感之能事追求文本的完整性，以此来显示自己批评的客观性、主题与文体的一致性。在对德里达《丧钟》的文体推崇备至后，他将目光投向了随笔这一被认为缺乏系统性、客观性、学术性、专业性而处于边缘地位的形式。在哈特曼看来，随笔以诗歌（广义上）的形式来表达一种对生活的理性和哲性沉思，既发挥着自身的批评功能，又与生活保持着联系，将阿诺德意义上由文学实现的对生活的批评转移到批评领域，从而将批评与文学等同起来，实现创造性批评而非学术性批评的理想。因此，这一断片形式可与评价性或历史性批评赋予批评主体的严格性进行调和，成为一种新的、富有生命力的、更具对话性和应答性的批评文体。进一步而言，批评既然将随笔作为自身的文体，也就与诗歌、小说等并驾齐驱，成为一种文类，亦即哈特曼所称的"智性诗歌"。

第四，作为一个关注人类普遍命运的文学批评家和一个有着犹太血统的文化研究者，哈特曼在自己的文学自我和文化自我双重身份之间进行调节，这使得他在后期对大屠杀文化等问题的研究中显示出一种更为宽阔的批评视野。如果对于英美文学研究来说，20世纪80年代是一场充满危机的、具有转折性意义的关键的十年，那么，在此期间，传统意义上的文学研究面临着挑战，这种挑战使人们在60年代以后形成的关于文学研究的概念、方式以及界限等因素得到重新审视、突破和拓展。实际上，哈特曼自己所称的对大屠杀问题进行研究这一"非学术"行为成为他化解这种危机的一种独特方式。作为一个亲身经历过大屠杀的犹太人，哈特曼对纳粹分子以净化种族的名义发动的血腥大屠杀心存余悸，担心与此类似的人间惨剧再度发生。因此，他坚持反总体性、系统性、统一性以及纯净性的一贯立场，对认同文化和政治表现得极为谨慎与保守，认为这种文化及其预见性试图消除差异，抹杀他者，因而具有极大的危险性。同时，现代媒体技术的发展一方面使得人们不能不知道发生在他人身上的悲剧或痛苦，但另一方面也使得人们对这些悲剧或痛苦熟视无睹、冷眼旁观，即遁入一种去感觉化状态。面对这种文化状况，哈特曼以一个文学批评家的身份，坚决捍卫艺术审美的中间立场，既反对艺术审美的政治化，也反对政治的艺术审美化，以防止艺术被挪作他用。同时，他又以一个犹太人的身份，致力于建立大屠杀幸存者和见证人证词录像档案馆，通过这一独特的叙事方式，唤起讲述者、听者或观众彼此的反应性或应答性，在共享记忆的过程中恢复人类的主体性，并产生一种人性的和谐共鸣。不妨说，这种叙事模式与哈特曼孜孜以求的可应答的批评文体之间存在着一致性，因而如同随笔一样，证词录像也可视为一种批评文体或一种文类。同时，证词录像以有限的但真实的再现方式克服了媒体形象无限但超真实的状态，让述说者在声音和视像的氛围中重建破碎的自我，重树对生活的信心，让观看者和倾听者在保持一种情感距离的同时又产生一种同情性想象，如同华兹华斯诗歌中那些平凡的路遇者一般。所以，对大屠杀幸存者和见证者进行证词录像这一看似非学术的行为，实则将哈特曼作为犹太人的文化身份和作为一个文学批评家的身份联结了起来：作为一个犹太学者，哈特曼致力于唤醒人们对大屠杀的集体记忆，努力履行着自身对同胞应尽的社会责任；作为一个文学批评家，他又旨在通过证词录像将大屠杀、记忆、创伤等文化问题与文学问题联结起来，为处于文化研究围困下而界限日趋模糊、领域日渐狭小的文学批评提供一条有效的途径；作为一个集文化研究和文学批评身份于一身的人文学者，哈特曼承担了再现人类生活和人类文化之可能性的责任和义务。

从自身的调节者角色出发，哈特曼主张批评应该采取一种调和的态度，且自身也在践行着此种调和式的批评。虽身为一个在"后学"盛行的时代氛围下从事文学批评实践的思想家，哈特曼从来不是激进的极端主义者。即使在对新批评传统诟病的时候，他也并非全盘推翻语言和形式的研究价值，亦非否认细读这一文本策略的实用倾向，而是在这些基础上寻求建构一种既能通过形式又能超越形式的理论话语。在华兹华斯诗歌研究中，哈特曼极为赞成自然对于想象的调节性这一思想。同时，哈特曼也试图在大陆批评理论和英美批评实践两者之间进行调和，以期建立一种智性和诗性相互渗透的批评风格。在其文化批评实践中，哈特曼对批评家的责任和作用更为关注，在对文化问题进行理论阐释的同时，还以自己的亲身实践表明批评家在传统和现代、艺术和真实、想象与政治、主流与边缘之间所起的调和作用。对于自己的"中间立场"，哈特曼一直承认不讳。他毫不掩饰地将自己视为步莱昂里尔·特里林后尘的一个中间人物。此种理论立场使得哈特曼本身的批评话语呈现出一种非美国性特征。这固然是由于他对当代欧陆理论资源广泛吸纳的缘故，然则，在更大的程度上，是他将美国批评传统与欧陆哲学传统加以协调后产生的效果，希望借此让美国批评从英国批评的阴影中摆脱出来。在哈特曼眼中，英国文学研究明显地具有一种贬低哲学的偏见，这种偏见将艺术与哲学两相分离，美国实用批评恰恰沿袭了英国这一传统。

但是，哈特曼理论话语中的调和并非两种资源的简单综合或混合，而是一种异质共生现象，是在两者之间的空白处寻求新的生长点，因而具有极大的超越潜能。文学、文学性、批评等概念在20世纪这一被称为批评和理论的世纪中发生了边界的流动和意义的演变，因而各概念所涵括的领域之间的分野已不再明晰如初，概念之间甚至学科之间跨际流动或交叉成为一惯常现象。在这种流动和交叉中，批评因其学科化和科学化被赋予强烈的理论色彩。同时，当一切学科都最终归结为以中介性为主要特征的语言问题时，批评又成为一种文类，具有了文学性。正是在这种理论性和文学性之间（in－between），哈特曼发现了批评的调和作用，它在哲学与文学、传统与现代、批评与文学、文化与文学之间寻求一种滋生点。因此，哈特曼的批评实践为20世纪的美国批评应如何在自己的传统和异地思想之间寻求演绎发展之路，构建自己的理论阵地提供了一个范例。当然，哈特曼在提倡批评主体性的同时，始终没有忘记中介性问题，如同华兹华斯诗歌中自然之于想象和意识的作用永远存在。

与爱德华·萨义德那样的世俗批评家相比，哈特曼这样的批评家更具有智性和诗性气质。他的智性诗歌是宗教想象和内心意识的一种调节：诗歌的想象同样有圣经文本那样通过阐释而不断变化的可能性，但是诗歌想象又与宗教不同，能够避免宗教信徒的狂热，不受教廷和仪式的控制，没有教条和教派。因此诗歌或批评，或者更广义地说文学，对哈特曼来讲，能够像宗教那样拯救人内心的真正需要，让人体现真正的激情，但又抛弃了宗教内在的对异教的排斥，为人性点亮希望之光。

　　哈特曼的文学批评实践与其说解决了 20 世纪文学研究中存在的重大问题，毋宁说更加凸显了这些问题，使之形成了文学批评中值得探讨的题域，拓展了巨大的学术空间。本书并没有彻底探讨哈特曼对于这些问题的研究及其产生的意义，依然还存在一些有待解决的问题。一方面，因为哈特曼本来就反体系化，反统一化，所以他反系统的、随笔式的批评语言和文体风格从实践层面上体现了他关于文学批评的理论立场，但这确实为读者阅读理解其著作造成了极大的障碍，要从中建构出一个哈特曼文学批评思想体系确是难以实现之举。另一方面，在"思想的自由市场"，哈特曼兼收并蓄，将各种理论资源融进自己的文学思想，借以凝练成自己独到的洞察力和批评意识。因此，就目前而言，要穷尽哈特曼的思想渊源及其对哈特曼思想形成的影响，无疑是一大奢望，尤其在哈特曼借鉴弗洛伊德与拉康等心理学思想来分析批评家心理和反应、大屠杀创伤和记忆等方面，本书没有过多涉及，因而留下了深深的遗憾。但是，上述未解决的问题正好为后续研究提供了论题。因此，笔者希望将来对哈特曼思想作进一步考察，继续推进其文学批评思想研究，以凸显他在 20 世纪下半叶以来西方文学研究中的特殊位置。

参考文献

一 英文部分

(一) 哈特曼论著 (按年代先后排列)

Hartman, Geoffrey H. , *Andre Malraux*, London: Bowes & Bowes, 1955.

———, *Wordsworth Poetry—1787 – 1814*, New Haven and London: Yale University Press, 1964.

———, *The Unmediated Vision* (2nd Edition), New York: Harcourt, Brace & World, Inc. , 1966.

———, *Beyond Formalism: Literary Essays 1958 – 1970*, New Haven and London: Yale University Press, 1970.

———, *The Fate of Reading and Other Essays*, Chicago and London: University of Chicago Press, 1975.

———, *Criticism in the Wilderness: The Study of Literature Today*, New Haven and London: Yale University Press, 1980.

———, *Saving the Text: Literature/Derrida/Philosophy*, Baltimore and London: The Johns Hopkins University Press, 1981.

———, *The Unremarkable Wordsworth*, Minneapolis: The University of Minnesota Press, 1987.

———, *Easy Pieces*, Columbia University Press, 1988.

———, *Minor Prophecies*: *The Literary Essay in the Culture Wars*, Harvard University Press, 1991.

———, *The Longest Shadow*: *In the Aftermath of the Holocaust*, New York: Palgrave Macmillan, 1996.

———, *A Critic's Journey*: *Literary Reflections*, *1958 - 1998*, New Haven and London: Yale University Press, 1999.

———, *Scars of the Spirit* : *The Struggle against Inauthenticity*, New York: Palgrave Macmillan, 2002.

———, *A Scholar's Tale*: *Intellectual Journey of A Displaced Child of Europe*, New York: Fordham University Press, 2007.

———, *The Third Pillar*: *Essays in Judaic Studies*, Philadelphia: University of Pennsylvania, 2011.

（二）哈特曼编著

Hartman, Geoffrey H. （ed.）, *The Selected Poetry and Prose of Wordsworth*, New York: The New American Library, Inc. , 1970.

———, *Hopkins*: *A Collection of Critical Essays*, New Delhi: Prentice – Hall of India, 1980.

———, *New Perspectives on Coleridge and Wordsworth*: *Selected Papers from the English Institute*, New York: Columbia University Press, 1972.

———, *Psychoanalysis and the Question of the Text*, Baltimore and London: The Johns Hopkins University Press, 1978.

Hartman, Geoffrey H. & Budick, Sanford （eds.）, *Midrash and Literature*, New Haven and London: Yale University Press, 1986.

Hartman, Geoffrey H. （ed.）, *Bitburg in Moral and Political Perspective*, Bloomington: Indiana University Press, 1986.

———, *Holocaust remembrance*: *The Shapes of Memory*, Blackwell, 1994.

Hartman, Geoffrey H. & O' Hara, Daniel T. (eds.), *The Geoffrey Hartman Reader*, Edinburgh: Edinburgh University Press, 2004.

Hart, Kevin& Hartman, Geoffrey H. (eds.), *The Power of Contestation*: *Perspective on Maurice Blanchot*, Baltimore and London: The Johns Hopkins University Press, 2004.

Parker, Patricia& Hartman, Geoffrey H. (eds.), *Shakespeare and the Question of Theory*, New York: Methuen, Inc., 1985.

Thorburn, David & Hartman, Geoffrey H. (eds.), *Romanticism*: *Vistas*, *Instances*, *Continuities*, Cornell University Press, 1973.

(三) 其他相关著作

Abrams, M. H., *The Mirror and the Lamp*: *Romantic Theory and the Critical Tradition*, New York: Oxford University Press, 1953.

Arac, Jonathan, et al., *The Yale Critics*: *Deconstruction in America*, Minneapolis: the University of Minnesota Press, 1983.

Atkins, G. Douglas, *Geoffrey Hartman*: *Criticism as Answerable Style*, London and New York: Routledge, 1990.

———, *Reading Deconstruction and Deconstructive Reading*, Lexington: University of Kentucky Press, 1983.

Auerbach, Erich, *Mimesis*: *The Representation of Reality in Western Literature*, trans. Willard R. Trask, Princeton: Princeton University Press, 1968.

Baudrillard, Jean, *Simulacra and Simulation*, trans. Sheila Faria Glaser, Michigan: The University of Michigan Press, 1994.

Berman, Art, *From the New Criticism to Deconstruction*: *The Re-*

ception of Structuralism and Post – Structuralism, Urbane and Chicago: University of Illinois Press, 1988.

Bloom, Harold, (ed.), *Romanticism and Consciousness: Essays in Criticism*, New York, London: W. W. Norton & Company, 1970.

Bloom, Harold, *The Anxiety of Influence: A Theory of Poetry*, New York: Oxford University Press, Inc. , 1973.

Bloom, Harold, et al. , *Deconstruction and Criticism*, New York: Continuum – Seabury Press, 1975.

Cain, William E. , *The Crisis in Criticism: Theory, Literature and Reform in English Studies*, Baltimore and London: The Johns Hopkins University Press, 1984.

Coleridge, Samuel Taylor, *Biographia Literaria ; or Biographical Sketches of my Literary Life and Opinions*, Vol. 2, London: Oxford University Press, 1907.

Crane, R. S. , *Critics and Criticism: Ancient and Modern*, Chicago: The University of Chicago Press, 1952.

Culler, Jonathan, *Structuralist Poetics: Structuralism, Linguistics and the Study of Literature*, London and New York, Routledge, 1975.

——, *The Literary in Theory*, Stanford, Calif. : Stanford University Press, 2007.

——, *Literary Theory*, New York: Sterling Publish Co. , Inc. , 2009.

Cumming, Robert Denoon, *Phenomenology and Deconstruction*, Chicago & London: The University of Chicago Press, 1991.

De Man, Paul, *The Resistance to Theory*, Minneapolis: The University of Minnesota Press, 1986.

Drolet, Michael (ed.), *The Postmodernism Reader*, London

and New York: Routledge, 2004.

Eagleton, Terry, *The Function of Criticism*, Verso Editions and New Left Books, 1984.

——, *Literary Theory: An Introduction* (2nd Edition), Oxford & Cambridge: Blackwell Publishers, 1996.

Edmundson, Mark, *Literature against Philosophy: Plato to Derrida: A Defense of Poetry*, New York: Cambridge University Press, 1995.

Elam, Helen Reguerio & Ferguson, Francis, *The Wordsworthian Enlightenment: Romantic Poetry and the Ecology of Reading*, Baltimore and London: The Johns Hopkins University Press, 2005.

Fish, Stanley, *Is There a Text in This Class?: The Authority of Interpretative Communities*, Cambridge, Mass: Harvard University Press, 1980.

Fishbane, Michael (ed.), *The Midrashic Imagination: Jewish Exegesis, Thought, and History*, Albany: State University of New York Press, 1993.

Fishbane, Michael, *The Exegetical Imagination: On Jewish Thought and Theology*, Cambridge and London: Harvard University Press, 1998.

Fonrobert, Charlotte Elisheva & Jaffee, Martin S. (eds.), *The Talmud and Rabbinic Literature*, New York: Cambridge University Press, 2007.

Forster, E. M., *Aspects of the Novel*, London: Hodder & Stoughton, 1993.

Frye, Northrop, *Anatomy of Criticism: Four Essays*, Princeton: Princeton University Press, 1957.

Frye, Northrop (ed.), *Romanticism Reconsidered: Selected Pa-*

pers from the English Institute, New York: Columbia University Press, 1963.

Frye, Northrop, *The Critical Path: An Essay on the Social Context of Literary Criticism*, Bloomington: Indiana University Press, 1971.

Ghosh, Ranjan (ed.), *Edward Said and the Literary, Social and Political World*, New York and London: Routledge, 2009.

Handelman, Susan A., *The Slayer of Moses: The Emergence of Rabbinic Interpretation in Modern Literary Theory*, Albany: State University of New York Press, 1982.

Hassan, Ihan, *The Postmodern Turn: Essays in Postmodern Theory and Culture*, The Ohio State University Press, 1987.

Haverkamp, Anselm (ed.), *Deconstruction is/in America: A New Sense of the Political*, New York University Press, 1995.

Hirsch, E. D., *Validity of Interpretation*. Yale University Press, 1967.

Hirsch, E. D., *The Aims of Interpretation*, Chicago: Chicago University of Press, 1976.

Hoy, David Couzens, *Critical Resistance: from Post – structuralism to Post – Critique*, Cambridge, MA and London: The MIT Press, 2004.

Jameson, Fredric, *Postmodernism; or The Cultural Logic of Late Capitalism*, Durham, N. C.: Duke University Press, 1992.

Johnson, Barbara, *The Critical Difference: Essays in the Contemporary Rhetoric of Reading*, Baltimore and London: The Johns Hopkins University Press, 1980.

Kaur, Tejinder, *R. S. Crane: A Study in Critical Theory*, New Delhi: Atlantic Publishers & Distributors, 1990.

Krupinick, Mark, *Jewish Writing and the Deep Places of the Imagination*, ed. Jean Carney and Mark Shechner, Madison: The University of Wisconsin Press, 2005.

Law, Marie Hamilton, *The English Familiar Essay in the Early Nineteenth Century*, Russell & Russell.

Lentricchia, Frank, *After the New Criticism*, Chicago: University of Chicago Press, 1980.

Leitch, Vincent B. , *American Literary Criticism: From the Thirties to the Eighties*, New York: Columbia University Press, 1988.

Lodge, David, *The Novelist at the Crossroads and Other Essays on Fiction and Criticism*, London: Routledge and Kegan Paul, 1971.

Lovejoy, Arthur O. , *Essays in the History of Ideas*, Baltimore and London: The Johns Hopkins Press, 1948.

Lucy, Niall, *Postmodern Literary Theory: An Introduction*, Malden: Blackwell Publishers, 1988.

Lukacs, George, *Soul and Form*, trans. Anna Bostock, Cambridge, Massachusetts: The Mit Press, 1974.

Lyotard, Jean - Francois, *The Differend: Phrases in Dispute*, tran. George Van Den Abbeele, Minneapolis: The University of Minnesota Press, 2002.

Markos, Louis A. , *William Wordsworth and the Powers of the Imagination*, Ann Arbor: University of Michigan, 1991.

Mitchell, W. J. T. (ed.), *Against Theory: Literary Studies and the New Pragmatism*, Chicago and London: The University of Chicago Press, 1985.

Montaigne, Michel de, *The Essays of Michel de Montaigne*, trans. and ed. M. A. Screech, London: Penguin, 1991.

Norris, Christopher, *Deconstruction and the Interest of Theory*, Leicester and London: Leicester University Press, 1992.

Obaldia, Claire de, *The Essayistic Spirit: Literature, Modern Criticism, and the Essay*, New York: Oxford University Press, 2002.

Rosenreld, Alvin H. (ed.), *The Writer Uprooted: Contemporary Jewish Exile Literature*, Bloomington: Indiana University Press, 2008.

Said, Edward, *Humanism and Democratic Criticism*. New York: Columbia University Press, 2004.

Said, Edward (ed.), *Literature and Society*, Baltimore and London: The Johns Hopkins University Press, 1980.

Simpson, David, *The Academic Postmodern and the Rule of Literature: A Report on Half – Knowledge*, Chicago: Chicago University Press, 1995.

Spanos, Philip William V., et al., *The Question of Textuality: Strategies of Reading in Contemporary American Criticism*, Bloomington: Indiana University Press, 1982.

Stern, David, *Parables in Midrash: Narrative and Exegesis in Rabbinic Literature*, Cambridge and London: Harvard University Press, 1991.

——, *Midrash and Theory: Ancient Jewish Exegesis and Contemporary Literary Studies*, Northwestern University Press, 1996.

Tal, Kalí, *Words of Hurt: Reading the Literatures of Trauma*, Cambridge: Cambridge University Press, 1996.

Tompkins, Jane P. (ed.), *Reader – Response Criticism: From Formalism to Post – Structuralism*, Baltimore and London: The Johns Hopkins University Press, 1980.

Tredell, Nicholas, *The Critical Decade: Culture in Crisis*, Manchester: Carcanet Press Limited, 1993.

Wimsatt, W. K. , *The Verbal Icon: Studies in the Meaning of Poetry*, Lexington: University of Kentucky Press, 1954.

Winters, Yvor, *The Function of Criticism*, London: Routledge & Kegan Paul, 1962.

Wolfreys, Julian (ed.) , *Introducing Criticism at the 21st Century*, Edinburgh: Edinburgh University Press, 2002.

Wordsworth, William & Coleridge, Samuel Taylor, *Lyrical Ballads, With a Few Other Poems*, London : Methuen & Co. , Ltd. , 1798.

(四) 论文

Balfour, Ian, " Responding to the Call: Hartman between Wordsworth and Hegel", *Wordsworth Circle*, Vol. 37, No. 1, 2006.

Ballengee, Jennifer R. , "Witnessing Video Testimony: An Interview with Geoffrey Hartman", *The Yale Journal of Criticism*, Vol. 14, No. 1, 2001.

Fish, Stanley, "Literature in the Reader: Affective Stylistics", *New Literary History*, Vol. 2, No. 1, 1970.

Harpham, Geoffrey Galt, " Once Again: Geoffrey Hartman on Culture", *Raritan: A Quarterly Review*, Vol. 18, No. 2, 1998.

Hartman, Geoffrey H. , "Structuralism: The Anglo – American Adventure", *Yale French Studies*, Vol. 37, No. 36, 1966.

——, "Literary Criticism and Its Discontents", *Critical Inquiry*, Vol. 3, No. 2, 1976.

——, " Humanistic Study and the Social Science ", *College English*, Vol. 38, No. 3, 1976.

——, "Midrash as Law and Lierature", *The Journal of Religion*, *Vol.* 74, No. 3, 1994.

——, "On Traumatic Knowledge and Literary Studies", *New Literary History*, Vol. 26, No. 3, 1995.

——, "The Fate of Reading Once More", *PMLA*, Vol. 111, No. 3, 1996.

——, "Shoah and Intellectual Witness", *Partisan Review*, Vol. 65, No. 1, 1998.

——, "Memory. com: Tele – Suffering and Testimony in the Dot Com Era", *Raritan: A Quarterly Review*, Vol. XIX, No. 3, 2000.

——, "Trauma within the Limits of Literature", *European Journal of English Studies*, Vol. 7, No. 3, 2003.

——, "The Humanities of Testimony", *Poetics Today*, Vol. 27, No. 2, 2006.

Jauss, Hans Robert, "Literary History as a Challenge to Literary Theory", *New Literary History*, Vol. 2, No. 1, 1970.

Krieger, Murray, "Geoffrey Hartman", *Contemporary Literature*, Vol. 15, No. 1, 1974.

Leavis, F. R. , "Literary Criticism and Philosophy: A Reply", *Scrutiny*, Vol. VI, 1937.

Martin, Wallace, "Literary Critics and Their Discontents: A Response to Geoffrey Hartman", *Critical Inquiry*, Vol. 4, No. 2, 1977.

Miller, J. Hillis, "The Critic as Host", *Critical Inquiry*, Vol. 3, No. 3, 1977.

——, "The Crossways of Contemporary Criticism", *Bulletin of the American Academy of Arts and Science*, Vol. 32, No. 4, 1979.

Mohanty J. N. , "Husserl and Frege: A New Look at Their Relationship", *Research in Phenomenology*, Vol. 4, No. 1, 1974.

Moynihan, Robert, "Interview with Geoffrey Hartman", *Boundary*, Vol. 9, No. 1, 1980.

Starobinsk, Jean & Braunrot, Bruno, "The Meaning of Literary History", *New Literary History*, Vol. 7, No. 1, 1975.

Taylor, Dennis, "The Perils of Embodiment: Geoffrey Hartman on Culture, Poetry, and the Holocaust", *Religion and the Arts*, Vol. 4, No. 3, 1999.

Thorslev, Peter L., Jr., "Romanticism and Literary Consciousness", *Journal of the History of Ideas*, Vol. 36, No. 3, 1975.

Said, Edward, "What is Beyond Formalism?", *Comparative Literature*, Vol. 86, No. 6, 1971.

Wellek, René, "Literary Criticism and Philosophy", *Scrutiny*, Vol. V, 1937.

Whitehead, Anne, "Geoffrey Hartman and the Ethics of Place: Landscape, Memory and Trauma", *European Journal of English Studies*, Vol. 7, No. 3, 2003.

二　中文部分

（一）著作

［英］托斯·艾略特：《艾略特文学论文集》，李赋宁译注，百花洲文艺出版社1994年版。

［美］罗伯特·艾伦编：《重组话语频道》，麦永雄、柏敬泽等译，中国社会科学出版社2000年版。

［美］马克·昂热诺等编：《问题与热点：20世纪文学理论综论》，史忠义等译，百花文艺出版社2000年版。

昂智慧：《文本与世界——保尔·德曼文学批评理论研究》，上海人民出版社 2009 年版。

［俄］巴赫金：《小说理论》，白春仁、晓河译，河北教育出版社 1998 年版。

［美］欧文·白璧德：《什么是人文主义》，《人文》，宋念申译，生活·读书·新知三联书店 2006 年版。

［英］拜伦：《唐璜》，查良铮译，人民文学出版社 1993 年版。

［德］瓦尔特·本雅明：《机械复制时代的艺术》，李伟、郭东编译，重庆出版社 2006 年版。

——：《本雅明文选》，陈水国、马海良译，中国社会科学出版社 1999 年版。

［德］马丁·布伯：《我和你》，陈维纲译，生活·读书·新知三联书店 2002 年版。

［比］乔治·布莱：《批评意识》，郭宏安译，广西师范大学出版社 2002 年版。

程锡麟、王晓路：《当代美国小说理论》，外语教学与研究出版社 2001 年版。

［美］保罗·德曼：《阅读的寓言》，沈勇译，天津人民出版社 2007 年版。

——：《解构之图》，李自修等译，中国社会科学出版社 1998 年版。

［荷兰］D. W. 佛克马、E. 贡内－易布思：《二十世纪文学理论》，林书武等译，生活·读书·新知三联书店 1983 年版。

郭宏安：《二十世纪西方文论研究》，中国社会科学出版社 1997 年版。

［美］杰弗里·哈特曼：《荒野中的批评：关于当代文学的

研究》，张德兴译，天津人民出版社 2007 年版。

［德］黑格尔：《精神现象学》（上、下卷），贺麟、王玖兴译，商务印书馆 1983 年版。

——：《哲学科学全书纲要》，薛华译，上海人民出版社 2002 年版。

洪汉鼎：《诠释学：它的历史和当代发展》，人民出版社 2001 年版。

（宋）洪迈：《容斋随笔》，岳麓书社 1994 年版。

［英］威廉·华兹华斯：《华兹华斯抒情诗选》，黄杲炘译，上海译文出版社 2000 年版。

［德］胡塞尔：《现象学的方法》，倪梁康译，上海译文出版社 1994 年版。

［德］伽达默尔：《真理与方法》，洪汉鼎译，商务印书馆 2007 年版。

［美］莫瑞·克里格：《批评旅途：六十年代之后》，李自修等译，中国社会科学出版社 1998 年版。

刘小枫：《诗化哲学——德国浪漫美学传统》，山东文艺出版社 1986 年版。

马池：《叛逆的谋杀者——解构主义文学批评述要》，中国人民大学出版社 1990 年版。

［法］蒙田：《蒙田随笔全集》中卷，潘丽珍等译，译林出版社 1996 年版。

［美］J. 希利斯·米勒：《重申解构主义》，郭英剑等译，中国社会科学出版社 1998 年版。

［美］爱德华·W. 萨义德：《世界·文本·批评家》，李自修译，生活·读书·新知三联书店 2009 年版。

盛宁：《二十世纪美国文论》，北京大学出版社 1993 年版。

［法］让－伊夫·塔迪：《20 世纪的文学批评》，史忠义译，百花文艺出版社 1998 年版。

唐正序：《文学批评研究》，湖北人民出版社 1986 年版。

［加拿大］查尔斯·泰勒：《黑格尔》，张国清、朱进东译，译林出版社 2002 年版。

［法］托多罗夫：《巴赫金对话理论及其他》，蒋子华、张萍译，百花文艺出版社 2001 年版。

［英］奥斯卡·王尔德：《王尔德全集：评论随笔卷》，杨东霞等译，中国文学出版社 2000 年版。

——：《道连·葛雷的画像》，荣如德译，山东文艺出版社 1999 年版。

王逢振主编：《最新西方文论选》，漓江出版社 1991 年版。

王松林：《二十世纪英美文学要略》，江西高校出版社 2000 年版。

王守仁主撰：《新编美国文学史》第 4 卷（1945—2000），上海外语教育出版社 2002 年版。

［美］雷纳·韦勒克：《近代文学批评史》第 1 卷，杨岂深、杨自伍译，上海译文出版社 1987 年版。

——：《批评的诸种概念》，丁泓、余徽译，四川文艺出版社 1988 年版。

——：《近代文学批评史》第 2 卷，杨自伍译，上海译文出版社 1990 年版。

——：《近代文学批评史》第 6 卷，杨自伍译，上海译文出版社 2005 年版。

［美］韦勒克、沃伦：《文学理论》，刘象愚译，江苏教育出版社 2005 年版。

［德］弗里德里希·席勒：《审美教育书简》，冯至、范大灿

译，北京大学出版社 1985 年版。

徐新：《犹太文化史》，北京大学出版社 2006 年版。

［希腊］亚里士多德：《诗学》，陈中梅译注，商务印书馆 1996 年版。

［英］特里·伊格尔顿：《当代西方文学理论》，王逢振译，中国社会科学出版社 1988 年版。

——：《二十世纪西方文学理论》，伍晓明译，陕西师范大学出版社 1986 年版。

［美］詹姆逊：《快感：文化与政治》，王逢振等译，中国社会科学出版社 1998 年版。

张隆溪：《二十世纪西方文论述评》，生活·读书·新知三联书店 1986 年版。

赵淳：《话语实践与文化立场——西方文论引介研究：1993—2007》，南京大学出版社 2008 年版。

赵毅衡：《重访新批评》，百花文艺出版社 2009 年版。

朱刚编著：《二十世纪西方文论》，北京大学出版社 2006 年版。

朱立元编：《二十世纪西方文论选》（下），高等教育出版社 2002 年版。

朱立元主编：《当代西方文艺理论》（第 2 版增补版），华东师范大学出版社 2005 年版。

（二）论文

傅有德：《犹太释经传统及思维方式探究》，《文史哲》2007 年第 6 期。

郭宏安：《文学随笔：一种自由的批评》，《外国文学批评》2004 年第 4 期。

巴巴拉·哈洛：《赛义德、文化政治与批评理论——伊格尔顿访谈》，吴格非译，《国外理论动态》2007 年第 8 期。

何卫：《批评家的心路历程》，《国外文学》2000 年第 4 期。

李增、王云：《论哈特曼美学批评思想》，《东北师范大学学报》（哲学社会科学版）2003 年第 4 期。

罗选民、杨小滨：《超越批评的批评——杰弗里·哈特曼教授访谈录》（上），《中国比较文学》1997 年第 3 期。

——：《超越批评的批评——杰弗里·哈特曼教授访谈录》（下），《中国比较文学》1998 年第 1 期。

陶东风：《文学的祛魅》，《文艺争鸣》2006 年第 1 期。

王逢振：《理论过剩说质疑》，《文艺研究》2005 年第 11 期。

王宁：《耶鲁批评家对中国当代文学批评的启示》，《中国图书评论》2008 年第 11 期。

王一川：《理论的批评化——在走向批评理论中重构兴辞诗学》，《文艺争鸣》2005 年第 2 期。

姚文放：《"文学性"问题与文学本质再认识——以两种"文学性"为例》，《中国社会科学》2005 年第 5 期。

余虹：《文学的终结与文学性蔓延——兼谈后现代文学研究的任务》，《文艺研究》2002 年第 6 期。

张跃军：《哈特曼解读华兹华斯对于自然的表现》，《当代外国文学》2009 年第 4 期。

张世英：《现象学口号"面向事情本身"的源头——黑格尔的〈精神现象学〉——胡塞尔与黑格尔的一点对照》，《江海学刊》2006 年第 2 期。

周小仪：《"文学性"》，《外国文学》2003 年第 4 期。

朱刚：《从"批评理论学院"看当代美国批评理论的发展和

现状》，《英美文学研究论丛》第 2 辑，2001 年。

——：《批评理论的今天和明天：李奇教授访谈录》，《外国文学研究》2009 年第 5 期。

后　记

　　历时两载，几经修改，毕业论文终于以书稿形式出现于眼前了。手里掂着不算厚重的一沓纸张，心中却少了原以为会不期而至的喜悦之情，代之以不经意间涌上心头的惶恐与不安。之所以惶恐与不安，事出有二。一为此乃自己对纯粹理论研究的初次尝试。凡事初次尝试，免不了有瑕疵与不足之处，此乃常理。虽言如此，但若瑕疵过多，不足过甚，那就会污人耳目、毁人心智了。再者，理论研究并非自己擅长之事，深厚的素养、幽邃的洞察、睿智的思辨、严密的逻辑、精妙的分析以及确恰的阐释，我都不具其一，更毋说具其二、三或悉数拥有了。那么，自己所谓的研究也就可能显得浅显粗疏，甚至，如果有人说差强人意、不堪一读，我也觉得丝毫不为过。如此，既乏经验的积累，又无理论研究所需的功底，心中自然便惶惶然了。

　　然则，回顾几年来走过的虽称不上异常艰辛却也充满苦涩的短暂历程，岁月在抹蚀掉年轮、吞噬着年华，使青丝不再、容颜已衰的同时，也重铸了心中对梦想的坚定信念，加固了永藏心中的那份对学术的执著。正是这份坚定与执着，助我排除了世俗杂务的纷纷扰扰，帮我度过了红尘人事的纠纠缠缠，让我躲进了充满书香之气的书房，可谓偏安一隅，挑灯苦读。其间，时而为一问题绞尽脑汁，殚精竭虑，时而为一顿悟手舞足蹈，欣喜若狂。酸甜苦辣，个中滋味，不置身其中则无法体会。在此意义上，数年的磨砺下来，虽不可谓风霜刀剑严相逼，倒也算是为伊消得人憔悴。因此，常常也惊讶于自己居然有如此的耐力和毅力，熬过数千个孤灯相伴的日日夜夜！惊讶之余，不免心生得意之情，毕竟自己完成了一件最初认定根本无法完成的事情。于是，那种惶惶然之心便略减一二，也就稍感安心了。

得意之下，却并未忘形。今日能写就书稿，固然由自身努力所致，但也与这数年间有幸获得的惠助极为有关。我的博士导师、四川大学王晓路教授严谨求实、精益求精的学品及谆谆教诲令我感受至深、终身受益，四川大学石坚教授、程锡麟教授、袁德成教授等的学识与教风让我终生难忘，刘玉梅、汤平等同窗好友的关心与帮助使我倍感温暖，张新军、余泽梅、陈宇等同门的情谊令我如获至宝，汪顺玉、林忠、唐欣玉、陈鹏等领导、同事的照顾为我减轻了工作负担。最后，家人的深情理解和默默支持为我提供了最强大的动力，成为我一路上披荆斩棘的一把利剑。因此，感谢上苍对我的垂青与眷顾，让我在此几年中收获如此丰厚的情谊和友谊，使得本平凡如水的人生多了一缕彩虹般的瑰丽。

书稿初成，感悟颇多，发于心，流于笔端，便记于此了。

王凤

2013 年冬于南山